TSUKUYOMI

FULL MOON DOWN

JADETRÄNE

EIN ROMAN VON ANJA BAGUS

GEDANKEN DER AUTORIN >> Dieses Buch ist entstanden, weil die Autorin das Spiel »*Tsukuyumi* - **Full Moon Down**« so begeisternd fand. Man kann den Roman aber gänzlich ohne Kenntnisse über das Spiel lesen. Umgekehrt geht das selbstverständlich auch.

Wäre aber schade.

Beides.

IMPRESSUM

Autorin: Anja Bagus

Weltendesign: Felix Mertikat

Entstehung der Oni: Stefan Küppers

Umschlagillustration, Innenillustration: Felix Mertikat

Grafische Gestaltung: Maxine Metzger

ISBN Printausgabe: 978-3-96658-050-2

ISBN E-Book: 978-3-96658-051-9

Oktober 2019

www.kingracoon.com

www.Tsukuyumi.com

Vertriebspartner

www.cross-cult.de

>> INHALT

EINFÜHRUNG IN DIE WELT

Geboren als Herrscher der Nacht, war *Tsukuyumi* ein mächtiges Götterwesen — ein *Kami*. Doch er verriet seinesgleichen, als er mit einem Bogen aus Drachenbein und einem Pfeil aus Licht die Göttin der Nahrung tötete. Zur Strafe wurde er auf ewig an den Nachthimmel verbannt.

Äonen der Einsamkeit ließen den *Kami* ermüden, bis er schließlich einschlief und umhüllt von Gestein, Asteroiden, Kometen und Sternenstaub zu dem wurde, was die Menschen Mond nannten.

Die Menschheit begann die *Kami*, von denen sie einst erschaffen wurden, zu fürchten und zog aus, um die alten Götter zu vernichten. Als diese begriffen, was geschah, war es bereits zu spät: Ars Humana — die Ära des Menschen auf der Erde war angebrochen.

Die Geheimnisse um die *Kami* wurden von Generation zu Generation weitergegeben.

Technischer Fortschritt machte den Mond immer zugänglicher. Im Jahr 2078 wagten die Japaner von ihrer Mondstation *Doragon* aus schließlich den entscheidenden Vorstoß. Die *Kami*-Jäger sollten eine Lanze mitten ins Herz *Tsukuyumi*s treiben, um ihn ein für alle Mal zu vernichten.

Doch die Lanze traf ihr Ziel nicht, sondern blieb in der Flanke des Drachen stecken - die Mission scheiterte. Drei Tage später landete die Notkapsel der einzigen überlebenden Astronautin auf japanischem Gebiet. Ihre Botschaft: »Er ist erwacht. Der Drache kehrt zurück!«

Langsam aber stetig näherte sich der weiße Drache der Erde, um Rache zu nehmen – noch immer gefangen in seiner Hülle aus Sternenstaub die wir Mond nennen. Zunächst hielt man es für ein kosmologisches Problem, war interessiert und berichtete in den Medien darüber. Doch schon bald wich das Staunen der Angst. Die Gezeiten wurden stärker, die Erdbeben häufiger. Endzeitstimmung ergriff von den Menschen Besitz, aber weder Panik, noch Gewalt, noch rauschhafte Exzesse konnten die Berührung der beiden Himmelskörper verhindern.

Ein Beben erfasste alles und in wenigen Momenten versanken Landmassen, andere wurden emporgehoben. Knirschend und splitternd kehrte sich das Unterste zuoberst.

Der Mond hinterließ eine Schneise der Zerstörung, zerschnitt ganze Landzüge, zerbrach Kontinentalplatten, ließ Berge bröckeln und seine Hülle brach an den eisigen Gipfeln des Himalaya auf. Dann kam er, gewaltige Erdwälle vor sich herschiebend und Wassermassen verdrängend, auf dem kahlen, morastigen Boden des Pazifik zu liegen.

Nichts ist mehr wie zuvor. Dort, wo einst das mächtige Weltmeer wogte, bilden nun angehobene Erdmassen den trockenen, kargen Schauplatz an dem das neue Zentrum der Macht ruht.

Der Rand des Kraters türmt sich zu einem tausende Meter hohen Gebirge aus Landmasse und Erdkruste auf, das nur noch vom Mond selbst überragt wird – der mit seinen rund 3.000 Kilometern Durchmesser weit über die Erdatmosphäre hinausreicht.

Ein tiefer Graben zieht sich von Asien über Europa und Nordamerika bis hin zum Pazifik. Die großen Zentren menschlicher Zivilisation sind von der Erde getilgt. Menschen, Tiere und fruchtbare Erde sind begraben unter dem salzigen Morast, mit dem die riesige Flutwelle die Landmassen überzog. Ehemalige Inseln, wie die des japanischen Archipels, ragen seither als feine Felsnadeln aus dem kargen Ozeanboden – die ausgestorbenen Häfen kilometerweit über dem trockenen Meeresgrund.

Die Nacht ist finster geworden. Die Menschheit ist nahezu ausgelöscht. Nur versprengte Gruppen, selten größer als 100 Personen, kämpfen um das nackte Überleben und klammern sich an jede noch so kleine Hoffnung. Die Natur hat sich verändert – sie schlägt zurück – und der Mensch muss wieder lernen was es bedeutet, Beute zu sein.

Klima, Landschaft, Lebensumstände, alles ist extremer geworden. Im Norden und Süden schieben sich riesige Eismassen über die Kontinente, der grüne Gürtel des Äquators wurde von der Flut vertilgt und das Land besteht nur noch aus kargen, eisigen Ebenen und hitzetrockenen Steppen.

Mitten im Chaos ruht *Tsukuyumi* und wartet auf seine Befreiung. Er, der einst Leben erschaffen hatte, erschafft sich nun eine Armee aus zerstörerischen Kreaturen, die zäher, stärker und überlebensfähiger sind, als alle Erdenwesen zuvor.

Wo immer seine Pheromone auf Leben treffen, setzen sie eine rasante Evolution in Gang. Doch sein Plan geht nicht auf. Während Menschen, die ihm zu nahe kommen, seinem Bann verfallen und zu hochintelligenten, aber destruktiven *Oni* werden, widersetzen sich andere Lebewesen seinem Einfluss. Seine stärksten Gegner sind seine eigenen Schöpfungen: Unter ihnen die Insektenschwärme der *Dark Seed*, die Schweinehorden der *Boarlords*, die Biester der *Children of the Lion* und die massigen Landwale der *Lords of the Lost Sea*.

Der Pazifikboden, eine von tiefen Erdrissen durchzogene Hügellandschaft, ist ein einziges Schlachtfeld: Wer die Kontrolle über den Mond erringt, erringt zugleich die Kontrolle über die neue Welt. So kämpfen die verschiedensten Fraktionen von Menschen und evolutionär weiterentwickelten Tierwesen darum, *Tsukuyumi*s Einfluss abzuschütteln, darum, als die dominanteste Spezies aus dem Kampf hervorzugehen und darum, der neuen Ära ihren ganz eigenen Stempel aufzudrücken.

>> PROLOG

IN DER UNTERWELT

DIE UNTERWELT. Der Ort der ewigen Schwärze, des Todes. Aus buntem Leben wird hier brauner Moder und schließlich nichts als die finstere Essenz, die übrig bleibt, wenn alles andere vergangen ist.

Hal erwachte aus der Starre, die sie oft lang befiel. Sie erhob ihren schneeweißen Schlangenleib und glättete die Federn auf ihrem Rücken mit vielen Händen. Warum war sie diesmal erwacht? Ihr leichter Schlaf wurde immer wieder gestört durch den Lärm des Krieges, Gefühle des Todes, die sie spüren konnte. So viel zu tun. Sie hatten dort oben begonnen, ihre Heiligen zu töten. Hal war es recht. Die Seelen der Kami waren besondere Kost — lang gehegt wollten sie ihr nicht mehr ewiges Leben nicht loslassen. Wenn sie dann starben, blieb reine Energie so kostbar wie schwarze Diamanten.

Etwas anderes hatte Hal aber jetzt geweckt. Sie horchte und spürte, die schwarzen Augen durchforschten Dunkelheit, die ihr Licht war. Ihre Haare, die wie Sturmfrostgespinst über ihren Leib glitten, waren feinste Antennen. Sie hörte eine Stimme. Keine Worte, nur ein Stöhnen, ein Rufen ohne Namen.

Es war Tsukuyumi, ihr Vater! Er kam und er war verletzt! Sie richtete sich ganz auf und schrie. Ihre Kinder hörten sie.

»Er kommt! Wir müssen alles vorbereiten!«

Es würde ein Fest. All die Energie, die sie gesammelt hatte, würde endlich ihrem Zweck zugeführt werden. Die finstere Essenz, die ihm die Kraft verleihen würde, aus den Lebenden seine Diener zu machen.

Sie würden endlich den Platz einnehmen, der ihnen zustand. Hal freute sich.

>>01

GEGENWART

Mitsuko war zu spät dran. Der Schlaf hing an ihr wie klebrige Spinnweben, aber der Computer rief dringend zum Morgentraining.

<<System Neustart <<

Sie spannte ihre Muskeln an, um aufzuspringen, sich schnell zu waschen und dann in den Dojo zu hasten, aber es geschah nichts, außer dass sie mit dem Gesicht in Erde fiel und ihre Nase empfindlich anstieß. Erde? Dabei war sie doch in ihrem Zimmer, im Bunker. Tokio. Oder nicht?

<<Datensuche. Keine Verbindung zum Otomo-Kern möglich. Keine Daten erhältlich<<

Sie drückte sich hoch und irgendetwas in ihrem Kopf erlosch.

<<Systemfehler. Multiple Fehlfunktionen<<

Ihr Körper krümmte sich spastisch. Die Implantate gehorchten ihr nicht. Muskeln wurden zu weit gedehnt, Sehnen rissen fast, die Samurai schrie vor Schmerzen. Sie war verletzt! Es musste einen Kampf gegeben haben. Jeder Instinkt in ihr, gereift in tausenden Jahren menschlicher Evolution und weiterentwickelt durch implantierte Cyberware, schrie nach Flucht. Nicht hierbleiben. Weg! Nur weg!

Mühsam öffnete sie die Augen, richtete sich auf und sah sich um. Wo war sie?

<<Keine Daten verfügbar. Keine Verbindung zum Otomo-Kern möglich<<

Warum war es so still? Ihr Kopf war leer, sie sah nur graue Steine. Die Samurai griff sich an den Kopf. Ihr Implantat war noch da. Ein Spasmus schleuderte sie erneut zu Boden.

<<Systemfehler<<

Eine Rückkopplung sensorischer Daten und ausgesendeter Datenbefehle schleuderten sie in ein Feedbackschleife und ihr Gehirn schaltete zum Schutz ab.

<<Error. Systemabschaltung<<

...

..

.

<<Systemneustart<<

Staff Sergeant Jackson wachte auf. Etwas hatte ihn angestoßen, er zuckte instinktiv zusammen und wurde fast sofort wieder ohnmächtig vor Schmerz. Nach ein paar Minuten heftigen Keuchens konnte er langsam die Augen öffnen. Die Sonne stand hoch und blendete ihn trotz des ewigen Dunstes, der sonst allgegenwärtig über allem lag, seit der fucking moon auf good ol' earth gelandet war. Er saß in seinem Fahrzeug. Das war gut. Warum hatte er solche Schmerzen? Ok, da waren seine beiden Beine. Sein rechtes Sprunggelenk sah allerdings aus, als hätte sich ein Elefant daraufgestellt. Dann war dessen Freund, der Gorilla, auf die lustige Idee gekommen, das zermatschte Endprodukt nochmal mit richtig viel Schwung in die andere Richtung zu drehen. Jetzt hing der Fuß leb- aber nicht schmerzlos an seinem Bein.

Je wacher er wurde, desto schlimmer wurden die Schmerzen. Da war ein Kampf gewesen. Wer hatte gekämpft? Er erinnerte sich. Die *Fuckbugs* — alles war voller Scheiß-Insekten gewesen. Der Colonel hatte den Rückzug befohlen. Wo war sein Squad jetzt? Jackson suchte nach den letzten Nachrichten auf dem Touchscreen seines Fahrzeugs, aber er konnte die kleinen Buchstaben nicht lesen. Verdammt! Er war über und über mit Staub und Sand bedeckt. Wie lange war er bewusstlos gewesen? Der Soldat versuchte, sich höher zu drücken und sah durch die Scheibe seines Fahrzeugs. Scheiße, überall waren Käfer so groß wie Schäferhunde und stritten sich mit ebenso riesigen Ameisen um Leichenteile! Er duckte sich schnell wieder.

Keiner der anderen war aber bei dem kurzen Blick zu sehen gewesen. Kein Soldat, kein Fahrzeug, nur ein Teil der Base des

Doc. Sie hatten sich zurückgezogen! Er musste ihnen folgen! Jackson versuchte, sie anzufunken, aber alle Frequenzen sendeten nur Statik zurück. Waren sie alle tot? Unmöglich. Der Gedanke tat mehr weh als dieser Klumpen, den er bis gestern noch seinen Fuß nannte und diesem Drecksack von Colonel Bloch jetzt gerne tief in den Arsch gerammt hätte. Sie hatten nicht die geringste verschissene Chance gegen die *Fuckbugs* gehabt! Sie hätten einen größeren Umweg fahren sollen!

Er war allein. Wer hatte ihn aber gerade angestoßen? Die Beifahrertür war offen. Wer war noch hier? Jackson verstand nichts, außer, dass er es nicht mehr aushielt. Der Rest seines Körpers war ebenfalls dieser Meinung und der Soldat wurde wieder ohnmächtig.

Jemand schrie. Wieso hörte er das? Wenn Hagen im Kampfanzug saß, stellte er die Außengeräusche meist ab. Im Gegensatz zu manchen anderen weidete er sich nicht an den Todesschreien seiner Gegner. Sein Anzug schien aber eine Fehlfunktion zu haben, denn es war stockdunkel. Verdammt, da stimmte etwas nicht. So finster dürfte es nicht sein. Niemals. Es gab mehrere redundante Failsafe-Systeme. Selbst wenn er in dem Anzug eingeschlafen war, müssten die Anzeigen immer noch leuchten.

Der Ritter hob den Kopf und öffnete die Augen. Sein Gehirn wütete. Was war mit seinen Augen? War er blind? Licht explodierte durch seine Netzhaut. Er konnte einen Aufschrei nicht verhindern, Schmerzwellen zuckten durch seinen Körper, als er versuchte, sich zur Seite zu drehen, nur weg von dem grellen Licht und der sengenden Sonne. Sein Körper fühlte sich falsch an. Arme und Beine zuckten wie bei einem Veitstanz. Jeder Nerv funkte quälende Schmerzen an sein Gehirn. Nichts war, wie es sein sollte! Er konnte nicht aufhören zu schreien. Eine Hand fühlte Blut und feuchtes Fleisch an seiner Flanke. Sie grub sich in den Schmerz, unwillentlich, als ob es ihn aufwecken sollte, als ob er sein Innerstes herausreißen wollte. Dann zappelte er wieder nur wie ein Fisch auf dem Trockenen.

Er war verletzt. So schwer, dass sein Körper ihn im Stich ließ und er wieder ohnmächtig wurde.

Mondohr grunzte. Das war ein schlimmer Traum gewesen. Sie hatte Hunger. Ihr Bauch war leer, so leer. Die Rotte gönnte ihr nichts. Er war falsch. Man biss und schlug sie. Alles tat weh. Sie waren gemein und böse. Mondohr würde es ihnen zeigen. Sie würde weglaufen und wiederkommen. Stark und groß. Stärker als die *Boarmutter*. Ihre Beine schlugen die Luft, dann ertasteten sie Metall. Sie war eingesperrt in dieses Fahrding! Nein, der Einstieg war nicht ganz zu. War der Mann tot? Sie stupste ihn an, aber er stöhnte nur. Sie war allein, allein, allein! Die junge *Boar* sprang auf und rannte panisch weg.

Es roch nach Blut und Verwesung. Viele Lichter waren ausgegangen. Warum hatte sie solche Angst? Der Kampf war vorbei. Es war nicht ihr Kampf gewesen, und doch hatte sie sich eingemischt. Sie war noch hier und das war nicht gut. Die Insekten waren auch hier. Sie legten ihre Eier in die Toten.

Mondohr hielt an und sang das Lied des Verbergens. Die Käfer und Ameisen, welche sich um die Überreste stritten, beachteten sie nicht. Sie hörte den Schwarm. Er war nicht weit entfernt. Die Erde resonierte das Brummen der riesigen Menge an Insekten, die in dem Berg dort hinten wohnte. Der Boden unter ihren Füßen war sicher auch durchlöchert von Gängen, in denen die sechsbeinigen hartschaligen Ameisen wohnten. Deren Krieger konnten selbst einem ausgewachsenen *Boar* Schaden zufügen, die Beißwerkzeuge waren hart und sie verspritzten ätzende Säure.

Mondohr wollte schnell hier weg, wo war der Weg? Warum fand sie keinen Weg? Aber dann erinnerte sie sich an etwas, was die Furcht sie hatte vergessen lassen. Es war wichtiger als Flucht. So wichtig, dass sie der Versuchung widerstand, obwohl diese ihr in den Eingeweiden wühlte. Sie hasste es, in dem Fahrding eingesperrt zu sein!

Krabbelnd, langsam und unsicher, wie ein Frischling es täte, suchte sie ihn. Sein Licht zeigte ihr den Weg. Sie sang ihr Lied immer weiter. Da war er, schwer verletzt. Sie legte sich wieder neben ihn. Er seufzte und stöhnte. Vorsichtig berührte sie ihn, kuschelte sich ganz eng an. Nicht böse, lieb. Liebe! Ganz fest. Mehr schlafen. Mondohr war angekommen. Durch Schmerz und Leid. Schicksal. Sie quiekte leise und gab sich dann der Erschöpfung hin.

>> 02

VERGANGENHEIT

In ihrem Kopf summte Mitsuko ein Lied, welches ihre Mutter ihr immer vorgesungen hatte.

<<Suche nach Musikstück. Abspielen<<

Der Chip in ihrem musikalischen Cortex erkannte die Melodie und synthetisierte ihre Klänge begleitet direkt in ihrem Gehirn. Niemand musste sich mehr an Musik erinnern. Die junge Frau hätte es sehr gerne laut geschmettert, aber das wäre nicht angemessen gewesen. Außerdem durfte sie sich nicht bewegen. Der Tätowiermeister duldete das nicht. Schließlich schuf er ein Kunstwerk. Mitsuko zweifelte das nicht an, obwohl sie es nicht sehen konnte, nur spüren.

Tock tock tock, jeder einzelne Punkt wurde nach der klassischen Methode gestochen, obwohl der Mann Hightech-Farben benutzte. So konnte er einen dreidimensionalen Effekt hervorrufen, der so fantastisch aussah, dass es den Tätowiermeistern dabei dann plötzlich nicht mehr nur um die Reinheit einer alten Kunstform ging. Mit einem Lasertattoo wäre das Bild schmerzfrei und in wenigen Minuten auf ihrem Rücken entstanden, aber vielleicht machten das Handwerk, Geduld und Erdulden das Kunstwerk erst wertvoll.

Die junge Samurai spürte den Atem des Mannes sehr weit unten auf ihrem bloßen Rücken und war ein wenig erregt. Es war eine höchst intime Sache und sie hatte zuvor die Blicke des Künstlers bemerkt, die nicht nur die zu bebildernden Stellen gestreift hatten. Mitsuko wusste, dass sie eine gute Figur hatte. Ihre Beine waren lang, die Glieder schlank, aber dennoch gut bemuskelt. Ihre Implantate waren fast übergangslos verwachsen, es gab keine hässlichen Narben. Die Kriegerin war eins mit ihrem Körper, er gehorchte ihr, und sie pflegte ihn gut.

Das Bild auf ihrem Rücken war in drei Sitzungen bis fast auf die Pobacken gewachsen, so dass der Meister heute auf dem Steißbein begonnen hatte. Das schmerzte sehr, wie jede Stelle, an der die Knochen so nah unter der Haut liegen. Mitsuko versuchte sich an einer der Feedback-Techniken, die ihr eine Meditation ermöglichen würden. Es funktionierte und die KI blendete sich aus.

Stille.

Nicht jeder Bewohner des Bunkers konnte das — sich ausblenden. Auch viele der Samurai waren ständig mit der KI verbunden. Sie — die künstliche Intelligenz namens *Amaterasu* — sorgte dafür, dass man sich in dieser neuen Welt wohler fühlte. Jeder Bewohner des Bunkers wurde von Kindheit an verbunden. Warum auch nicht? Schließlich gab man der KI damit die Möglichkeit, das Leben aller zu verbessern. Die KI veränderte die Art, wie man die Welt sah, wie man sich fühlte, sie regulierte Stimmungen, kontrollierte den Biorhythmus, steuerte das Training, verbesserte den Schlaf und sorgte für Unterhaltung und Kommunikation. Sie bekam dafür Informationen über die Bevölkerung in den Bunkern, über die Außenwelt und die Bedingungen dort, über Feinde und den Zustand der Waffen, eben alles, was die KI für wissenswert hielt. Das half allen, noch besser zu planen. Denn irgendwann sollten die Menschen wieder an der Oberfläche wohnen. Das war das Ziel: Überleben und sich gleichzeitig verbessern.

Alle arbeiteten an diesem Ziel. Jeder einzelne Bewohner der Bunker. Alle waren vernetzt, vom gerade geborenen Kleinkind bis zum Greis. Die Katastrophe hatte sie unter die Erde gezwungen, aber das musste ja nicht so bleiben. Um den Fortschritt zu gewährleisten, arbeiteten die Bunker zusammen, auch wenn der Informationsaustausch über die Satelliten nicht immer funktionierte.

Die Samurai waren ein Teil dieser Struktur, aber sie hatten dennoch eine Sonderstellung inne. Eine spezielle Eigenart ihres Genoms machte sie zu ausgesuchten Kriegern. In ihnen befand sich ein *Kami*-Gen — quasi der Keim der Göttlichkeit — welcher zugunsten der restlichen Bevölkerung genutzt werden musste. Die Ehre, einer der besonders ausgebildeten Krieger zu werden, konnte niemand ablehnen.

Mitsuko wusste, dass sie als Samurai privilegiert war. Nicht jeder war so gesund wie sie. Viele normale Menschen litten unter dem künstlichen Licht und der schlechten Verpflegung. Obwohl man in den riesigen unterirdischen Bunkern hydroponisch viel anbauen konnte, so blieb das Nahrungsmittelangebot doch begrenzt und Menschen waren einfach nicht für das Leben unter der Erde gemacht. Dennoch lebte es sich unterirdisch immer noch besser als an der Oberfläche: Dort trieben sich in den Ruinen nicht nur Ratten herum. Die Gefahr ging von den neuen Lebensformen aus, die der Mond und sein Bewohner der Erde bescherten.

Weil das Leben an der Oberfläche gefährlich war und die kleinen übriggebliebenen Menschenansammlungen beschützt werden mussten, gab es die Samurai. Mitsuko war als eine solche sofort zu erkennen. Sowohl der haarlose Teil ihres Kopfes mit dem Implantat, als auch die Tätowierungen zeigten jedem sofort ihren Status — der Harnisch sowieso.

Die High-Tech-Rüstung war Privileg, Pflicht und Verantwortung gleichermaßen. Besseres Essen, Freizeit, Zerstreuung und Bildung könnte man quasi als empörende Ressourcenverschwendung anprangern. Wären da nicht das konstante Training, Disziplin, die Implantate und nicht zuletzt das Risiko, im Kampf oder durch eine Beschädigung des Anzugs an der Oberfläche, zu sterben. Manch junger stolzer Krieger zog kurz nach seiner letzten Prüfung aus, zurück kam aber nur der Harnisch und eine Warnung: Hochmut war ein Ideal der alten Welt. Der Welt vor dem Fall.

Mitsuko war zwölf Jahre alt, als der Mond fiel. Man hatte damals schon gewusst, dass sie *Kami*-Gene hatte und so waren sie und ihre Familie schnell in den vorbereiteten Bunker gebracht worden. Zunächst hatte sie das nicht verstanden. Aber während den schlimmen Tagen der Katastrophe hatten alle in den schützenden Gängen und Stuben gekauert und der beruhigenden Stimme von *Amaterasu* gelauscht, die ihnen versichert hatte, dass alles gut werden würde. Mitsuko erinnerte sich an den Moment, als die Tore das erste Mal wieder geöffnet wurden und ein trauriges Seufzen durch die Gänge hallte. Die schlimmen Nachrichten von der weltweiten, nahezu kompletten Zerstörung der menschlichen Zivilisation. Auch der Tag, als sie selbst die Oberfläche das erste Mal wieder gesehen hatte, war unvergesslich. Wo vorher Tokio gewesen war, gab es nur noch Ruinen. Das Zentrum der Stadt schwelte in einiger Entfernung nach diesen langen Tagen immer noch, obwohl Regenstürme stetig peitschten und alles mit schmutzigen Tropfen erstickte.

Aber das Leben in den Bunkern spielte sich ein. Jetzt, nach sieben Jahren, waren sie für viele ein Zuhause geworden. Gänge und Hallen, die kleinen Räume, all das war voller Leben. Nicht mehr wie früher, aber es ging weiter. Kinder wurden geboren. Nachrichten aus anderen Bunkern trafen ein, Satelliten, die verloren geglaubt waren, schufen Kontakt und Austausch. Man würde es schaffen.

Sobald Überleben nicht mehr die höchste Priorität hatte, begann man, die Samurai und andere Technologien, die die neue Welt zurückerobern sollten, stetig zu verbessern und weiterzuentwickeln. Mitsuko war stolz, Teil dieser Armee zu sein. Sie durchlebte alle Operationen ohne Klagen und arbeitete täglich daran, besser zu werden, Perfektion zu erreichen. Sie liebte das Training, ob mit oder ohne Unterstützung der KI.

Es gab so viele Möglichkeiten! Die Implantate erlaubten es, sich mit den Trainern und anderen Auszubildenden zu verbinden und gemeinsam zu üben. Das Ziel eines jeden Schülers war es ja, vom einfachen Aufführen der *Katas*, vom *Omote* und schließlich ins *Ura* zu gelangen — die Stufen des tiefsten Verständnisses von Körper und Bewegung. Die kurzen Momente der Erleuchtung in die tiefsten Zusammenhänge der Kampfkünste musste man sich aber immer wieder neu erarbeiten. Mitsuko wartete noch darauf, diese zu erreichen.

Es gab für sie nichts Befriedigenderes, als etwas, was man unzählige Male geübt hatte, immer präziser zu begreifen. Bewegungen, die ins Muskelgedächtnis übergegangen waren, dann auch mit den spirituellen Sinnen zu erfassen und ihnen dadurch neue Transzendenz zu geben. Sie lächelte bei diesen Gedanken. Das hörte sich so überheblich an, sie würde von Meister Noo eine Abreibung bekommen, wenn er ihre Gedanken kennen würde. Er hatte ihr ihren Samurai-Namen Mitsuko gegeben, weil er fand, sie wäre wie ein kleines Kind, welches alles zu leicht nahm.

Autsch! Ein Stich im unteren Rücken holte sie zurück in den kleinen, mit grellem LED-Licht erhellten Raum und auf die abgegriffene Liege aus memory foam. Zurück zu den Schmerzen und der Langeweile. Aber für heute war der Meister der Nadel zufrieden. Mitsuko stand auf und betrachtete sein Werk im Spiegel. Die Schlange wand sich nun von ihrem rechten Schulterblatt über den Rücken auf den linken Oberschenkel. Sie war zunächst noch nicht farbig, das kam später. Im Moment war sie schwarz, welches mit der Zeit dunkelgrün würde, da der Meister die traditionelle Tinte für die Linien nahm.

Nachdem er eine Salbe aufgetragen und eine Folie aufgelegt hatte, durfte sie sich anziehen. Die Samurai rannte durch die düsteren Gänge, es gab keinen Grund, länger in diesem Teil des Bunkers zu verbleiben. Die muffige Luft war geschwängert von den ewig brodelnden Ölwannen, in denen Dinge frittiert wurden, die niemals Namen bekamen. Es war Essen. Die Menschen wichen bei ihrem Anblick beiseite und so war die Samurai schnell in den Gängen der Kriegerschule, wo die Lampen heller leuchteten und nicht flackerten. Die Wände waren hier nicht mit Graffiti, sondern mit historischen Szenen dekoriert, denn niemand hätte gewagt, hier seinen Schriftzug anzubringen. Die ehemaligen U-Bahnschächte und Gänge waren früher Orte des Durchgangs. Heute sind sie Heimat. Niemand ist nur kurz da, um eigentlich weiterzuhasten — heute fahren keine Züge mehr. Wohin auch? Wer sich über die Dunkelheit beschwerte, war noch niemals oben in den Ruinen. Und die KI machte alles heller, angenehmer. Sie bot einem Illusionen, wenn man sie wollte.

»Wie war es?«, fragte Akiko, ihre Stubenkollegin. Zwölf Quadratmeter gönnte man ihnen. Luxus.

»Man sieht jetzt nicht viel. Das weißt du doch.« Mitsuko mochte Akiko, aber manchmal fragte sie zu viel.

»Ich hasse das Tätowieren.«

»Du stellst dich an. Ich hab das mit dem Feedback gemacht, das war super!«

»Ich komm damit nicht so gut klar«, gestand ihre Mitbewohnern. Sie lag auf ihrer Matte und hatte offenbar geschlafen, rieb sich nun die Augen und gähnte.

»Ich finde es großartig«, sagte Mitsuko und legte sich ebenfalls hin. Man musste schlafen, wenn es eine der seltenen Gelegenheiten gab. Schlaf vertiefte das Gelernte. Heute war sie sogar dazu verpflichtet worden, damit das Meisterwerk heilen konnte.

»Na toll, jetzt hast du mich geweckt«, beschwerte Akiko sich.

»Sorry.«

»Spiel mit mir eine Runde Tic-Tac«, forderte ihre Freundin und stand auf.

»Ich mach mir dabei die Nägel.«

Akiko kramte in der kleinen Kommode, die jede von ihnen als einziges Möbelstück zur Verfügung hatte. Mitsuko erinnerte sich daran, wie begeistert sie gewesen war, einen Raum fast für sich allein und eine leere Schublade vorzufinden, als sie damals — drei Jahre war das jetzt her? — hier eingezogen war. Weg von der Familie, die zu viert auf dem gleichen Platzangebot gelebt hatte. Darin hatte sich sogar noch die Kochstelle befunden. Das brauchten die Auszubildenden natürlich nicht, sie bekamen Essen in der Mensa.

Akiko hatte ein paar Bilder aufgehängt. Sie war recht begabt in Tuschemalerei. Auch das gehörte zur Ausbildung. Meister Noo, der für solche künstlerischen Fähigkeiten zuständig war, sagte immer: »Nur ein ästhetisch geformter Geist kann die Kampfkünste wirklich verstehen.«

Die Zimmerkameradinnen riefen das gleiche Programm auf und in ihrem visuellen Kortex entstand das Bild des Tic-Tac Spieles. Es war ein wenig anspruchsvolle Version von Go, mit ein paar Spielereien aufgepeppt. Mitsuko blieb einfach auf dem Bauch liegen und spielte halb dösend, während Akiko sich ihre Finger- und Fußnägel verschönerte.

Am nächsten Tag spannte das Tattoo natürlich, aber das war kein Grund, nicht zu trainieren. Meister Hayato schickte sie zunächst einmal in die Meditation. Die Ruhe des Geistes war immer die Vorbereitung zum effektivsten Training.

<<Tiefe Verbindung mit Otomo-Kern gestartet<<

Mitsuko hatte die Augen nicht geschlossen, aber der Gong holte sie aus einer tiefen Trance und sie nahm die Umgebung erst jetzt wieder wahr.

»Zunächst üben wir ohne Link«, sagte Meister Hayato zu seinen 15 Schülern nach der Meditation. Mitsuko und die anderen stellten sich in Formation, um die *Katas* zu üben. Egal, wie weit oder tief man in die Kampfkünste eingedrungen war, die *Katas* zu absolvieren war wie atmen. Nach einer halben Stunde war der Meister zufrieden.

Mitsuko stand still und spürte ihrem Atem nach. Der Geruch nach Staub, Schweiß und den Reisstrohmatten war ihr der liebste. An der Wand hingen ein paar antike Waffen, die die Meister manchmal nutzten, wenn sie den Schülern etwas ganz besonderes zeigen wollten. Sie selbst hatte zwar eine eigene Naginata, aber die Schüler wurden in allen Waffengattungen unterwiesen und mussten mit den Trainingsgeräten Vorlieb nehmen, die schon hunderte vor ihnen benutzt hatten. Schließlich, so sagte Meister Hayato, fände man auf dem Schlachtfeld auch nicht immer die perfekt ausgewogene Waffe, falls man seine verlöre.

Die Kriegerin verbeugte sich zusammen mit den anderen und übte mit dem ihr zugewiesenen Partner den Kampf mit verschiedenen Waffen, bis Sensei Hayato sie unterbrach.

»Heute will ich mit dir einmal ein paar Übungen mit dem Link versuchen.«

Die Samurai wurden dabei zusammengeschaltet. Die KI versuchte damit, die Leistung nach dem Prinzip »Das Ganze ist mehr als die Summe seiner Teile« zu verbessern. Das Ziel war es, eine Kampftruppe komplett durch den Link verbunden in die Einsätze ziehen zu lassen und ihnen zu ermöglichen, zusätzlich noch die Cyberoids zu steuern — die Kampfroboter.

Mitsuko liebte es — eigentlich. Das Lenken eines der wertvollen Kampfroboter war eine wahrhaft erhebende Sache. Dennoch gelang es ihr bisher noch nie. Es war nicht das erste Mal, dass der Meister sie für so etwas aussuchte, denn er verstand nicht, warum sie dabei jedes Mal versagte. Zwei Gegner sollten sie angreifen. Zusammen übten sie noch einmal ohne Link und dann aktivierte Hayhato die Zusammenschaltung.

<<Verbindung aktiviert - Kampfmodus<<

Der Raum um sie herum verschwand. Die Informationen wurden nun direkt über den Link ins Gehirn gespeist, die anderen Sinnesorgane quasi abgeschaltet. Mitsuko sah, hörte und fühlte nur noch das, was die KI ihr zeigen wollte. Einzig den Geruchssinn konnte man nicht abschalten. Er saß zu nah am Hirnstamm und eine Einmischung durch chirurgische Eingriffe war auf dieser tiefen Ebene nicht ratsam.

<<Verbindungsstärke 25%<<

Das Feedback war immer weiter herunter getuned worden. Es war natürlich auch eine Sache der Übung, Rücken an Rücken zu kämpfen und somit durch den Link auch zu sehen, was hinter einem geschah — oder durch drei und mehr Paar Augen auch was neben einem passierte — war überwältigend. Mitsuko hatte damit große Schwierigkeiten, auch auf diesem niedrigen Level.

Der imaginäre Feind erschien. Der Oni, den die KI simulierte, war riesig und schwerfällig. Er kämpfte hauptsächlich mit einer Naginata, hatte aber in den anderen drei Armen unter anderem auch ein Schild. Er brüllte und stampfte, die tönernen Masken, die manchen seiner Körperteile möglicherweise als Schutz dienten, klapperten gegen Trophäen — Knochen und abgeschlagene, modifizierte oder schlicht verfaulende Gliedmaßen. Er war so unglaublich echt, der Boden vibrierte, wenn er aufstampfte.

Mitsuko bekam bei dieser Übung direkte Informationen eingespeist, so dass sie die Art, wie ihre Klinge sich in sein Fleisch fraß, wirklich spürte. Alles begann wie ein normaler Kampf. Meister Hayato war mit zwei Katanas schnell und aggressiv, Mitsuko stach mit ihrer Naginata zu wie ein Skorpion und sprang dann flink aus der Reichweite der Arme. Man durfte die Schnelligkeit dieser Wesen nicht unterschätzen, die schiere Größe und Masse ließ sich nicht mit einem Menschen vergleichen. Oni hatten übermenschliche Fähigkeiten. Dennoch wusste Mitsuko während des harten Kampfes, dass der Raum, in dem sie trainierten, Wände hatte, die Simulation daher darauf Rücksicht nahm und das Zentrum des Scharmützels nicht zu nah an einer Begrenzung stattfinden ließ.

Obwohl sie es ignorieren sollte, nutzte sie das Wissen automatisch. Es war kaum möglich, nicht jeden erdenklichen Vorteil zu nutzen, darauf waren sie doch spezialisiert! Sie zog sich also immer ein Stück zu weit von ihm zurück, dahin, wo er ihr nicht folgen würde, und sie Zeit hatte, einen kostbaren Atemzug zu nehmen, bevor sie wieder in die Reichweite sprang.

Die KI wusste das. Später, wenn der Kampf ausgewertet würde, war es nicht abzustreiten. Es war wie ein kleiner Verrat und gleichzeitig nichts weiter als opportun. Ein Krieger musste jede Chance nutzen, das Blatt zu seinen Gunsten zu wenden. Gleichzeitig war das hier eine Übung, sich dabei auch vollständig auf seinen Partner verlassen zu können, so dass das ganze mehr als die Summe seiner Teile wurde.

Aber es klappte wieder nicht vollständig: Obwohl Mitsuko durch den Link die Information bekam, dass der Meister eine Ausweichbewegung machen würde, damit sie einen langen Schwung von links oben nach rechts unten machen konnte, traf ihr Bokutô sein Schienbein, weil sie zu spät abbremste.

»Ich werde offenbar zu alt«, sagte er hinterher nassgeschwitzt.

Mitsuko sagte nichts dazu, das wäre nicht schicklich gewesen. Der Meister war sicher nicht zu alt in dem Sinne, dass es ihm an Kampfkunst gefehlt hätte. Hayato war unglaublich schnell und präzise. Aber die Link-Technologie und das Verarbeiten der dazugehörigen Informationen bedeutete für ihn, dass er manches neu lernen musste. Sie ahnte, wie schwer das für ihn war, nach fast 35 Jahren, die er größtenteils ohne Link verbracht hatte.

Für die neuen, jungen Krieger, vor allem für die Frauen, war es eigentlich leichter. Man schob es bei ihnen darauf, dass das weibliche Gehirn von vorneherein vermehrt beidseitig dachte, also die Brücke zwischen den Hirnhälften öfter benutzt wurde. Das Verarbeiten von Informationen aus verschiedenen Quellen wurde dadurch einfacher, noch mehr Datenmengen aufzunehmen schien kein Problem. Das machte sie nicht zu besseren Kämpfern, da Männer trotz allem immer noch entschlussfreudiger und zielstrebiger waren. Sich Zehntelsekunden vor anderen zu entscheiden, konnte den Sieg bringen, auch wenn man nicht alle Möglichkeiten erkannt hatte. Man arbeitete daher in den verschiedensten Konstellationen, auch wenn die Auswertung der Daten sicher noch viel Zeit in Anspruch nehmen würde.

Mitsuko war begeistert dabei, aber ihre Ergebnisse blieben unter dem Durchschnitt. Sie versuchte das nicht zu werten, aber es bedrückte sie schon. Andere fanden das alles sowieso zu neumodisch und zweifelten den Wert an — man solle doch die Traditionen ehren und jeden Kämpfer für sich die Perfektion erstreben lassen. Sie nahmen aber selbstverständlich an den Übungen teil, da nur alle gemeinsam das Leben und das Kämpfen weiter verbessern konnten. *Amaterasu* KI bestätigte ihnen immer wieder, dass dies der beste Weg wäre. Ihre Stimme war das, was einem Anführer am nächsten kommt. Sie war die überwachende Mutter KI, die alle Informationen zusammenträgt, das Herz und das Hirn der Cybersamurai.

In vielen Dingen war sie tatsächlich wie eine Mutter. Sie machte, dass man zu essen hatte, es warm war und frische Kleidung bereit lag. Ihre Stimme weckte alle Morgens, ihre Anerkennung belebte die Schüler nach den Übungen und Prüfungen und begleitete alle bis in die Träume. Tatsächlich fanden einige Software Updates während des Schlafes statt, unbemerkt vom Schläfer, der allerhöchstens schöne Träume hatte.

»Was für ein Scheißtag. Ich kämpfe lieber ohne diese Verschaltung. Wir sollten uns nur auf uns selbst verlassen«, sagte Chiko beim Abendessen.

Die 15 Krieger der Gruppe saßen zusammen. Frisch geduscht, die Haare bei manchem noch feucht, knieten sie vor einer langen niedrigen Tafel, auf der die verschiedensten Speisen zu ihrer Verfügung standen. Mitsuko hatte es eilig gehabt und sich daher das Tattoo nicht sorgfältig genug eingeölt. Jetzt spannte es in dieser Haltung sehr, vermutlich hatte sie auch ein paar Schläge auf die frischen Wunden bekommen. Aber es waren ja nur die äußeren Linien, da konnte nichts zerstört sein. Nach der Farbschicht würde sie sicher eine Woche nicht in den Nahkampf dürfen.

Sie musterte Chiko, der auf der anderen Seite des Tisches saß und wie immer gleichzeitig redete und aß. Er war klein und massiv gebaut und stets missmutig. Aber ein Riesenangeber. Er hatte sich sogar schon sein Gesicht tätowieren lassen, um zu zeigen, dass er des Drachens würdig und somit unglaublich großartig war. Das Bild war allerdings dort mit einem Laser hineingebrannt und zusätzlich mit augmented reality verstärkt, sodass der grüne Lindwurm stetig auf seiner Wange zum Hals und zurück kreiste. »Völlige Konzentration ist der Schlüssel. Wenn jeder sein Bestes gibt, können wir uns blind auf die anderen verlassen, auch ohne so einen Link. Mich lenkt das nur ab, wenn die Weiber ihre Tage haben.«

»So ein Quatsch«, sagte Mitsuko. Sie ging erst gar nicht auf das provozierende Element ein; Chiko mochte Frauen nicht. Frauen mochten Chiko nicht. »Und die Cyberoids? Wer soll die dann steuern? Sie sind unschätzbar gegen Feinde, die viel stärker und größer als wir sind. Du weißt, was da draußen alles lauert! Dort draußen sind wir es, die Ordnung im Chaos schaffen. Ordnung wird uns wieder an die Oberfläche führen. Und ich glaube, da ist noch viel mehr. Wir müssen jeden Vorteil nutzen, den wir bekommen können.«

»Wir sollten die Oberfläche schneller erobern«, sagte Chiko mit vollem Mund. Nudelstücke flogen über den Tisch. »Jetzt, so lange wir noch können. Bevor andere das tun.«

»Bevor?«, fragte Mitsuko. »Das ist doch schon lange geschehen! Denk mal an die Landwale, die Insektenschwärme oder gar die Drachen! Menschen sind doch gerade abgemeldet.«

»Ein echter, menschlicher Kaiser muss wieder auf dem Jadethron sitzen«, sagte Chiko. »In einem Palast. Und die Sonne muss scheinen.« Er drehte sich um und stach mit den Essstäbchen nach einer Bediensteten, die sein Lieblingsessen nicht schnell genug nachfüllte. Ein Schwall Beleidigungen trieb die Frau im Laufschritt durch die Halle. Niemand drehte sich deswegen um. Samurai durften das.

Mitsuko seufzte, wusste aber, dass Chiko mit seinen Forderungen vielen aus der Seele sprach. Das machte es auch oft schwierig, sich mit normalen Bewohnern des Bunkers zu unterhalten. Die Menschen litten und wollten Lösungen. Die KI's sollten die Zustände von früher so schnell wie möglich wieder herstellen. Das Kaiserpaar war ein Symbol, und die Menschen hassten es, dass ihre gottgleichen Figuren nicht mehr existierten. Es würde ihnen weniger ausmachen, wie Würmer oder Maulwürfe zu hausen, wenn wenigstens ein Herrscher wieder in einem prächtigen Palast leben könnte. Aber der Tenno und seine Frau waren seit dem großen Unglück der Mondlandung verschollen. Manche dachten, sie wären tot. Andere glaubten fest, dass sie irgendwo lebten, vielleicht sogar in Form der KI namens Tenno, die gemeinsam mit den anderen KIs ihr Leben überwachten und verbesserten.

Vielleicht gab es tatsächlich irgendwo eine Maschine, ein neuronales Netzwerk, welches die Seele oder den Geist des Tenno beinhaltete. Wie ein *Shintai*. Aber niemand bestätigte diese Spekulationen.

Mitsuko wusste, dass die KI versuchte, den Menschen, die an sie angeschlossen waren, ein schöneres, freundlicheres Bild der Umgebung zu vermitteln. Und sie wusste auch, dass es innerhalb der Samurai einige gab, die forderten, sich von den Weisungen der künstlichen Eltern zu lösen und endlich zu tun, wofür Krieger da waren, nämlich gegen alles und jedes auf der Oberfläche zu kämpfen. Aber dann würden sie Ronin — Ausgestoßene, Geächtete. »Zum Glück hast du nicht zu bestimmen, Chiko.«

»Die Oberfläche ist nicht mehr so schlimm wie noch vor ein paar Jahren«, behauptete Chiko. »Wir könnten schon lange wieder oben bauen.«

»Es gibt immer noch regelmäßig Erdbeben und schlimme Unwetter«, widersprach Mitsuko. »Wir sind hier unten sicherer. Und denk an die Oni des weißen Drachen.«

Chiko stand auf. Er beugte sich vor und sein Gesicht war nun ganz nah an Mitsukos. Sie konnte die Essensreste zwischen seinen Zähnen sehen. »Wir sind Samurai, weil wir zum Teil *Kami* sind. Wir müssen nicht kuschen und uns verstecken. Wir müssen nicht wie Feldmäuse in Löchern kauern. Die Oni sind unsere Feinde und ich werde mein Schwert mit ihrem Blut adeln.« Er richtete sich auf und ging.

»Vollidiot«, sagte Akiko.

»Ja«, sagte Mitsuko. Sie war sich aber nicht sicher, ob sich nicht doch ein winziges Körnchen Wahrheit in Chikos Worten befand.

WUI WUI WUI ... die Sirenen schallten durch das Schiff. Der Stahlkoloss zitterte. Es war der heftige Wellengang, welcher den Flugzeugträger seit Stunden beutelte. Die stetig hin und her eilenden Mannschaften verstopften die Gänge und Leitern. Jackson prallte mit der Schulter gegen eine Wand, stieß sich ab, und versuchte die Gegenbewegung zu kompensieren, um endlich vorwärts zu kommen. Er musste doch ... er musste doch ...

Der Staff Sergeant wachte auf. Die Welt taumelte. Wie so oft war sein Gleichgewichtssinn gestört und die Welt schwankte noch ein wenig länger. Die Katastrophe der *USS Nomad* hatte ihm dieses spezielle Geschenk überlassen. Natürlich hatten auch viele andere an diesem Tag Geschenke bekommen, wenn man das so sehen wollte. Die Erde selbst hatte ein Geschenk bekommen: Der Mond war auf sie herunter gefallen.

Das hatte quasi auch den Gleichgewichtssinn der Erde Nachhaltig gestört. Wo einstmals der Pazifik gewesen war, gab es nun Land. Der landende Gesteinsbrocken hatte bei seinem Eintreffen das Wasser verdampfen lassen und vieles enthüllt, was bisher für Menschenaugen unsichtbar gewesen war. Leider war der Meeresgrund jetzt übersät mit den Überresten des ehemaligen Unterwasserlebens und mitten drin in dem gigantischen stinkenden Schlammloch lag der Koloss des Flugzeugträgers — wie ein winziges Plastikmodell neben kilometerhoch aufragenden Steilwänden, dem Mond und der Weite des Pazifiks.

Seit fünf Jahren jetzt schon. Jackson erinnerte sich noch an den Geruch des ersten Jahres. Als die Milliarden Fische, Krebse und Pflanzen verrotteten, Regen aus der Gülle giftig brodelnde

Teiche und dann Seen machte. Viele wünschten sich da, einfach einen Schalter in der Nase umlegen zu können, so wie man die Augen zu machen kann. Gerüche mit Gegengerüchen zu kontern war auch keine Lösung gewesen. Verwesung mit Lavendelgeruch war immer noch eklig. Jetzt roch es nicht mehr. Nur manchmal, wenn einer ein falsches oder zu tiefes Loch grub, oder man in Windrichtung zur Latrine stand. Vielleicht war man auch einfach abgestumpft.

Dennoch waren die Gerüche damals das kleinste Problem gewesen. Wenn man schlicht überleben will, dann ist es einem egal, ob man selbst stinkt, die Umgebung, oder beides. Die Bedrohung der Zerfallsprodukte war schlimmer gewesen. Der kleinste Spritzer der Drecksbrühe konnte endlosen Durchfall hervorrufen, der einige Menschenleben gekostet hatte. Wenn Jackson heute manchmal die kleinen Kinder rumrennen sah, dann fragte er sich, wie jemand bei den ganzen Widrigkeiten Sex haben wollte und wie seltsam es war, in diese Welt Kinder setzen zu wollen. Aber so war das wohl. Circle of life, oder so. Er summte das Lied automatisch. Immer wenn ihn etwas an einen Songtext erinnerte, konnte er nicht anders, als das Lied zu singen, zu pfeifen oder wenigstens zu summen. Er vermisste Musik. Natürlich hatte fast jeder irgendwelche Speichermedien, die immer die gleichen Lieder der verschwundenen Welt hoch und runter dudelten, aber da war noch so viel mehr gewesen ...

Nur gut, dass er in seinen *Oshkosh* — jedenfalls bezeichnete er eines der Mehrzweckfahrzeuge als seinen eigenen, obwohl natürlich irgendwie allen alles gehörte — Alles für die *Nomads*! und so weiter, Go *Nomads* go! — jedenfalls hatte er in den Wagen, den er meistens benutzte, Lautsprecher eingebaut. Zugegebenermaßen ein bisschen versteckt, aber die meisten, die ihn gut kannten, waren schon einmal bei Erkundungsfahrten in den Genuss von zünftigem Country und Western gekommen. Er hatte auch Soul und ein bisschen Jazz, aber da standen nicht viele drauf. Die meisten Soldaten mochten es härter. Dafür hatte Jackson natürlich auch ein bisschen Rock. Der gute *Highway to hell* ging immer. Sein Musikgeschmack ging bis etwa 1980, alles danach war nur noch verschissene Nachmache, seichtes Gedudel, mit dem ihm niemand kommen sollte.

Jackson hatte damals nach dem Unglück ein paar Tage nicht laufen können, und wenn, dann war er im Kreis gegangen und hatte nach ein paar Minuten sein weniges Essen ausgekotzt. Doc Roc hatte den Kopf geschüttelt und ihm geraten, das nicht zu tun. Also zu laufen und den Kopf zu schütteln. Jackson hatte in dieser Zeit gelernt, neben kleineren mechanischen Reparaturen auch Strümpfe zu stopfen und zu stricken. Ohne Scheiß, er machte das heute noch gerne, auch wenn er inzwischen wieder geradeaus laufen konnte. Marschieren, besser gesagt. Und fahren. Und alles, was man eben als Soldat so tat. Genauer gesagt als Staff Sergeant von den US Marines. Marines mit großem *M. Semper Fi!* und so.

Das waren sie ja immer noch, also Soldaten, auch wenn sie sich inzwischen *Nomads* nannten. Ein hartes Gemisch aus Navy, Marines und Air Force. Jackson war nur zufällig auf der *Nomad* gewesen, als es geschah. Eigentlich gehörte er zur Besatzung des Begleitschiffes *USS Wild Horse*, die kleineren Schiffe waren von den Tsunamis noch unbarmherziger gebeutelt worden. Fast niemand war von deren Besatzung übrig geblieben. Keiner wusste, wo das zu dem Flottenverband gehörige U-Boot geblieben war. Von insgesamt 10.000 Mann Besatzung der Einheit waren nur knapp 250 übrig geblieben. Von denen waren im ersten Jahr nochmal 53 gestorben. Sie hatten inzwischen einen großen Friedhof.

Im zweiten Jahr war das erste Kind geboren worden. Man hatte es sinnigerweise Adam genannt. Jackson erinnerte sich an eine Feier mit vergorenem Getränk – niemand fragte, was da drin war, alle brauchten die Momente guter Laune zu dringend. Niemand fragte, was man zu essen vorgesetzt bekam. Es war Essen. Es hielt einen am Leben. Manche behaupteten, es hielte einen nur am Scheißen, aber damit hatte Jackson wenig Probleme.

Meistens war er nur der Mechaniker und Fahrer. Der Tsunami, der die *Nomad* schließlich auf dem baren Meeresgrund hinterließ, hatte die im Unterdeck eingeschlossenen Flugzeuge stark beschädigt. Die Reparaturen wären aber irgendwann so weit, dass sich wieder jemand in die Luft erheben konnte, sagten die Kommandanten. Ja, der Mensch braucht Pläne und Zuversicht in die Zukunft, um weiterzuscheißen und nicht einfach mit unterzugehen. Die begleitenden Schiffe hatten einige der

Multifunktionsfahrzeuge in ihren Bäuchen gehabt — *Humvees* und *Oshkoshs*. Die waren überlebensnotwendig — denn die neue Welt hatte Bedrohungen hervorgebracht, mit denen keiner gerechnet hatte.

Jackson hielt die Fahrzeuge, für die er verantwortlich war, so gut in Schuss wie er konnte. Die Batterien waren immer gut geladen, das war das wichtigste. Aber es war auch nötig, sie kontrolliert zu entladen, darüber musste genau Buch geführt werden. Unterwegs konnte man die Fahrzeuge mit Sonnenenergie tanken, was aber bei dem Staub in der Atmosphäre nicht so effizient war, wie es sein konnte. Blieb man im Radius des Flugzeugträgers, so lud man die Wagen selbstverständlich dort. Wie alle Geräte, die Saft brauchten. Niemand wagte darüber nachzudenken, was geschehen würde, wenn das nukleare Herz der *Nomad* erstarb.

Immer, wenn Jackson von einer Mission zurückkam, und den auf der Seite liegenden Flugzeugträger von weitem erblickte, erschauerte er innerlich. Es war bittersüß. Was für ein Weg von den endlosen Maisfeldern aus Indiana zu diesem Koloss auf dem baren Staub, der ehemals Meeresboden war. Aber Heimat ist Heimat. Und die ist da, wo man lebt. Manche kamen ja wieder auf das beliebte Thema Scheiße zurück und behaupteten, Heimat wäre dort, wo man hinscheißt. Es war alles eine Frage der Sichtweise. Leben und Scheißen gehörten halt zusammen.

Leben war dennoch eine Selbstverständlichkeit, nach der Katastrophe, die alles auf der guten alten Erde nachhaltig verändert hatte. Jackson lebte und das beabsichtigte er auch noch eine Weile zu tun. Alles ging zwar langsamer und geradliniger — wenn ihn der Schwindel nicht gerade zu Kurven zwang —, aber was störte ihn das? Er war nicht kurzsichtig, hatte fast noch alle seine Zähne und seine Arbeit war nützlich.

Möglicherweise würde irgendwann eines seiner Kinder hier herumspringen, dachte er, als er aus der Öffnung, die einstmals eine Ladeluke der *Nomad* gewesen war, heraustrat, die Metallleiter herunterstieg und eine kleine Gruppe kreischender Sprösslinge an ihm vorbei rannte. Auch wenn er nicht attraktiv war und daher nicht die erste Wahl der Damen, so wussten alle um die genetische Diversität, die dringend benötigt wurde. Denn sie waren hier möglicherweise eine der letzten Enklaven der Menschheit.

Die *USS Nomad* (CVN-78): 400 Meter lang, 50 Meter breit am Rumpf, 90 Meter am Flugdeck. Jetzt waren die 90 Meter eine vertikale Wand, die Landebahnmarkierungen nur nutzlose Striche, sowas wie abstrakte Kunst.

In den sechs Jahren, die sie hier am Grund des ehemaligen Pazifiks, genauer gesagt im sogenannten Gelben Meer, nahe Pjöngjang, verbracht hatten, waren ihnen nur sehr wenig andere normale Menschen über den Weg gelaufen. Ja sicher, es gab die Löwenleute — wilde schwarze Krieger, die auf gezähmten, mutierten Büffeln ritten und sie regelmäßig angriffen — die hatten wenig Menschliches, vom Standpunkt der *Nomads* aus gesehen. Sie schienen eher wie eine Horde Neandertaler — nicht vergleichbar mit der Ansiedlung rund um das Schiff, die die Werte und Gesetze der Welt aufrechterhielten. Naja, die übriggeblieben Japsen hockten wie Maulwürfe unter der Erde. In Bunkern. Die hatten diese vercyberten Samurai — üble Krieger, mit einem verschissenen Ehrenkodex aus dem Geschichtsbuch, aber modernster Technologie im Körper. Jackson biss sich fast auf die Zunge, wenn er an die Kämpfer in ihren Vollpanzerungen dachte. Sie waren verflucht schnell und Bloch meinte, sie würden von einem Computer, so einer allwissenden künstlichen Intelligenz, gesteuert. Daher wussten sie manchmal auch, was hinter ihnen vorging und kämpften mit einer schrecklichen Akkuratesse. Aber waren das noch Menschen? Sie hatten mal ein paar der Toten untersucht und festgestellt, dass manche mehr Maschine als Mensch waren! Vollgestopft mit Implantaten, sogar künstlichen Drüsen! Und es gab welche, die waren tatsächlich reine Maschinen. Wie eine Waffe, menschenähnlich, nur größer. Verschissene Kampfroboter. *Hasta la vista, baby. Sayonara*, oder so.

Ansonsten gab es Gerüchte über Wale, die sich auf ihren Flossen vorwärtsbewegten. Das war natürlich völlig blödsinnig, jeder wusste doch, dass die an Land von ihrem schieren Gewicht erdrückt wurden. Die Gerüchte hörten aber nicht auf. Jackson dachte, dass es nicht blödsinniger wäre, als die Oni, die er schon gesehen hatte. Blinde, missratene, ekelerregende Figuren, direkt aus irgendwelchen Höllen entstiegen, die nichts wollten, als zu schlitzen und zu metzeln. Oder die russischen Soldaten, die sich wie Kerle benahmen, aber Frauen waren.

Ja, es gab eine Menge hier in diesem Ödland, was nur darauf aus war, alle zu massakrieren, um ihre leckeren Innereien zu genießen. Dennoch versuchten sie, einfach weiterzumachen. Die Soldaten der *USS Nomad* taten schlicht so, als wären sie noch in *good ole US of A* und nur durch einen blöden Zufall wäre gerade keine Mall in der Nähe, um dort shoppen zu gehen.

Wie immer, wenn er aus dem Schiff kam, sah auch Jackson zuerst nach oben in den Himmel. Nicht, um diesen Trabanten zu erblicken, der nicht mehr da war, nein, um Regenwolken zu suchen. Regen war auch Leben. In den ersten Jahren war er manchmal verseucht gewesen, aber inzwischen wurde es besser. Sie hatten gelernt, guten und schlechten Regen zu unterscheiden.

Die *Nomads* hatten auch gelernt, nicht jedem Wasser zu trauen. Selbst wenn es frisch und rein aussah, war es trügerisch, denn in jedem Rinnsal konnte sich das Blut des Drachen befinden — das war verantwortlich für viele der Abartigkeiten. Sie hatten einmal einen der Japsen gefangen genommen und ausgehorcht. Der hatte erzählt, in dem Mond, welcher auf die Erde gefallen war, befinde sich ein weißer Drache. Suku-jumi. Oder so. Und der würde alle vernichten. Weil die ihn mit einem Speer beworfen hatten, die Scheiß Japsen. Das hatte das Vieh nur aufgescheucht, nicht getötet.

Bloch hatte dem Samurai dann erlaubt, sich selbst zu töten. Verschissener Ehrenkodex halt. Natürlich wussten alle, dass die Geschichte, so blödsinnig sie auch klang, nicht erfunden war. Es stimmte, im Mond wohnte ein scheiß-weißer Drache, der dafür gesorgt hatte, dass der Mond auf die Erde gefallen war. Aber die *Nomads* wollten offiziell eine andere Version haben. Im Mond wohnte verdammt nochmal keine japanische Echse. Wenn überhaupt, dann der Coca-Cola Santa Claus. Der Pfarrer hatte etwas von Gotteslästerung gefaselt, Bloch von Patriotismus, aber Jackson dachte oft bei sich, dass er diesen Gott noch nie gebraucht hatte. Den oben im Himmel nicht und auch nicht die *UfuckingSofA*.

Er sah zur Insel des Flugzeugträgers hoch. Die Kommandozentrale der *USS Nomad* klebte immer noch an der jetzigen Steilwand — früher hieß das die Insel, jetzt war es eher das Anhängsel. Darin befanden sich die jetzigen Götter: Major

Miller, Captain Greta »die Heilige« Hoffman und Colonel Bloch. Das Triumvirat der *USS Nomad*. Die great fucking Drei vom Flugzeugträger. Sie hatten ihre eisernen Krallen in allem. Egal, was es war: Rationenverteilung, Dienstpläne, sogar manchmal, wer wann pissen durfte, oder wer mit wem Sex hatte. Jackson war Soldat, also gehorchte er ihren Befehlen, aber er musste es nicht gut finden. Es fragte ihn aber auch keiner und er war nicht der Typ, der anderen dauernd erzählte, was ihm durch den Kopf ging. Aufmerksame Mitmenschen konnten das aber an den Liedern erkennen, die er ständig vor sich hinsummte.

Die United States: Die waren jetzt wohl auch Geschichte. Niemand hatte je einen der stetig abgegebenen Funksprüche aufgefangen oder auf einen geantwortet. Die Frequenzen waren still, bis auf einige, die von den wenigen funktionsfähigen Satelliten genutzt wurden. Erdtrabanten, die immer noch das taten, wofür sie gedacht waren, obwohl der durchsausende Mond alle wie Löwenzahnsamen aus der Umlaufbahn gepustet hatte. Ja, die *Nomads* konnten tatsächlich manchmal, wenn auch ganz, ganz selten, mit denen auf den Marskolonien sprechen, aber Kalifornien war unerreichbar — das fanden einige nicht schlimm, der »Golden State« war für die meisten hier nur ein Pickel am Arsch des bible belts gewesen.

Sie waren vielleicht zu weit weg, behaupteten einige. Oder zu tief unten. Während Jackson noch mit seinem Schwindel zu kämpfen gehabt hatte, waren die anderen ausgeschwärmt und hatten festgestellt, dass sie ziemlich nah an der japanischen Insel gestrandet waren. Diese Insel, die jetzt ein Gebirge war. Weit, weit weg von den Maisfeldern und allem, was früher einmal ein Rahmen war, der Zivilisation definierte. Einer Zivilisation, die ihre eigenen Götzen getötet hatte und nun dafür bestraft worden war.

Jackson nickte einigen zu und begab sich zunächst einmal zur Latrine. Der heutige Tag würde lang werden, das wusste er jetzt schon. Alle Fahrzeuge sollten morgen in der Früh ausfahren. Nicht alle kämen am Abend zurück. Manche fuhren jagen und die Felder schützen, aber ein kleiner Konvoi von 15 Fahrzeugen würde zu einer lang geplanten Mission hoch auf das Festland losziehen. In China gab es Orte, an denen man Dinge tauschen konnte. Jackson war als Staff Sergeant und Mechaniker dabei.

Man wolle mal wieder nach dem Rechten schauen, hieß es. In Wahrheit brauchte man Rohstoffe und wenn es nur Samen für essbare Pflanzen waren.

Als er aus der Latrinenhütte trat, warteten schon ein paar Kinder auf ihn. »Was ist mit euch Geschmeiß?«, fragte er spielerisch grummelig und griff sich das Nächststehende, um es mit lautem Juchzen hoch in die Luft zu heben. Natürlich wollte fast jedes von ihnen derartig geschwenkt werden, nur der fünfjährige Tom verzichtete grinsend. Jackson knuffte dem Jungen gegen die Schulter. »Dir sind wohl die Dimes ausgegangen?«, fragte er und lachte laut, als Tom sich sofort ans Ohr griff, wo Jackson jedem Kind schon unzählige der inzwischen nutzlosen Geldstücke hervorgezogen hatte. Auch dafür liebten sie ihn.

»Hoi, lass die Kinder in Ruhe, Jackson, du Päderast! Schau mal, was ich mitgebracht habe!«, rief Bloch ihm zu, als Jackson an dessen Blechhütte vorbeikam. An einer Kette vor der Hütte kauerte eine seltsame Gestalt. Jackson hatte ihresgleichen schon ein paarmal gesehen, aber noch nicht in einer solchen Situation. Sie war eine *Boar*. So nannte man eine Spezies, die sich aus Wildschweinen entwickelt hatte. Keiner konnte sich das erklären, die Evolution war rasend schnell gegangen. Die *Boar* waren furchtlose Krieger, die alles, was sie der erloschenen Zivilisation entnehmen konnten, nutzten und ihren Platz in dieser neuen Welt beanspruchten.

Hier versuchte sich aber ein seltsames Weibchen dieser Spezies vor den zudringlichen Blicken zu verstecken. Sie war statt mit dichten steifen Borsten nur mit feineren Haaren bedeckt und zudem war die Hälfte ihres Kopfes schneeweiß. Das Auge in dem hellen Bereich war dadurch seltsam blau. Sie sah Jackson nur kurz an, um danach wieder hasserfüllt zu ihrem Gefängniswärter zu blicken. Bloch zerrte kurz an der Kette, die an ihrem Hals befestigt war und lachte.

Jackson grüßte seinen Vorgesetzten streng militärisch, mehr wollte er dem Mann aber nicht zugestehen. Er hasste Bloch und das war ein neuer Höhepunkt von dessen Grausamkeit. Sein Vorgesetzter war ein typisches Beispiel dafür, wie das Militär manchmal grandios versagte und die falschen Männer auf wichtige Positionen beförderte. Bloch war dabei noch nicht einmal wirklich unfähig, aber irgendwann war er zu einem sadistischen Arschloch geworden. Das färbte leider auf seine Untergebenen ab. Jackson fuhr nicht gerne mit ihm, konnte es aber oft nicht verhindern. Während solcher Einsätze verrohten die Männer jedes Mal und wenn Jackson sich zu sehr raushielt, wurde er ebenfalls gepiesackt. Manchmal rettete ihn nur, dass er als Mechaniker wirklich fast unersetzlich war.

Eines der Kinder warf einen Stein auf die *Boar* und Jackson zog es am Schlawittchen weg. »Lass das!«

»Aber das ist ne Mutante!«

»Eine Mutation«, sagte Jackson. »Das ist nichts Schlimmes.«

»Die sind aber böse!« Zahnlücken-Jenny zeigte mit den spitzen Finger.

»Und hässlich«, befand Benji.

»Und dumm.« Lily wollte auch auf jeden Fall etwas dazu sagen.

»So ein Unsinn«, sagte Jackson. »Hört auf, so einen Mist zu reden.«

»Die fressen Menschen!«, beharrte Benji.

»Die essen nicht, die fressen.« Der dreijährige Brooklyn grunzte wie ein *Boar*.

Jackson schlug ihm auf den Hinterkopf. »Benimm dich! Sonst erzähle ich euch heute keine Geschichte.«

Der Kleine wollte heulen, riss sich dann aber zusammen. Jackson scheuchte die Kinder weg, damit er endlich arbeiten konnte.

»Moin, Staff Sergeant. Sie lieben dich!«, sagte Clementine, die gerade vorbeikam.

»Moin Lieutenant. Kroppzeug«, erwiderte Jackson grinsend.

»Warum hast du noch keins?«

»An mir soll es nicht liegen.« Jackson hätte keine Probleme damit gehabt, die Arbeit kurz aufzuschieben, aber Clem lachte nur. Schade eigentlich.

»Sorry«, sagte sie schnell und legte die Hand auf ihren Bauch. »Aber ich bin gerade versorgt.«

»Glückwunsch!«

»Naja, es ist ganz frisch, vielleicht passiert ja noch was …«

Das Thema war düster. Die harten Lebensbedingungen machten Schwangerschaften nicht leicht. Aber sie waren notwendig, denn es sollte weitergehen. Jackson hoffte aber, dass sich solche wie Bloch nicht vermehrten. Er fragte sich oft, ob Bloch auch im echten Leben ein Arschloch gewesen wäre, oder ob das Militär und die Erfahrungen seine Persönlichkeit verändert hatten. Er würde es nie erfahren.

Jetzt inspizierte er erst einmal seine Wagen. Sie hatten alles gerettet, was irgendwie möglich war. So standen hier die klassischen *Humvees*, aber auch ein paar Fahrzeuge vom Typ *Oshkosh*, die für die Einsätze in unwegsamem Gebiet besonders eigneten — sie waren leicht, robust, im Handling problemlos und die Reichweite erst ... schier unschlagbar.

Die Inspektion war eigentlich unnötig, er hatte nichts zu beanstanden. Alle Zellen waren geladen, die Motoren liefen reibungslos. Er packte dennoch die Solarpanels einmal aus. Sie würden länger unterwegs sein als sonst. Elektromotoren waren anfällig, die Servos und Panels selbst ebenfalls.

»Moin Doc.«

»Moin Staff Sergeant.«

Doc Roc schleppte eine volle Kiste auf die Ladefläche seines Spezialfahrzeugs. Er drehte sich zu Jackson um und sie nickten sich zu. »Es wird Zeit«, sagte der Doc. Sein langes Gesicht war müde. Das war es immer. Er war schon alt gewesen, als die *Nomad* frisch vom Stapel lief. Es hatte seine letzte Fahrt werden sollen. Danach hatte er einen langen Angelurlaub geplant. Nun, Angeln ohne Wasser war schwierig, also behauptete er immer, dass es sei nicht schlimm, dass er nicht pensioniert wäre, und es auch nie werden würde. Sie brauchten ihn mindestens so lange, bis er einen Ersatz für sich ausgebildet hatte.

»Wofür wird es Zeit?«, fragte Jackson.

»Wir haben kaum noch Medikamente.« Doc Roc sagte das sehr leise. »Das bleibt aber unter uns.«

»Sicher«, sagte Jackson.

»Ich hoffe sehr, dass wir bei den Schlitzaugen einiges abstauben können.«

»Sicher. Die haben da sowas wie eine Stadt«, sagte Jackson. »Auf den großen Bergbaumaschinen. Da gibt es alles Mögliche. Sogar Coke. Echte Scheiß Coca Cola.«

Der Doc hustete und spuckte aus. Jackson wusste, dass der

Arzt selbst krank war. Das versuchte er zwar geheim zu halten, aber wenn man ihn beobachtete, dann war es eigentlich deutlich sichtbar. Manche andere wollten nur nicht zu genau sehen, wie ihre Mitmenschen an den Umständen litten. Zuviel Tod machte stumpf und die Mentalität wandelte sich zum Schulterzucken, wenn einer auf der Strecke blieb. Es zählte nur die Zukunft — eine Zukunft. Es war wichtig, dass es eine gab. Alles, was man verlor, vergaß man besser schnell. Dennoch brauchten sie den Arzt und wären ziemlich hart dran, wenn dieser stürbe. Jackson wusste, dass er zwar einige der jüngeren Soldaten einarbeitete, aber die Umstände ließen nicht viel mehr als medizinische Maßnahmen zu, die denen auf den Schlachtfeldern der großen Weltkriege ähnlich waren.

Sie waren zu wenige. Es gab manche, mit deren Tod Wissen für lange Zeit verloren gehen würde. Aber die Menschen waren zäh. Sie würden nicht aufgeben. Irgendwann würde die Welt wieder ihnen gehören. Jackson hoffte nur, dass es mehr Doc Rocs oder Clementines wären, als Blochs. Aber das Leben war halt kein Wunschkonzert. Er pfiff *Midnight train to Georgia.*

Hagen trat in die große Halle. Das Licht strömte zu dieser sorgfältig gewählten Stunde durch die riesigen Fenster an der Südseite und zeichnete scharfe Rechtecke auf den Holzboden. Das Parkett war uralt, Wachs versiegelte die edlen Hölzer — man hatte es Planke für Planke sorgfältig nach oben gebracht, damit es in der Himmelsfeste unter den Füßen der Ausgewählten etwas gab, was schon seit Jahrhunderten existierte. An mancher Stelle verriet es knarzend einen ungeduldigen Ritter. Auf der hellen Seite wäre das einer, der es nicht erwarten konnte, endlich die Ehre des Ritterschlags zu erhalten, auf der schattigen Seite einer, der nicht stillhalten konnte, obwohl er sich sicher selbst noch an diesen monumentalen Moment in seinem Leben erinnerte.

Vier Jahre hatte es gedauert, bis Hagen seit seinem Eintritt in den Orden des Marduk diesen Weg quer durch die Halle beschreiten durfte, obwohl vor zwei Jahren schon Weichen gestellt wurden, die ein Umkehren nicht mehr möglich machten. Würde er sich heute entscheiden, kein Ritter zu werden, dann bliebe nur eine der niederen Aufgaben in der Feste. In das normale Leben könnte er nicht zurückkehren.

Aber das kam sowieso nicht in Frage. Schon an dem Tag, als er das erste Mal die Feste des Marduk betreten hatte, wusste der Zwölfjährige, dass sein Leben nicht endete, sondern begann. Das lag nicht daran, dass er ein naiver Junge war, der dem Ideal, ein Ritter zu sein, hinterherlief. Nein, das wäre lächerlich, denn was von ihm erwartet wurde, bedeutete alles hinter sich zu lassen und in eine völlige Ungewissheit zu gehen. Es gab kein Holzschwert und kein Pappschild, keinen dünnen Waffenrock oder gar einen lächerlichen Helm. Nichts. Nur ein Zimmer, Trainingskleidung und ein Abzeichen.

Der Orden hatte ihn durch die Suchprogramme entdeckt. Viele Jahre später erst wusste er, nach welchen Kriterien man genau Ausschau hielt. Damals war es ihm nicht wichtig gewesen. Sein Traum wurde wahr, nichts weiter zählte. Es war die Aussicht, dem Kleinstadtleben zu entfliehen, tatkräftig etwas tun zu können. Zu kämpfen und zu verändern. Die Welt, in der er aufwuchs, war nur ein potemkinsches Dorf. Ihm ging es nicht um den Kampf an irgendwelchen profanen Fronten, befohlen von Offizieren, die Wirtschaftsbossen gehorchten. Nein, es gab andere, uralte, gefährlichere Gegner, denen sich dieser Orden stellte.

Sie hatten lang mit seinen Eltern gesprochen, danach noch länger mit ihm. Über den Zeitraum von mehreren Wochen war er getestet und schließlich für gut befunden worden. Man unterschrieb viele Urkunden und schließlich sagte er seinen Eltern Lebewohl. Er würde sie wiedersehen, ja, aber nur selten. Das war ihm bewusst. Auch, dass er seine Schwester hinter sich lassen musste, die Schule, Freunde, den Hund und sein Zimmer.

Und seinen Namen.

Vom ersten Tag an in der Knappenschule war er Hagen. Die Psychologin hatte den Instructor kurz entsetzt angesehen, nachdem dieser den Namen festgelegt hatte. Dieser hatte streng zurückgeschaut und zeigte auf einen Wert in den Statistiken, die auf seinem Holoboard erschienen. Hagen konnte vieles davon nicht verstehen, die Worte waren in Sprachen, die so alt waren, wie der Orden.

Die Knappen bekamen alle Namen, die etwas mit dem Feind zu tun hatten. Marduk war der erste Drachentöter gewesen. Nach ihm folgten zum Beispiel Siegfried, der heilige Georg, Beowulf, Tristan, Appolon und viele mehr. Alles Helden des Ordens. Lichtgestalten.

Der Hagen aus der Nibelungensaga hatte keinen Drachen getötet. Im Gegenteil, er hatte laut manchen Überlieferungen einen Drachentöter heimtückisch gemeuchelt. Das las der Junge, der vor Stolz und Ehrgeiz fast platzte, aber erst viel später. Es war ihm dennoch egal. Hagen war ein guter Name. Er klang kraftvoll. Nichts anderes wollte er sein.

Heute wusste er, warum er den Namen bekommen hatte und der Instructor hatte sich nicht getäuscht. Jemand, der den Marduk-Kampfanzug trug, musste besonders unabhängig von den anderen sein. Es war nicht der mächtigste Anzug mit Flugeigenschaften, aber der wendigste und daher oft der Joker in einem Kampf, welcher viele, manchmal unbekannte, strategische Gesichtspunkte berücksichtigen musste. Der Marduk musste schnell und eigenständig sein, fähig, auch außerhalb der gewohnten Bahnen zu denken und zu handeln. Zu viele Bindungen, zu viel Erdverhaftung schadete da nur.

Hagen war nicht besonders beliebt bei seinen Kameraden. Aber das störte ihn nicht. Er hatte ein Ziel, brauchte nichts als ein paar gute Lehrer im Leben und seine Bestimmung. Die erfüllte sich gerade, hier in dieser ehrwürdigen Halle, hoch über den Wolken

Er hörte seinen Namen. Die neuen Stiefel ließen seine Schritte laut auf dem Parkett erklingen. Er stolperte nicht, er rannte nicht. Er schritt zu den drei Stufen, die er nicht erklimmen durfte und wartete. Der Großmeister stand reglos dort oben, flankiert von der Waffenmeisterin und dem Ingenieur. Gold, Braun, Silber.

»Der Knappe Hagen steht heute hier, um zum Ritter geschlagen zu werden. Er hat sich schon mehrfach im Einsatz für seine Tapferkeit ausgezeichnet. Seine Leistungen im bewaffneten und unbewaffneten Kampf sind herausragend. Ist jemand anwesend, der einen Grund vorbringen könnte, der dem Schwur entgegensteht?« Der Großmeister wartete ein paar schmerzhafte Atemzüge.

Hagen hatte viele Feinde. Er sah das meist ganz leidenschaftslos. So etwas hielt ihn weder nachts wach, noch machte es irgendeinen seiner Schritte unsicher. Aber manche dachten, dass er zu stur seinen Weg ging. Dennoch wäre es skandalös, wenn sich jetzt tatsächlich jemand meldete. Das war in der Geschichte der Vereidigungen nicht oft vorgekommen. Daher beugte Hagen sein Haupt in echt empfundener Demut und wartete mit einer Angst in den Eingeweiden, die er seit Jahren so nicht mehr empfunden hatte.

»Da niemand berechtigte Einwände erhebt, schlagen wir dich heute hier in der Trutzburg zum Ritter des Marduk-Ordens. Knie nieder, Hagen!«

Der Anwärter ließ sich auf sein rechtes Knie sinken und beugte den Kopf noch tiefer. Er wurde mit dem Bihänder des Großmeisters zum Ritter geschlagen und die Berührung des uralten Stahls verursachte ihm eine Gänsehaut. Dann durfte er aufstehen und die erste Stufe erklimmen. Die Waffenmeisterin zog ihren Handschuh aus, machte einen Schritt hinunter auf die zweite Stufe und reichte ihm ihre bloßen Finger.

»Meinen Glückwunsch!«

»Danke.« Hagen hätte ihr so viel zu sagen. Aber nicht hier, nicht jetzt.

Der Ingenieur blieb oben stehen und nickte nur. »Glückwunsch.« Hagen nickte und murmelte seinen Dank. Die Ingenieurswissenschaften waren ihm am fernsten. Er hatte sich durchgebissen und war immer unter den Besten gewesen, aber nur durch viel Arbeit, die ihm härter vorgekommen war als das Waffentraining, da Formeln und Schaltkreise pauken ihn nicht befriedigte. Dennoch hatte er Bestnoten, da ein Ritter seinen Kampfanzug beherrschen musste und zwar nicht nur in körperlicher Hinsicht. Gerade der Marduk war oft allein und musste sich bei Problemen zu helfen wissen.

Hagen begab sich in die Reihen der anderen Ritter, die bisher nur stumm zugesehen hatten. Sie schlugen sich jetzt die Faust an die Brust, um ihm Respekt zu erweisen. Er schritt an ihnen vorbei und stellte sich an seinen neuen Platz auf der anderen Seite. Sein Kopf war voll Stolz, sein Herz kalt. Niemand hier hatte ihm in die Augen gesehen. Er hatte es auch nicht erwartet.

Als Gundelind dann ihren Ritterschlag bekam, änderte sich das. Sie hatte nicht nur sein Bett, sondern auch sein Herz ab und zu bewohnt. Beziehungen unter Rittern wurden schlicht übersehen. Sie waren nicht verboten, denn so etwas wäre weltfern und führte nur zu Ausweichverhalten. Sexueller Spannungsabbau war notwendig und natürlich. In den besten Fällen entstanden daraus dauerhafte Bindungen, in den allermeisten aber blieben es reine Bettgeschichten, die Erinnerung an durchgeschwitzte Laken und ein paar aufbewahrte Liebesbriefe. Im späteren Leben blieb wenig Zeit für Liebe, die meisten Ritter hatten zwar Liebschaften, aber ähnlich wie bei Seeleuten in jedem Hafen ein Mädchen.

Gundelind bekam, wie er aus dem Augenwinkel sah, auch einen Händedruck des Ingenieurs. Ja, sie war herausragend in dieser Wissenschaft. Als sie an der Reihe der Ritter vorbeischritt, knarzte das ein oder andere Holzbrett, weil der Ritter darauf sein Gleichgewicht verlagerte. Sie war anziehend. Man wollte sie einfach in seiner Nähe haben. Gundelind war schön, klug und witzig. Hagen hatte sich immer gewundert, warum sie mit ihm etwas zu tun haben wollte.

Nach seiner Entscheidung zur Gentherapie hatte Hagen eigentlich mit allen amourösen Wünschen abgeschlossen. Er hätte nie damit gerechnet, dass genau das ihm aber einen Vorteil verschaffte. Viele Frauen liebten es, über sein weiches Fell zu streichen und hatten kein Problem mit den veränderten Gesichtszügen.

»Warum Luchs?«, hatte Gundelind einmal gefragt. Hagen konnte es nicht in Worte fassen. Er hatte mit den Schultern gezuckt und daran gedacht, dass es sein Bauch — und die Ratschläge der Genetiker — gewesen war, welcher das entschieden hatte. Wölfe waren zu sozial — der Luchs war ein Einzelgänger. Und es ging ja auch nur um die Verbesserungen, die so eine genetische Veränderung brachte, nicht darum, was schön oder genehm war.

Mensch-Tier Hybriden wurden von seinem Orden schon seit Jahrtausenden gezüchtet. Hagen hatte sich nie mit der Wissenschaft dahinter beschäftigt, aber es hatte sich erwiesen, dass solche Hybride besser geeignet waren, gegen die Drachen zu kämpfen. Der Jäger passte sich dem Gejagten an.

Es erschien manchen seltsam und überholt, dass das bis heute getan wurde, wo die Jäger in riesigen, hochtechnisierten Kampfmaschinen steckten und keinen direkten Kontakt zur Außenwelt hatten. Diese Kampfanzüge verbesserten zusätzlich alles, was man brauchte, um das Ziel zu finden und zu eliminieren. Aber es gab einen Faktor, den man nicht durch Technik beeinflussen konnte: die Instinkte.

Sie gaben einem die nötigen Intuitionen, die während eines Kampfes den Ausschlag geben konnten. Und auch wenn die Hybriden steril waren und manche die Prozedur nicht überlebten, so entschieden sich doch immer wieder welche dafür. Hagen bereute es nicht, auch wenn es alles andere als angenehm gewesen war. Aber er betrachtete das Leben nicht als Geschenk, sondern als etwas, was man sich erarbeiten musste.

Gundelind zwinkerte ihm zu. Er konnte es nicht verhindern, dass ein Lächeln einen seiner Mundwinkel nach oben zog. Sie stellte sich neben ihm in die Reihe und ihr kleiner Finger berührte seinen. Vermutlich würden sie später ... Später, dachte Hagen, jetzt war er erst einmal stolz.

»Ausgezeichnet«, sagte die Waffenmeisterin. »Nochmal Gratulation!«

Sie standen im Hangar vor dem Marduk Kampfanzug, der ab jetzt Hagens sein würde — bis zu seinem Tod. Er war direkt nach der Zeremonie hierhergekommen. Der Sektempfang, ein nettes Wort hier, ein Lächeln da — das konnten die anderen machen. Er brauchte das nicht.

Der 17 Meter hohe Koloss war nicht nur gigantisch, sondern auch wunderschön. In Hagens Augen jedenfalls. Er hatte sich mit der Verbindung, jedem Draht und jeder Schraube auseinandergesetzt und kannte die Schaltkreise der Elektronik im Schlaf. Der Marduk hatte vergleichsweise dünne Beine, konnte aber fliegen. Er hatte keine Flügel, weil er eher schwebte. Auf dem Kopf befanden sich viele Antennen und andere Vorrichtungen, die sensible Sensoren mit unzähligen Informationen fütterten, die sein Pilot dann an die anderen seiner Kampfgruppe weitergab. Am rechten Arm befand sich eine Plasmawaffe. Er konnte damit die Substanz in Salven kleinerer Einheiten verschießen, oder auch als größeren Strahl aus der Mitte heraus.

»Als du damals begonnen hast«, sagte die Waffenmeisterin, »da war ich mir sicher, du würdest den Drachentöter wählen. Oder den Erzengel.«

Hagen nickte. »Ich weiß. Das habe ich auch gedacht. Nächtelang habe ich wachgelegen und alles abgewogen. Die Stärken und die Schwächen.«

Sie nickte. »Du bist der furchtloseste Kerl, den ich kenne. Jeder der Anzüge hätte dir zugestanden. Warum hast du den Marduk gewählt?«

Hagen kratzte sich am Kopf. Die Überlegungen waren komplex und er vertraute seiner Lehrerin, aber das war sehr persönlich.

Dennoch: Was sollte Scham hier? Oder Bescheidenheit? »Der Beowulf war als erstes raus. In dem dicken Koloss sitzen, während die Oni auf mir herumlaufen wie Käfer über einen Kadaver? Nein. Ich brauchte etwas, in dem ich mobil war. Der Freischütz ist weit weg vom Geschehen, das war auch nicht mein Ding. Sicher, so ein gezielter Schuss hat was. Aber das ewige Lauern — dazu bin ich zu ungeduldig. Der Drachentöter, ja, ich habe lang damit geliebäugelt. Aber dann ist mir klar geworden: Wer ist der Drachentöter? Das ist jemand wie Siegfried, oder eben Georg. Nicht Hagen. Es blieb nur der Marduk. Ich hasste ihn zunächst. Er ist der kleinste. Ich wollte nie klein sein. Aber dann flog ich ihn. Fliegen, Meisterin, das war es, was ich wollte.«

»Der Erzengel fliegt auch.«

Als ob Hagen das nicht wusste! Er wäre mit jedem anderen ungeduldig geworden, aber die Meisterin hatte das nicht verdient. »Der Erzengel schwebt immer über den Dingen. Die Atomraketen sind der letzte Ausweg. Oft muss er warten, bis er dran ist. Der Marduk dagegen ... er kann direkt als Erster ins Getümmel fliegen. Er ist schnell und wendig. Wie eine Wespe. Er hat den Überblick und kann aber auch direkt in Schwachpunkte hineinstechen.«

Die Waffenmeisterin räusperte sich. Sie war keine massige Frau, aber an ihrem Körper gab es viele Muskeln, die auch unter der festlichen Uniform gut zu erahnen waren. Jeder Knappe hatte mit ihr gekämpft, jeder war unzählige von ihr Male besiegt worden. »Ihr seid ein Team, Hagen. Immer ein Team.«

Er beugte sein Haupt. »Es ist immer mein Bestreben, das Team zu fördern.«

»Wir haben ein Auge auf dich.«

»Danke.« Er meinte es auch so. Seine stetige Wut, die gleichzeitig sein Antrieb war, musste unter Beobachtung bleiben. Das steigerte sie nämlich noch. Er war wie ein Dampfkessel und das wollte er auch bleiben. Es gab nur Volle Kraft voraus, niemals gemütliches Herumsegeln für Hagen.

»Seh ich dich später auf der inoffiziellen Feier?«

»Ich denke nicht.«

Sie kommentierte das nicht. Er sah ihr nach und fühlte sich verstanden.

»Es reicht! Tötet sie!« Die *Boarmutter* schlug ihre Trommel, schüttelte die Rasseln und stampfte. Die Krieger erhoben sich zögerlich.

»Sie ist eine von uns«, sagte Schkursch. »Gib sie mir. Ich will sie!«

Mondohr kauerte ängstlich mit ihrer kleinen Trommel am Rand des heiligen Kreises, starke Arme hielten sie fest. Sie hatte zu viele Widerworte gegeben. Warum hatte sie das nicht unterdrückt? Warum musste sie immer wieder sagen, dass die *Boarmutter* unrecht hatte?

»Sie ist schlecht«, sagte die *Boarmutter.* »Seht sie an. Sie ist schwach. Sie wird nur schwache Ferkel werfen und die Rotte schwach machen. Sie lügt und ist verblendet. Sie hat kein Schicksal!«

Mondohr wusste, dass die Krieger jetzt verwirrt waren, weil sie lang die engste Vertraute der *Boarmutter* gewesen war. Sie kannte viele Geheimnisse. Vielleicht waren es zuviele? Vielleicht wusste sie auch die Geheimnisse, die nie jemand wissen sollte, außer der *Boarmutter*?

Das war etwas, was nicht sein durfte. Schließlich war die *Boarmutter* nicht nur wirklich die Mutter der meisten Krieger und Maiden hier, sondern auch diejenige, die die Botschaft des Drachen als erste gehört hatte. Seit ein Teil von ihm in Form einer riesigen weißen Schuppe in ihrem Tal gelandet war, hatte sich viel verändert. Aus unwissenden Schweinchen waren die starken *Boar* geworden. Sie wussten, dass sie das dem Drachen zu verdanken hatten. Sie wussten auch, wie sehr es ihr Leben verändert hatte, denn diejenigen, die nicht vom Drachen gesegnet wurden, blieben kleine dumme Schweinchen. Die *Boar* stießen sie nicht weg, sondern nutzten sie als Nutztiere. Die *Boarmutter* hatte die Rotte gegründet und leitete sie immer noch, obwohl sie keine Frischlinge mehr warf. Aber die spirituelle Führerin entschied, wer sich mit wem paaren durfte, entschied, wer jagen durfte und wer bauen sollte. Sie hatte auch entschieden, dass ein Teil der Rotte, mit ihr als Anführerin, auf die Suche nach dem Drachen gehen sollte, denn sie hörte seinen Ruf, seinen Befehl und sein Versprechen, die *Boar* noch stärker zu machen.

All das war richtig. Zusätzlich wusste Mondohr aber noch Dinge, die niemand hier bisher ahnte. Sie hatte die Stimme der Schuppe gehört, bevor diese endgültig verstummte. Diese Stimme hatte schon zu ihr gesprochen, als der Funke des Lebens in den Keimling gefahren war, der Mondohr wurde. Er hatte den Keimling verändert. Der Funke war direkt von der Schuppe gekommen, das letzte Geschenk. Darum war Mondohr anders.

Sie wusste, dass die kleinen Schweinlinge, die die Rotte als Nutztiere hielt, so weit von den *Boar* entfernt waren wie sie, nur in die andere Richtung. Sie brauchte nur die Menschen anzusehen, um zu ahnen, wo die Entwicklung enden konnte. Aber die Menschen waren schwach geworden, das war nicht der Weg, den die Rotte nahm. Sie würden stark bleiben. Nur die Starken würden den Weg zum weißen Drachen überleben.

»Nein, keine Gnade«, sagte die *Boarmutter* daher mit fester Stimme. Mondohr war zu anders. Aber sie hatte sehr wohl ein Schicksal. Ein sehr wichtiges sogar. Dazu war es nötig, dass sie die Rotte verließ, dennoch hätte sie sich noch ein wenig Zeit gewünscht.

Die spirituelle Mutter der Rotte stimmte das Lied der Urmutter an. Es war ein Kriegslied und sollte die Schöpfung selbst huldigen. Es ging um die Kreation der *Boar* aus der unwissenden Existenz, um Wachstum und Erstarken. Es war ein Lied, welches von Blut und Leben, von Tod und Fleisch sprach. Die Krieger reagierten sofort und begannen zu tanzen. Das Licht, welches sie ausstrahlten, das Leuchten des Lebens, war stärker geworden. Mondohr konnte das sehen und wusste, dass sie wirklich um ihr Leben fürchten musste. Als die Krieger einen menschlichen Gefangenen in ihre Mitte zerrten, um ihn zu zerfleischen, erreichte die Erregung der Tänzer ihren Höhepunkt. Bald würden sie auch Mondohr töten, ohne Zögern, einfach nur, weil die *Boarmutter* es befahl. Mondohr musste weg. Ihr Wärter vergaß vor lauter Erregung seine Aufgabe, der eiserne Griff lockerte sich, Mondohr riss sich los und flüchtete in die Dunkelheit.

Sie kannte kleine Wege, die sie mit ihrer schmalen Gestalt beschreiten konnte, fast ohne Spuren zu hinterlassen. Die großen Krieger würden von den Ranken und niedrigen Büschen behindert, Mondohr konnte schneller sein. Aber sie durfte ihre Verfolger nicht unterschätzen. Auch wenn Mondohr Lieder kannte, die sie verbergen konnten, so waren die *Boarkrieger* und Maiden dennoch fast unermüdlich und würden lang nicht aufgeben, sie zu verfolgen. So eine Jagd ließ das Blut wallen und die Mutter würde sie belohnen oder bestrafen — je nach Ausgang.

Mondohr war gelaufen und gelaufen. Sie musste rasten, ihren Atem nicht mehr hören, sondern die Welt. Sie musste hören, ob sie noch verfolgt wurde. Da war ein Überhang, darunter eine kleine halbe Höhle, eine Nische, etwas, ihr den Rücken frei zu halten. Sie kauerte sich darunter. Nur ganz allmählich beruhigte sich ihr Herz.

Sie hatte die Verfolger für heute abgeschüttelt. Jetzt war sie aber eine Ausgestoßene. Sie wollten sie töten. Sie war nicht mehr als die Menschen, die in Gattern gehalten wurden: Fleisch.

Bevor sie schlafen konnte, musste Mondohr sich vergewissern, dass sie auf dem richtigen Weg war. Als ihr Herz endlich unhörbar schlug, ihr Atem ungehinderte durch ihren Körper strich, reckte sie sich nach oben. Oben: Wo die weißen Punkte am Himmel waren, die Lichter, die nachts glitzerten und ihr sagten, dass sie sie beobachteten. Von ihrem Versteck aus konnte sie den Mond sehen. Seine zerbröckelte Rundung ragte in die Nachtschwärze und Wolken hüllten ihn untenherum ein. Sie hörte ihn beben. Langsam, so langsam, wie ihr eigenes Herz. Er lebte und wartete.

Nein, er war nicht ihr Schicksal. Ein Mensch würde es sein. Sie wusste es, weil eine andere Stimme zu ihr sprach: Von *Tsukuyumi*, der im Mond lag und blutete. Von *Amaterasu*, der Sonnenfrau, seiner Schwester, die sich zu oft ängstlich hinter den Wolken versteckte. Von einem Kampf, der geschehen würde. Einem Kampf, der nicht nur die Welt der Menschen betreffen würde, nein, alle Wesen auf der Erde mussten den Ausgang fürchten. Mondohr wusste von der Stimme, dass sie eine wichtige Rolle in diesem Kampf spielen würde.

Mondohr reckte sich weiter nach oben und nahm die Gerüche auf. Die Welt erneuerte sich aus den Trümmern. Sie kannte sie nicht anders, aber die *Boarmutter* sagte immer, dass es früher nicht so gewesen war. Der Mond habe am Himmel gehangen, wie die kalten Lichter, und seinen Schein nur nachts auf die Erde geworfen. Damals, als die *Boar* noch nicht denken konnten, als die Vorfahren nur grunzende Schweine waren, wie die, die sich nicht entwickelten, die man jetzt als Haustiere hielt. Dreckwühler, Abfallfresser.

Damals als die Menschen die Erde beherrschten.

Die *Boarmutter* und die Krieger huldigten der Schuppe des Drachen, der in *Boarea* vom Himmel gefallen war und ihnen Weisheit geschenkt hatte. Mondohr wusste, dass der Mond zwar der Vater der *Boar* war, aber er war nicht der Weg. Er war der Beginn, aber nicht das Ende. Sie mussten ihn fürchten, nicht anbeten. Die *Boarmutter* sah das anders. Sie hörte den Ruf des Drachen und befahl ihrem Volk, was er ihr einflüsterte.

Mondohr war allein mit dem Glauben, dass das nicht der richtige Weg war. Möglicherweise war es, weil sie so anders als die anderen war. Ihre Borsten waren weich, ihre Haut an manchen Stellen hell — so hell, wie der Widerschein des Mondes, wenn die Sonne längst untergegangen war, aber seine schiere Höhen ihre Strahlen noch einfing.

Alles an ihr war weich und die *Boar* duldeten sie nicht. Schon ihre Mutter hatte sie verstoßen. Einzig die *Boarmutter* hatte ihr am Anfang Schutz geboten. Gritarschz hatte verstanden, dass Mondohr anders war und sich deswegen für sie interessiert. Gritarschz war intelligenter als die anderen. Sie wusste, dass Entwicklung und Wissen der Schlüssel zu Macht war. Aber die Mutter hatte irgendwann auch bemerkt, dass Mondohr sogar anders als sie war. Die ungewöhnliche *Boar* mit dem blauen Auge durchschaute die oberflächlichen Rituale. Sie wusste, dass vieles, was die Mutter tat, nur beeindrucken sollte, aber in Wirklichkeit unwirksam war. Sie wusste auch, dass Gritarschz die Lichter nicht sehen konnte. Mondohr wusste nicht, ob die *Boarmutter* sie früher gesehen hatte, bevor sie losgezogen waren.

Denn es war die Idee der Rottenmutter gewesen, *Boarea* zu verlassen und nach dem Drachen zu suchen. Die Rituale um die heilige Schuppe verloren an Veränderungskraft. Egal wie nah die Paare sich dort vereinigten, egal, an welchen Tagen es geschah, zu welcher Stunde, es blieb dabei: Die *Boar* veränderten sich nicht mehr. Sie waren innerhalb ein paar Generationen von den kleinen wilden Schweinchen, die sie selbst nun als Begleittierchen zähmten, zu den mächtigen *Boar* geworden, die Werkzeuge nutzen konnte, weil ihre Klauen sich verändert hatten. Sie gingen nun aufrecht und unterwarfen alles, was schwächer war, einschließlich der paar bemitleidenswerten Menschlein, die sie einpferchten und schlachteten, wenn sie gut gemästet waren.

Mondohr dachte, dass Gritarschz wusste, dass das Drachenfragment seine Kraft verloren hatte. So wie die Schuppe hatte aber auch Rottenchefin selbst ihre Kraft verloren. Als Rettung oder Ablenkung hatte sie die Reise vorgeschlagen, in der Hoffnung, den Drachen zu finden und dort neue Größe zu erreichen.

Mondohr hätte die *Boarmutter* nie verraten. Sie wollte nur bei ihr lernen. Aber die Mutter war ungnädig. Mondohr war zu anders. Ihr helles Auge käme von einem Onifluch, sagte die Mutter irgendwann. Mondohr wusste, dass die *Boarmutter* alt wurde und eine Nachfolgerin brauchte. Aber die alte Anführerin wollte die Macht nicht abgeben und piesackte Mondohr, demütigte sie vor allen und wollte sie am Ende sogar töten lassen.

Jetzt war es vorbei. Mondohr war allein mit den Sternen, die ihr preisgaben, dass sie selbst ihr Schicksal in die Hand nehmen müsse. Das war gut. Sie rollte sich zusammen und schlief ein.

>>03

GEGENWART

Mitsuko wachte erneut auf. Ihr Körper schmerzte immer noch. Sie hatte so etwas nicht mehr gefühlt, seit sie damals als Neunjährige mit dem Training begonnen hatte. Das erste halbe Jahr war furchtbar gewesen, danach hatte sich ihre Physiognomie angepasst. Nur in den Wachstumsphasen war es manchmal erneut zu schlimmen Schmerzen gekommen, aber nicht so wie jetzt. Später, als die Operationen und Nanotechbehandlungen begannen, hatte man als erstes die Drüsen implantiert, welche die Schmerzwahrnehmung manipulierten. Funktionierten die gerade nicht?

<<Systemüberprüfung. Link unterbrochen. Verbindung nicht möglich<<

Die Kriegerin rappelte sich auf. Zunächst auf alle Viere, dann auf die Knie. Langsam öffnete sie die Augen. Die Samurai wusste nicht, was sie genau erwartete, aber der Anblick des Schlachtfelds war furchtbar. Um sie herum lagen, zwischen den Ruinen der Großstadt, auf dem staubigen Boden verteilt, unzählige Leichen zwischen Schutt und Trümmern. Nichts regte sich, außer ein paar Vögeln, Ratten und einer Gruppe Hundeartiger. Es stank bestialisch nach Tod und Verwesung.

Welche Schlacht war hier geschlagen worden? Wer waren diese Leichen? Warum wusste sie das nicht? Sie griff sich an den Kopf, der seltsam leer war.

<<Daten nicht verfügbar. Sicherheitsleck. Link unterbrochen. Keine Verbindung möglich<<

Was hatte das zu bedeuten? Sie hatte keine Kopfverletzung und das Implantat saß auch noch da, wo es ein sollte. Womöglich war es dennoch kaputt? Warum hatte sie Kratzwunden um die Schale herum, die einen Teil ihrer Schädeldecke ersetzte?

Die Samurai blieb lang auf den Fersen sitzen. Schmerzwellen pulsierten durch ihren Körper. Immer wieder fühlte sie die Konturen ihrer Beine, des Bauches und ihres Kopfes ab.

<<Systemdiagnose. Multiple Fehlfunktionen<<

Das, was sie fühlte, und das, was sie erwartete, war nicht deckungsgleich. Ihr Körper war fremd. Es war einfach alles falsch. Mitsuko umspannte ihren Kopf mit beiden Händen und drückte den Schädel zusammen, als ob sie dadurch etwas ändern könnte. Aber alles, was sie erreichte, waren weitere Dissonanzen und Schmerzen.

<<Reparaturen nötig. Interne Fehlfunktionen. Check-up nötig<<

Die junge Kriegerin schoss die Augen und ließ die Hände sinken. Reiss dich zusammen. Enspann dich. Vertrauen. Atmen. Atmen. Sie spürte Stille einkehren. Entspannung.

<<Interne Reparaturen beginnen. Warte so lang geduldig <<

Langsam vollführte sie altbekannte Übungen, während derer sie ihren gesamten Körper durchwanderte, abglich und mit dem ruhigen Atem entließ. Das Gefühl der Fremdheit verblasste, bis es fast nicht mehr vorhanden war.

<<Systemreparaturen fast vollendet<<

Alle Systeme funktionierten jetzt fast ordnungsgemäß, ihre Cyberware war wie immer ein Teil ihres Körpers, den sie gar nicht mehr als künstlich erkannte.

<<Starte Verbindung zum Otomo Kern<<

<<Keine Verbindung möglich<<

Warum bekam sie keinerlei Verbindung zur KI? Jegliche Transmissionen waren abgebrochen, egal, was sie versuchte. Die junge Frau sah sich um. Wo war ihre Rüstung? Ah, hier lagen die Beinpanzer, sie waren zerbrochen. Zerbrochen? Dieses Material hielt extremen Bedingungen stand. Wie konnten sie zerbrochen sein? Als ob sie jemand abgerissen und wütend zerhackt hätte. Jemand mit der übermenschlichen Stärke eines Cyberoids. Nach und nach fand sie alles, jedes einzelne Teil unbrauchbar, bis auf den rechten Armpanzer. Es war ein Rätsel. Wer hatte das getan?

<<Keine Daten verfügbar<<

Mitsuko stand auf und begutachtet sich selbst erneut. Ihre Bekleidung bestand nur aus Stofffetzen. Irgendetwas hatte ihren sehr strapazierfähigen Overall zerstört, ohne sichtbare Wunden auf ihrem Körper zu hinterlassen! Trotz der vielen Löcher war es aber besser als nackt zu sein. Da lag auch ihr Schwert, Blut und Staub klebten an der Klinge. Sie unterdrückte den Impuls, es sofort zu säubern. Es gab Wichtigeres. So viele Tote! Hatte sie schon jemals so viele Leichen gesehen? Wo waren ihre Leute? Warum war sie allein? Warum hatte man sie hier vergessen?

<<Kein Zugriff auf Daten möglich<<

Plötzlich war da ein weiterer Atem! Jemand war hier? Ein Feind? Mitsuko versuchte, aus dem hilflosen Stolpern einen stabilen Stand zu machen, aus dem heraus sie sich verteidigen könnte. Sie platzierte den Armpanzer auf den korrespondierenden subdermalen Platten, die sofort Kontakt aufnahmen. Ihre Systeme pumpten Adrenalin in den Blutkreislauf, aber es fehlte an der nötigen Energie, daher fühlte sie sich eher schwindelig als gestärkt.

<<Sichtverbesserung aktiviert<<

Sofort war alles deutlicher zu erkennen. Mitsuko zoomte die Gestalt näher heran. Eine der vermeintlichen Leichen bewegte sich. Es war ein humanoides Wesen, ebenfalls fast unbekleidet, wenn auch überall mit hellbraun-geflecktem Fell bedeckt, eindeutig männlich. Er versuchte sich zu erheben, schien aber große Schmerzen zu leiden. In seiner Flanke war eine lange und tiefe Wunde, es sah aus, als habe ihn da etwas aufgeschlitzt. Sein Gesicht war seltsam, mit einer Art Schnauze, einem Backenbart und er hatte Ohren wie eine große Katze, mit schwarzen langen Puscheln auf den Spitzen. Auch seine Augen waren katzenartig.

Solche unnatürlichen Verformungen waren typisch für Oni. Allerdings war Fell eher untypisch. Und die Oni hatten eigentlich keine Augen. Aber wer wusste schon alles über sie? War er einer von diesen Menschen aus Afrika? Die Samurai ordnete ihn sicherheitshalber als Feind ein.

<<Kampfmodus. Energie niedrig. Ketoenergie aktiviert. Energiezufuhr angeraten<<

Mitsuko schien es, als habe er die gleichen Probleme, sich zu orientieren, wie sie. »Bleib, wo du bist!«, befahl sie daher, als er versuchte, aufzustehen.

Der Mann zuckte zusammen, hob ruckartig den Kopf und sah sie an. Dann bedeckte er sein Gesicht mit einer Hand. Ein grünes Schmuckstück an einem Lederband rutschte aus dem Fell. Mitsuko bewegte sich ein Stück vorwärts und seitlich, um einen besseren Stand zu bekommen. Der Mann taumelte, sagte irgendetwas und fiel dann wieder hin.

Der war harmlos. Die Samurai sah sich erneut um. Viele der Toten um sie herum waren Samurai. Auf den Rüstungsteilen blinkten noch Dioden Mitteilungen von etwas, dessen Stimme sie in ihrem Kopf vermisste.

<<Keine Verbindung möglich<<

Warum hörte sie nichts? Mitsuko griff sich wieder an den Kopf. Die Fehlfunktionen waren nicht akzeptabel! Sie musste zum Bunker, um dort mehr zu erfahren und ihre Systeme zu reparieren. Sie begann, über das Schlachtfeld zu gehen. Nach einigen Schritten formte sich eine Vorstellung von dem, was hier geschehen war.

Samurai hatten gegen Oni gekämpft. Aber warum? Wer hatte gewonnen? Sie näherte sich einem der toten Oni. Widerliche Geschöpfe, die es nie hätte geben dürfen. Jemand hatte ihm ein Messer ins Gesicht geworfen. Eine Öffnung im glatten augenlosen Gesicht. Mitsuko fand es immer am widerlichsten, dass die Oni keine Augen besaßen und dennoch sehen konnten. Es war ein weiteres Zeichen ihrer Unmenschlichkeit, so wie die Deformationen, die zusätzlichen Gliedmaßen und dass sie ohne Mitleid die schlimmsten Gräuel anrichteten.

<<Keine Daten verfügbar. Systemschutz beginnt<<

<<Systemschutz nicht möglich<<

Ein stechender Schmerz raste durch ihr Gehirn. Bilder überlappten sich, Bruchstücke von Informationen tauchten so schnell auf, wie sie verglühten.

<<Suche Daten<<

>>Ein Oni, riesig, brachial, laut kreischend aus einem Maul voller langer scharfer Zähne in einem Gesicht ohne Augen und Nase! Seine langen Arme endeten in riesigen Krallen, der Körper war mit aggressiv gesträubten Fell bedeckt.

Ohren mit langen schwarzen Büscheln an den Spitzen waren zornig an den Schädel angelegt. Der Oni witterte nach ihr. seine vier Arme zuckten, dicke Krallen schoben sich aus dem blutgetränkten Fell der Finger.<<

>>Datensuche beendet. Systemschutz aktivieren<<

>>Mitsuko sank auf die Knie und griff sich an den Kopf. Aber sie musste aufstehen! Sie musste sich verteidigen! Er würde sie zerfetzen! Wo waren ihre Kampfgefährten? Wo war die Stimme der KI, wo war das Feedback, die Sicherheit der Abläufe, warum konnte sie sich nicht wehren? Warum spürte sie nichts, außer ihrer Angst?<<

<<Energie niedrig. Systemschutz aktiviert<<

Die Vision endete. Die Kriegerin schluchzte. Der Terror verursachte immer noch einen schlimmen Geschmack in ihrem Mund. Sie sehnte sich so sehr nach der Verbindung zu *Amaterasu*, zu der Sicherheit und Schlichtheit, die die KI ihrem Leben gab. Aber es blieb bei verwirrenden Störgeräuschen und optischen Flackereffekten.

<<Systemschutz nicht möglich. Priorität geändert. Kampfmodus aktiviert<<

Sie sollte kämpfen? Ihre Hände krampften sich zusammen. Muskeln zitterten.

<<Befehl nicht ausgeführt. Beende Einsatz<<

Welcher Befehl? Sie erinnerte sich nicht! Ihr Herzschlag hämmerte in ihren Ohren.

<<Befehlsabfrage nicht möglich<<

Schmerzen. Mitsuko blinzelte. Ein paar Atemzüge konzentrierte sie sich und ordnete das Chaos in ihrem Kopf.

<<Kampfmodus deaktiviert. Einsatz nicht beendet<<

Sie hatte einen Befehl bekommen, den Einsatz aber nicht ordentlich ausgeführt. Die genaue Formulierung des Befehls war nicht mehr in ihren Erinnerungen. Aus irgendeinem Grund wurden diese blockiert. Sie musste es selbst herausfinden.

Die Samurai rappelte sich auf. Der seltsame Mann, der da hinten kauerte, war also zuvor ein Oni gewesen, und nicht nur einer der kleinen, die eher anstrengend als gefährlich waren. Nein, ein riesiger und schwer bewaffneter Oni. Die Fellfarben, die Ohren mit den Puscheln, es passte alles. Jetzt war er keiner mehr. Warum? Wie konnte das sein? Das war unmöglich! Niemand, der den Einflüsterungen des Drachen erlegen war, konnte sich davon lösen. Darum war es so wichtig, ihm gar nicht erst zu verfallen!

Sie musste zurück zum Bunker, sich melden, berichten, erfahren, was mit den anderen geschehen war. Aber die vielen Fragen hielten sie auf. Es konnte doch nicht sein, dass der Einzige, der außer ihr noch lebte, dieser seltsame Mann war? War er Teil des Rätsels? Hatte er Antworten? Sie betrachtete ihn genau und dann wusste sie, was an ihm das Merkwürdigste war. Er besaß etwas, was er nicht besitzen durfte!

<<Datenanfrage läuft. Ziel identifiziert. Mission ausführen<<

Mitsuko näherte sich vorsichtig, vergewisserte sich, dass er bewusstlos war und riss ihm das Lederband mit dem Diebesgut vom Hals. Der daran befestigte Stein lag sicher in ihrer Hand. Der Kerl erwachte von dem Ruck und knurrte. Sie machte schnell ein paar Schritte aus seiner Reichweite.

<<Ziel gesichert. Mission ausgeführt<<

Es war gerettet. Jetzt schnell zurück zum Bunker!

Die Kriegerin hatte nur wenige Schritte gemacht, als sie ein seltsames Geräusch hörte, und sich wider besseren Wissens noch einmal umdrehte. Der bepelzte Kerl lag auf dem Boden und wand sich. Er zuckte und stöhnte. Es schien, als wurde er immer größer! Vor ihren Augen wuchsen ihm zwei Arme und veränderten sich zu Klauen, Hörner stießen aus seinem Kopf.

<<Kampfmodus aktiviert. Energie erschöpft<<

Er wurde erneut zu einem Oni! Mitsuko wich, immer wieder nach hinten sehend, zurück, drehte sich schließlich endgültig um und floh stolpernd und keuchend. Sie hatte ohne Rüstung, Waffe und Unterstützung nicht die geringste Chance gegen das Monster! Aber sie kam nicht weit.

<<Systemzusammenbruch steht kurz bevor<<

Etwas stimmte mit ihr nicht. Vermutlich, weil die Verbindung zur KI so lange unterbrochen war. Oder eine ihrer Hormondrüsen arbeitete nicht richtig. Kein Wunder, da diese ja auch immer im

Feedback mit der KI ihre Entscheidungen traf. Ihre Energie war nahezu aufgebraucht. Warum versagten aber all ihre Systeme? Was war mit ihrer Notenergie geschehen?

<<Diagnose nicht möglich<<

Mitsuko war zu schwach, aber aufgeben kam nicht in Frage! Sie stolperte und sah sich erneut um. Er brüllte und suchte nach ihr. Sein Schemen war jetzt riesig! Wie hatte er so schnell wachsen können? Wenn er sie in diesem Zustand erwischte, dann wäre es aus mit ihr! Es war doch nicht mehr weit zum Bunkereingang, oder?

<<Keine Umgebungsdaten verfügbar<<

Der Weg war mühsam. So viele Tote und neuer Schutt, über den sie klettern musste. Ihre Beine fühlten sich schwammig an. Sie blinzelte oft — war etwas mit ihren Optiken nicht in Ordnung? Bildausfälle häuften sich, sie war nun fast blind!

<<Ausfall der optischen Systeme bevorstehend. Energie der Cybermuskulatur erschöpft<<

Wenn sie nicht bald Energie bekam, dann brannten die künstlichen Muskeln all ihr Körperfett zu Ketokörpern um. Sie würde sich selbst verdauen und dabei sterben. Aber es gab eigentlich keinen Grund dazu! Sie war nicht verletzt!

»Mitsuko!«, hörte sie jemand rufen. Sie kannte diese Stimme! Es war Meister Noo! Erleichterung breitete sich aus. Der Meister hatte sicher Krieger mitgebracht, weitere Cyberoids, vielleicht sogar einen Shogun, der könnte den Oni dann töten.

»Ich bin hier«, rief sie — viel zu leise! — hörte er sie überhaupt? — und stolperte wieder. Eine Welle der Schwäche durchflutete ihren Körper.

<<Ausfall aller Systeme bevorstehend. Blutdruck kritisch<<

»Bist du verletzt?«, fragte der Meister, plötzlich ganz nah. Sie spürte seine stützende Hand und fiel vor Erleichterung auf die Knie.

»Meine Systeme versagen. Ich weiß nicht, warum. Meister Noo, da hinten ist ein riesiger Oni. Er war erst noch ein Mann, dann hat er sich verändert! Er ist stark! Habt ihr Krieger dabei?«

»Nein, ich bin allein.«

»Oh nein, dann müssen wir schnell verschwinden!« Sie versuchte, sich aufzurichten, aber ihre Cyberware versagte. Die

Kriegerin konnte einen Entsetzensschrei nicht unterdrücken, und erschrak, wie seltsam es sich anhörte.

»Ich versteh das nicht«, sagte sie mühsam. »Ich bin nicht verletzt, aber ...«

<<Keine Verbindung zu Implantaten<<

»Was ist geschehen?«, fragte ihr Lehrer.

Mitsuko schien es nun, als würde einzig ihr Kopf noch funktionieren. Sie sah kaum noch etwas, und ihre Glieder zuckten. »Wir sollten die doch verfolgen, die Befehle waren eindeutig! Aber ich habe es nicht geschafft und dann bin ich wohl ohnmächtig geworden. Als ich aufwachte, waren alle tot! Nur er lag da. Aber er war nur ein seltsamer Mann. Mit Haaren. Irgendwas, aber kein Oni.« Sie keuchte. Ihr Körper zitterte unkontrollierbar. »Ich habe es aber bekommen«, sagte sie. »Alle anderen sind tot, glaube ich, aber ich habe ihm das Ding endlich abgenommen! Er war ein Oni und jetzt ist er wieder einer!« Sie wiederholte sich, das war ihr bewusst, gleichzeitig konnte sie kaum klar denken. Die Systeme in ihrem Inneren gaben widersprüchliche Signale und schalteten sich an und aus. Feedbackschleifen ließen ihre Muskeln schmerzhaft verkrampfen.

»Was hast du ihm abgenommen?« Meister Noos Stimme war ruhig. Wie konnte er so ruhig sein?

Sie streckte ihm den Stein hin. Die grüne Träne leuchtete trotz der Dunkelheit. »Das sollte ich doch! Das war das Ziel, oder?«

»Die *Magatama*«, sagte Meister Noo.

»Warum stehlen die ein Schmuckstück?«

»Es ist nicht irgendeines, mein Mädchen«, sagte ihr Lehrer. »Es ist DIE *Magatama*. Eine der Throninsignien des Kaisers. Er muss es zurückbekommen.«

Die Throninsignien waren normalerweise weit, weit unten im Bunker. Mitsuko blinzelte, als die Erkenntnis in ihr verwirrtes Denken einsickerte. So weit war der Kampf gewogt. Bis ins tiefe Herz des Bunkers. Vielleicht war deswegen die Verbindung so schlecht. Der Computer sicherte doch sonst alles, die Samurai bekämpften Eindringlinge doch sofort, die Türen verschlossen doch alles hermetisch ...

»Der Kaiser ist tot!«

<<Datenwiederherstellung nicht möglich. Informationen nicht bestätigt. Systemversagen bevorstehend<<

Die Throninsignien waren das Ziel der Oni gewesen! Einst in liebevoll gepflegten Schreinen aufbewahrt, waren sie mit den Menschen in die Bunker gezogen. Zu einer Zeit, in der die *Kami*, denen man jahrhundertelang gehuldigt hatte, fleischlich und lebendig geworden waren — und man sie getötet hatte — , stellten diese Schätze etwas Unersetzliches dar. *Shintai*, wertvolle Gegenstände, in denen geliebte Geister wohnen konnten. Solange sie nicht zerstört wurden, blieben die Bande zu den *Kami* erhelten, denen sie zugeordnet waren. Die *Kami*, die man nicht töten wollte, mit denen man einen Pakt geschlossen hatte: *Amaterasu* — was sollte die Sonnengöttin jetzt von ihrem Volk denken? Man hatte ihr versprochen, sie in Ehren zu halten!

Mitsuko hatte es eigentlich gewusst, das wurde ihr nun auch klar. Sie hatte die *Magatama* erkannt, aber nicht die richtigen Schlüsse gezogen. Schließlich gab es solche Schmuckstücke zuhauf. Aber nur **eine** heilige *Magatama*! Mitsuko schämte sich, dass sie so lange gebraucht hatte, sich wieder an ihre Mission zu erinnern. Und sie waren immer noch nicht sicher! Der Oni war nah und sie hatten keine Chance, nicht einmal Meister Noo konnte allein gegen so einen Gegner bestehen! Wie sollte sie nun weiterleben, mit dem Wissen, derart versagt zu haben?

»Wir müssen es in den Bunker zurückbringen!« Die Samurai rappelte sich auf, aber mehr als ein hilfloses Stolpern brachte sie nicht zustande.

»Nein, nicht in den Bunker«, sagte Meister Noo. »Es gehört dort nicht mehr hin. Du musst es ihm zurückgeben. Dem Oni.«

»Nein!« Mitsuko war verwirrt. Sie war sich sicher, dass der Meister das nicht richtig verstand. »Dann bleibt nichts mehr! Dann habe ich keine Ehre mehr, ich muss ... ich muss ...«

<<Systemversagen bevorstehend<<

Meister Noo schüttelte den Kopf. »Du irrst, Mädchen. Das ist nicht der richtige Weg. Wir haben gefehlt. Es ist nicht mehr an uns, den Schaden wieder zu beheben. Eine neue Zeit ist angebrochen. Der Damm ist gebrochen, das Wasser muss fließen, sonst ertränkt es uns.«

Mitsuko starrte ihren Meister erschüttert an. Wie konnte das sein? Was meinte der Meister? War alles falsch? Sie war jetzt 20 und erinnerte sich an die Zeit vorher, wie alles begann. Sicher, sie war ein Kind gewesen, aber niemand hatte sich dem entziehen können. Es erschien so richtig! Man fand einen *Kami* nach dem anderen und tötete sie — es gab ja genug von ihnen. Und viele waren missgünstig, gar rachsüchtig, wollten den Menschen böses. Die Menschen sollten frei sein, Herren über ihr eigenes Schicksal. Aberglauben und Beeinflussung sollten ein Ende haben, Religionen keine Macht mehr haben. Eine Zeit der Rationalität sollte anbrechen, die KI würde sie leiten und gemeinsam würden sie eine bessere Welt erschaffen.

Eins hatte zum anderen geführt, bis schließlich nur noch ein paar *Kami* übrig waren. *Tsukuyumi* war keinen Verhandlungen zugänglich gewesen. Aber die Menschen duldeten keine göttliche Gefahr mehr. Sie wollten nicht mehr fremdbestimmt und beeinflusst werden. Es hatte nur eine Konsequenz gegeben — der weiße Drache musste sterben. Nachdem man mit *Amaterasu* einen Pakt geschlossen hatte, ging man es an. Mitsuko wusste noch, wie sie alle gespannt die Übertragungen verfolgten. Als die Samurai auf dem Mond gelandet waren, zündete man ein Feuerwerk. Ein Feuerwerk? Ganz Japan leuchtete und man hatte sich eingebildet, die Männer und Frauen auf dem Mond könnten es sehen. Es war ein grandioses Fest.

Aber die Tötung des weißen Drachens, der im Mond schlief, war nicht gelungen. Verletzt und wütend war er auf die Erde gefallen. Die Sonne verdunkelte sich und die übrig gebliebenen Menschen mussten in Bunker zurückweichen. Draußen wüteten die Schergen des Drachen, die Oni. Die Zivilisation der Erde war zerstört. Menschen und andere Wesen marodierten in kleinen Gruppen über die Welt und bekämpften sich gegenseitig um die Ressourcen. Mitsuko war eine Kriegerin, die dieses System verteidigte, ein kleines Mädchen, welches gerade die brutale Wahrheit in ihrer vollen Konsequenz begriff. Das war die Realität. Sie musste aufwachen.

»Gibt es noch etwas, was heilig ist, Meister?«

»Sicher, Mädchen.« Meister Noos Haare waren zu einem strengen Kriegerknoten gebunden, aber eine Strähne wehte im Wind. »Es gibt immer etwas, was heilig ist.«

Tränen schossen ihr in die Augen. Ihr Körper war taub. Nichts funktionierte mehr so, wie es sollte. Sie spürte, wie die Kälte in ihre Glieder kroch.

»Was ist der richtige Weg?«, fragte sie mit erstickter Stimme.

»Wir müssen unsere wahren Feinde erkennen.«

Die Samurai hatte keine Ahnung, was er meinte. Sie war in der Gewissheit aufgewachsen, dass der Computer sie leiten würde, es neues Wachstum und irgendwann wieder Leben an der Oberfläche für alle gäbe. Dass das Leben in den Bunkern nur vorübergehend war, bis man die Probleme bewältigt und Lösungen gefunden und bis dahin Feinde getötet hatte. Feinde, das waren die, die einem bei diesen Aufgaben im Weg standen.

Sie hatte den Weg des Samurai bis dahin auf eine Weise beschritten, die keinen Zweifel an der Richtigkeit der Befehle der KI aufkommen ließ. *Tsukuyumi* und seine Oni mussten vernichtet werden. Die Samurai waren, nachdem sie vom Computer ihr Implantat und ihre Rüstungen bekamen, erhöht — erhaben, die Beschützer, etwas ganz Besonderes. Der Computer beschützte sie dafür. Die Gemeinschaft beschützte sie.

Jetzt aber sollte sie einen heiligen Gegenstand — einen DER drei heiligsten Gegenstände überhaupt, in einer Welt, die zerstört worden war, weil man Heiligkeit hatte abschaffen wollen — einem der Feinde überlassen? Das widersprach den Befehlen der KI und ihrem Selbstverständnis als Samurai — als Diener eines Herren. Er beschützte sie, während sie die Befehle ausführte.

Mitsuko fühlte sich aber gerade nicht mehr beschützt. Warum war das jetzt anders? Vielleicht, weil sie gerade von der KI getrennt war und ihr Körper sie im Stich ließ? Weil sie gefehlt hatte?

»Der richtige Weg«, sagte Meister Noo nun. »Du wirst ihn erkennen. Lausche deiner inneren Weisheit.«

»Weisheit?«, fragte Mitsuko und musste fast lachen. Sie beherrschte sich, denn es war ein hysterisches Lachen. Sie verstand nichts mehr und fühlte sich das Gegenteil von weise. Eigentlich fühlte sie überhaupt nicht mehr viel.

<<Systemversagen<<

Meister Noo hielt sie jetzt im Arm. Sie sah sein Gesicht über sich schweben, auch wenn es stetig dunkler wurde. Er war immer für sie da gewesen. Fast mehr als ihr eigener Vater. Sie atmete mühsam.

»Du magst es nicht so empfinden, kleines Mädchen«, sagte er. »Aber es ist so. Du bist etwas Besonderes. Das warst du schon immer.«

Mitsuko wollte dringend, dass der Meister ihr sagte, dass alles gut wurde und sie zurück finden würden. Sie musste die *Magatama* doch zurückbringen! Weil — weil das richtig war, oder? Es war der Befehl und sie musste gehorchen. Zum Wohl der Gemeinschaft und so. Das Individuum zählte nicht. Nur gemeinsam ...

<<Systemversagen>>

»Ich funktioniere nicht mehr«, sagte sie. Einige Teile ihres Körpers waren jetzt still. Zu still. »Der Oni ...« Das Monster brauchte lang, um sie zu finden ... Wolken hingen schwer am Himmel.

<<Systemversagen>>

»Das *Magatama* ist zu mächtig«, sagte Meister Noo. »Es gehört nicht zu dir. Du brauchst einen Neustart.«

»Was? Was bedeutet das?«

»Ich werde dich abschalten. Danach werden deine Systeme unabhängig von der KI neu booten. Du wirst frei sein.«

»Frei? Ich bin Samurai! Wir sind nicht frei!« Sie wollte sich wehren, aber auch das funktionierte nicht. So lag sie hier hilflos, mitten in den Ruinen Tokios, mit einem Menschen an ihrer Seite, den sie nie enttäuschen wollte, es aber gerade tat. Der Oni brüllte, er kam näher.

»Du hast eine andere Bestimmung, glaubst du mir das?« Die Stimme des Meisters beruhigte sie. Sie sah ihn nur noch verschwommen.

»Ich verstehe nicht warum, aber ich vertraue Ihnen, Meister«, sagte sie flüsternd. »Ich habe Angst. Ich möchte nicht allein sein. Meister Noo, ist das falsch?«

Er lächelte. Dann schüttelte er behutsam den Kopf. »Ich kann dir nicht geben, was du brauchst, Kind. Aber ich kann dir sagen, dass es nicht falsch ist, Dinge gründlich zu durchdenken. Und wenn man dazu einmal eine neue Sicht braucht, Abstand und Stille, dann ist das so. Wenn du wach wirst, werde ich weg sein, Mädchen. Ich werde ihm den Stein wieder geben. Dann ist er keine Gefahr für dich. Sein Schicksal und das der *Magatama* sind aber eng mit deinem verwoben. Ich kann dir nur raten, die alten Wege zu verlassen. Tu, was dein Herz dir befiehlt.«

Herz?, dachte Mitsuko. Mein Herz schmerzt, gütiger Lehrer. Ich habe furchtbare Angst. Ich weiß nicht, was richtig ist. Aber sie sagte es nicht laut. »Ich muss es zurück bringen. Für den Kaiser.«

Der Meister nahm ihr die *Magatama* aus der gefühllosen Hand. »Der Kaiser ... Nein, ich gebe sie dem Oni zurück, kleines Mädchen.« Er umfing ihren Kopf mit seinen Händen. »Denk daran, du bist frei. Du kannst dich wieder mit *Otomo*-Kern verbinden, wenn du willst. Du kannst aber auch etwas ganz anderes tun. Entscheide dich weise.« Mitsuko nickte. Sie spürte fast nichts mehr, bis auf die Finger ihres Meisters. Er drückte auf ihr Implantat, bis sie dachte, ihr Kopf würde zerspringen, dann wurde alles schwarz.

>>System wird heruntergefahren<<

...

..

.

<<System reboot<<

<<Keine Verbindung zum Otomo Kern<<

<<Verbindung zum Otomo Kern? J/N?<<

<<Aktueller Status: Ronin<<

Jackson kam erneut zu Bewusstsein. Hätte man ihn vorher gefragt, hätte er sicher dankend darauf verzichtet. Schmerz brandete über den Deich der Bewusstlosigkeit vorbei sofort durch seine Neuronen. Diesmal würde er sich aber nicht so schnell ergeben. Er drückte sich aus der halb liegenden Stellung hoch, um aus dem Fenster zu zu schauen. Seine Zähne knirschten, die halbe Wüste befand sich in seinem Mund.

Er tastete die Taschen seiner Kleidung ab. In seiner Weste fand sich tatsächlich noch ein Nussriegel und die kleine Wasserflasche klemmte an seinem Gürtel. Wasser! Er drehte den Verschluss auf, setzte an, aber kaum ein Schluck der abgestandenen Flüssigkeit war durch seine Kehle geronnen, als er ein Geräusch hörte. Schnell ließ der Soldat die Wasserflasche fallen, tastete nach seiner Pistole, zog sie — aber sie war leer, das fiel ihm sofort wieder ein, als er zitternd nach dem Ziel suchte.

Vor der geöffneten Beifahrertür stand die *Boar*. Er erkannte dieses bestimmte Exemplar sofort, obwohl die Schweinewesen in der Rotte irgendwie ununterscheidbar waren. Aber diese hier hatte ein weißes Ohr. Sie war die Gefangene gewesen. War. Nun war sie frei. Scheiße. Er hatte sie freigelassen. Das war für sie gut, für ihn vermutlich schlecht. Die *Boar* aßen Menschen. Die Wesen waren gefürchtete Krieger und kannten keine Gnade. Jackson rechnete innerlich mit seinem Leben ab. Er haderte damit, dass er nicht während seiner ersten oder zweiten Bewusstlosigkeit gestorben war. Verdammt, das Schicksal hatte ihm keinen leichten Tod gegönnt! Aber das war ja klar. Er würde den Sündenbock spielen müssen, das war das Los eines Soldaten. Horray!

Sein Colonel, der glatzköpfige Sadist Bloch, hatte die *Boar* wochenlang gequält, aber was sollte man machen? Er war der Colonel. Jetzt war sie frei, Bloch vermutlich tot, und Jackson würde ihn bald in der Hölle besuchen können. Yeah, die Hölle — wie die wohl für ihn aussah? Vermutlich würden sie dort immer weiter fahren, zum nächsten Scharmützel. Kämpfen, sterben aufwachen, reparieren, fahren, kämpfen ... *Semper Fi!*

Jetzt aber stand die Schweinefrau vor ihm, hatte seine Flasche aufgefangen und kippte sich sein Wasser in den Hals. Jackson schluckte jedes Mal mit, wenn sie es tat. Er war fest davon überzeugt, dass sie alles trinken und die Flasche dann wegwerfen würde, bevor sie zur Sache kam und ihn irgendwie besonders kreativ tötete.

Überraschenderweise tat sie das nicht. Im Gegenteil — er bekam die Flasche zurück und es war noch etwas drin! Jackson griff danach und zögerte nur kurz. Der Blick aus ihren Augen war beunruhigend, erstens, weil daraus eine Mischung aus tierischer und menschlicher Intelligenz sprach, aber auch, weil eines der Augen blau war.

Der Soldat trank den Rest des Wassers bis auf einen kleinen Schluck und klemmte sich die Flasche dann wieder an den Gürtel. Dann lud er die Pistole und steckte sie in ihr Holster. Offenbar wollte die *Boar* ihn nun doch noch nicht töten und es kam nicht in Frage, dass er sich aufgab. Obwohl ein erneuter Blick auf seinen Fuß ihm sagte, dass Leben und diese Verletzung möglicherweise nicht vereinbar waren. Gerade spürte er die Schmerzen kaum. Das war ein schlechtes Zeichen. *I see a bad moon rising ...*

»Ich kapier nicht, warum du mich leben lässt«, sagte er dann leise. Er wusste, dass die *Boar* ihn nicht verstand, obwohl sie ihn aufmerksam ansah. Die sprachen nicht wie Menschen. Sie waren ja auch keine — sie waren etwas von dieser verschissenen neuen Welt. Wie diese Insektenschwärme, oder die Landwale, oder ... »Aber vielleicht ist genau das eine perfide Strafe. Du schaust mir zu, wie ich langsam verrecke. Verstehe. Viel Spaß dabei, ich kann es dir nicht verdenken!«

Sie grunzte und kletterte in den Wagen. Jackson machte sich nicht die Mühe, seinen Arm zu heben, um einen Angriff abzuwehren. Er war nicht in der Lage dazu und die Waffe, mit der sie ihn nun bedrohte — sein Schraubenzieher! Ein altes Ding, der Plastikgriff schon gesplittert, aber er hatte ihn als eine Art Glücksbringer immer dabei. Nun würde dieser Talisman ihn vielleicht töten! Auch gut. Wenigstens musste er nicht durstig ins Nachleben gehen. Jackson grinste. Die *Boar* auch. Ihre gelben Zähne glänzten.

»Stich schon zu!«, befahl er dann, als sie keine Anstalten machte. »Was soll der Scheiß? Bring es hinter dich, dann kannst du abhauen.« Er sah über die Ebene. Da hinten war ein kleiner Bambuswald, ein paar niedrige Bäume und Büsche. Da vorne ein Hügel. Ansonsten überall Insekten, Leichen und Leichenfresser. Und nicht die winzigen Insekten, die von früher. Nein, Monsterinsekten aus der Hölle. Falls sie ihn nicht vorher tötete, dann würde er sicher unter den Zähnen der Aasfresser sterben. Oder er jagte sich eine Kugel durch den Kopf. Nein! Er würde kämpfen bis zum letzten Atemzug.

Sie grunzte wieder und legte dann den Schraubenzieher vorsichtig neben ihn. Er sah ihr in die Augen, fand darin aber nichts als ... Neugier? Interesse? Er konnte es nicht einschätzen. Sie setzte sich plötzlich sogar neben ihn. Er kapierte es nicht, aber Fragen brachten ihn nicht weiter. Ihre Präsenz war irgendwie sogar tröstlich. Sie war ganz ruhig. Sie lebte, so wie er — und so wie er musste sie nun irgendwie schauen, wie sie dieses Leben nutzte. Er hatte Mitleid mit ihr gehabt und jetzt hatte sie vielleicht welches mit ihm? Der Soldat holte den Nussriegel heraus, wickelte die in Honig und Getreideflocken gepressten, gerösteten Kerne aus und bot ihr die Hälfte an. Sie stopfte es sich ins Maul und kaute.

Plötzlich grunzte sie laut. Sie sah immer wieder auf den letzten Rest des Riegels in ihren Klauen, dann auf Jackson. Er hatte keine Ahnung, ob sie glücklich war, oder einfach nur verrückt. Vielleicht beides.

Das konnte er irgendwie nachvollziehen.

»Schöne Scheiße hier«, sagte Jackson. »Scheinen alle tot zu sein. Außer uns.«

Er studierte wieder das Schlachtfeld. Vögel hüpften herum, riesige Käfer waren emsig dabei, sich an den Leichen gütlich zu tun. Die paar Nüsse hatten Jacksons Hunger erst recht angefacht. Er suchte in seinen Taschen, fand aber nichts weiter. Wenn er gehen könnte, würde er die Toten durchsuchen ... aber gehen stand außer Frage. Schöne Scheiße.

»Ich werd verhungern« sagte er. »Du solltest dich aus dem Staub machen.«

Er atmete ein wenig. Der Schmerz war wie Ebbe und Flut. Gerade eher Springflut. Jackson wischte sich über die Augen. Sie klopfte auf das Armaturenbrett.

»Was?«, fragte er unwirsch. »Was willst du? Limousinenservice? Gewiss doch, die Dame. Wenn ich wieder laufen kann, kutschiere ich Sie gerne! Wo soll ich hinfahren? Zur *Nomad* zurück? Oder lieber zum Mond? Zurück nach Hause, wo auch immer ihr Schweine wohnt? Oder nach Neverland? Scheiße, wenn ich wüsste, wo die anderen sind! Gewonnen haben wir jedenfalls nicht, sonst hätte jemand meinen *Oshkosh* mitgenommen.« Er stoppte sein Gerede und sah sie an.

Sie zeigte mit dem Finger auf ihn, dann auf das Lenkrad und imitierte ein Autogeräusch. Diese Schweinefrau machte brumm brumm, wie ein Kind das sprechen lernt. Jackson grinste.

»Was? Ja, klar kann ich den Wagen starten. Aber ich kann ihn nicht fahren. Man fährt mit dem rechten Fuß auf dem Pedal. Mit links kann man nicht fahren.« Er lachte freudlos. Sein Kopf drehte sich wieder. Er atmete ein paarmal ein und aus und seufzte. »Zuhause hatten die selbstlenkende Wagen. Aber weißt du was? Die wären hier auch nutzlos. Weil es keine verschissenen Straßen mehr gibt. Nichts mehr. Weil der verschissene Mond auf die verschissene Erde gefallen ist! Weil die verschissene Welt einfach aufgehört hat, sich um die *US fucking A* zu drehen.«

Es tat so gut zu fluchen. All die Worte zu sagen, die man sonst nur dachte. Weil es bei den *Nomads* immer nur um den Fortbestand ging, um Hoffnung, um Wiederaufbau, um erneute Eroberung der Welt. Die *Nomads* wollten einfach nicht akzeptieren, dass es möglicherweise vorbei war mit der Weltherrschaft der Amerikaner. Es war erst vorbei, wenn der Letzte von ihnen tot war — war das inoffizielle Motto. Und sie weigerten sich schlicht, auszusterben.

Jackson hatte keine Ahnung, wie viele hier auf diesem Schlachtfeld verreckt waren, vielleicht war er der einzige, der abkratzte, und sie hatten ihn zurückgelassen, aber sie würden doch nie dieses großartige Stück Mechanik und Elektronik, welches er hier zusammengebaut hatte, stehen lassen, oder? Der *Oshkosh* war mehr wert als sein nutzloses Leben. Er hatte das Fahrzeug Marilyn genannt. Wunderschön und kurvig.

Sein Kopf drehte sich — verdammter Schwindel. Was hatte er vorhin gesagt? Die verschissene Welt habe aufgehört, sich um die USA zu drehen? Er grinste. Aber sie drehte sich noch um ihn, Staff Sergeant Jackson von der *USS Nomad*.

Es ist erst vorbei, wenn ich tot bin, dachte er grimmig.

Semper Fi!

Der Daumen auf dem Identifikationspad reichte. Das Geräusch des Motors war unglaublich befriedigend. Er zog seinen linken Fuß auf das Gaspedal und legte einen Gang ein. Der *Oshkosh* hoppelte vorwärts und Jackson schrie gegen den Schmerz an, den der andere Fuß machte, während er gegen den Boden gestoßen wurde. Sein gequältes *Yihaw!* verebbte in einem Husten, der ihn zwang, das Fahrzeug anzuhalten. Erschöpft legte er den Kopf mit geschlossenen Augen gegen die Rückenlehne.

Die *Boar* stand tatsächlich auf und hüpfte aus dem Wagen. Sie lief ein paar Schritte, kam dann wieder zurück, kletterte auf der Fahrerseite hoch, und streckte ihm ihre Hand hin.

»Was? Was willst du?«

Sie nahm seine Hand und zog. Jackson ließ sich ziehen und stand schließlich auf einem Bein, der Schmerz in dem kaputten Fuß war mörderisch. Er stöhnte, Schwindel erfasste ihn, aber sie hielt ihn fest und zeigte vom Wagen weg.

»Vergiss es!«, sagte er und wollte sich wieder auf den Sitz fallen lassen. Die Schweinefrau bückte sich so unter ihn, dass er sich auf ihren Rücken lehnen konnte. »Du bist ja lustig. Die Aussicht ist von hier oben aus auch nicht besser, Süße. Lass mich!«

Sie grunzte leise, fast zärtlich.

»Erst muss man diese Tür aufmachen.« Es war kompliziert, aber sie schafften es. »Jetzt muss ich irgendwie da runter.« Er zeigte hinunter und schüttelte den Kopf.

Die Schweinefrau ließ ihn los und sprang. Er setzte sich in die Tür, die Beine baumelten. Selbst die geringe Entfernung zum Boden, die durch den hohen Radstand noch existierte, war zu viel. Er konnte nicht auf einem Bein landen, ohne zu fallen.

Die *Boar* sah das pragmatisch, fasste um seine Taille und hob ihn herunter, als wäre er ein Kleinkind. Dann schob sie sich wieder so unter seine Schulter, dass er gestützt wurde, machte einen Schritt und er hüpfte zwangsläufig mit. Hölle, das tat weh! »Verdammte Scheiße, ich kann nicht laufen! Was soll das denn?«

Sie hielt ihn aber weiterhin eisern fest und zeigte auf ein Zelt. In etwa 50 Meter Entfernung standen die Reste der Medibase. Die waren ohne das abgehauen? Wieso? 50 schlappe Meter! Eine Weltreise. Die *Boar* war überraschend stark, oder kam ihm das nur so vor, weil sein Körper auf diese Sache überhaupt keine Lust hatte? Schwarze Flecken tanzten vor seinen Augen und er konnte ein Stöhnen nicht unterdrücken, als sie losging und ihn mitschleppte. Es blieb nicht nur bei einem Stöhnen, er hörte sich vermutlich wie ein Schlachtvieh an.

Irgendwann lag er auf einer der Trageeinheiten. Er war fast bewusstlos vor Schmerz. Schweiß lief ihm bächeweise über das Gesicht. Die *Boar* rannte weg. Hier gab es Verbandsmaterial und Desinfektionsmittel. Er musste sich verarzten. Den Kampfstiefel auszuziehen brachte ihn mehr als einmal einer Ohnmacht nah. Sein rechter Fuß hatte die Bezeichnung nicht verdient. Er war nur ein riesiges, schmerzendes, blutiges Fleisch, lose verbunden mit dem Rest seines Körpers. Jackson krallte seine Finger in das Metall der Liege und atmete nur noch stöhnend. Tränen verschmierten seine Sicht — sie entstanden aus Wut und Schmerz. So nicht! Es gab so viele bessere Arten zu sterben. Der Soldat schloss die Augen, aber dann drehte sich die Welt. Scheiße, scheiße, scheiße. Nach einer Weile hatte er allerdings genug vom Selbstmitleid und zog die Nase hoch. Ok. Noch lebte er. Noch. *Semper Fi!* Immer wieder.

Die Schweinefrau kam wieder. Unglaublich. Ihre Brüste schwangen frei, während sie rannte. Es ist fast erotisch, dachte Jackson und grinste ein völlig unpassendes Grinsen. Selbst mehr als halbtot fand er Titten immer noch toll. Was sagte das über ihn aus? Er lachte jetzt ein wenig hysterisch. Sein Kopf drehte sich jetzt doch, die Welt drehte sich mit. Jackson unterdrückte sein Gelächter, bevor er würgen musste, und das wertvolle Wasser und die Nahrung ausbrach. Sie war keine Frau, verdammt!

Sie war ein Wildschwein. *Boar* waren keine Menschen. Sie waren Mutationen, geboren aus dem Blut des Monddrachen.

Dennoch: Er liebte sie gerade. Sie war Leben, sie war Hoffnung. Sie war alles, was er hatte. Er roch ihren erdigen Geruch und leckte sich die Lippen. Aloha, Baby! Was tat sie da eigentlich? Sie brachte Dinge in das kleine Zelt — Rucksäcke! Das Vieh hatte den Toten die verschissenen Rucksäcke abgenommen! Ja, genau, so ein Schlachtfeld war voller toller Sachen! Wasser, Nahrung ... er könnte das alles einsammeln und dann ...

Aber wo waren die anderen? Geflohen? Entkommen? Diese verschissenen Arschlöcher! Ohne ihn? Ha! Er würde es allen zeigen! So lang er noch nicht tot war, würde er nicht aufgeben! Die *Boar* stand jetzt neben ihm. Grunzend sah sie ihn an und berührte seine Wange.

»Ich kapier dich nicht«, sagte er leise. »Ich kapier dich nicht.«

Sie quiekte und es klang fast zärtlich.

»Die Scheiß Käfer werden uns kriegen. Wir werden auch sterben. Ich — du vielleicht nicht.« Er wurde sentimental. Die Tatsache, dass dieses Geschöpf, welches von einem seinen Leuten so schlecht behandelt wurde, nun versuchte, ihn zu retten, ließ ihm Tränen in die Augen steigen. Sollte das so sein? Vielleicht war das der Weg. Die Straße zur Erlösung. Er räusperte sich. »Schau, du wärst besser dran ohne mich. Ich zeig dir noch einiges, vielleicht lernst du es ja, Marilyn zu fahren, ihr seid doch eigentlich ganz clever, ihr Schweine, oder? Vermutlich werdet ihr die Menschen alle fressen und die Weltherrschaft antreten, nachdem wir euch Jahrhunderte nur als Bacon gesehen haben. Also, du lernst das Fahren, und wenn ich tot bin, dann schmeißt du meinen Kadaver aus dem Wagen und braust in den Sonnenuntergang.« Er hustete wieder. Sein Hals war staubtrocken.

Die *Boar* verschwand aus dem Zelt und er schloss die Augen. Sie hatte offenbar keine Lust mehr auf ihn. Auch gut. Er war sowieso zu schwach, ihr etwas beizubringen. Es wäre so leicht, jetzt zu sterben und dennoch so schwer. Bilder schossen durch seinen Kopf. Seine Einheit. Die Kinder. Clementine. Sex. Nochmal Sex wäre schön. Warum dachte er jetzt an so etwas? Ein Hamburger. Mit Gurken und frischen Fritten. Ne Coke.

Das wäre auch schön. Mit Eiswürfeln. Ah, sein Leben zog wohl schon an ihm vorbei.

Jackson hörte Geräusche und öffnete die Augen. Er war weit weg gewesen, verdammt! Sein Herz raste, er suchte seine Waffe, löste den Druckknopf am Holster, die Hände zitterten so sehr, jemand kam sicher, ihn zu töten — aber es war die *Boar*. Nur die *Boar*. Nur das Schwein. Sie war zurück! Der dringende Wunsch zu leben schoss wie eine Stichflamme aus einer fast erloschenen Glut. Er entkrampfte seine Hände. Sie streckte ihm zerdrückte und blutbeschmierte Nussriegel hin und grunzte auffordernd. Es war lächerlich, aber er fing schon wieder an zu heulen.

Nun gut, dann würde er ihr zuliebe versuchen, zu überleben.

Der Soldat nahm einen der Riegel, stopfte ihn sich in den Mund und kaute. Leben. Essen. Trinken. Leben ... Dieses Bein würde sich infizieren. Es dauerte sicher nicht mehr lang. Ihm wurde schwindelig. Jackson drehte sich so gut es ging um und inspizierte die Taschen in den Wänden des Zelts. Dann zeigte er auf eine, die schon offen war. Er meinte Verbandsrollen darin zu erkennen. Desinfektionsmittel war noch wichtiger, oder? »Da, die Kiste, die auf der anderen da steht, kannst du mir die bringen?« Einen Versuch war es wert, oder? Die *Boar* folgte tatsächlich seinem Fingerzeig. Nach einem »Nein!« und »Doch!« und »Das da!« und Zeigen und Rufen wuchtete sie die Kiste direkt neben ihn. Jackson sah schwarze Punkte über sein Gesichtsfeld wandern, aber er schaffte es, den Inhalt zu durchwühlen. Desinfektionsmittel. Er setzte sich auf und trug es großzügig auf. Dabei wurde er fast ohnmächtig.

Atmen. Einatmen, ausatmen, Schmerz wegatmen.

Antibiotikum. Er würde eines brauchen. Sie durchsuchten die anderen Kisten. Plastikdosen mit winzigen Etiketten. Der Soldat suchte sich eine mit einem vielversprechenden Namen aus. Vielleicht war es eines, vielleicht nicht. Warum schrieben die da nicht Antibiotikum drauf? Für so Doofe wie ihn? Warum stand da ein Name mit vielen X-en? Immerhin erkannte er Oxicodon. Das würde er jetzt auch nehmen. Eins. Zwei? Versuchung ...

Der Doc hatte die Dinger gehütet wie einen Schatz. Das waren sie auch. Schmerzkiller. Lebensretter. Wo war Doc Roc wohl? Tot? Hatte er die Angel schon ausgeworfen in den Styx? Fing er dicke Fische im Himmel oder der Hölle?

Jackson schluckte die Kapseln mühsam mit dem kleinen Rest Wasser aus seiner Flasche hinunter. Mehr Wasser wäre super. Er nahm seine Flasche, zeigte sie der *Boar* und zeigte dann auf das Schlachtfeld. Irgendwann schien sie zu verstehen und rannte los. Er selbst überließ sich seiner massiven Erschöpfung.

Hagen erwachte wieder. Es war dunkel, aber er spürte seine Augen und wusste, dass es nicht die vorher gefühlte unnatürliche Blindheit war, sondern Nacht, die hereingebrochen war. Was für ein Segen. Sein Körper war schwer und immer noch kam es ihm so vor, als wäre etwas an ihm falsch. Die Wunde in der Flanke pochte. Er öffnete die Augen, nachdem er lang in die Dunkelheit gehorcht hatte. Aber Angst war etwas für Schwächlinge.

Dennoch war etwas mit seinen Augen scheinbar nicht in Ordnung und er vertraute seinen Ohren im Moment deutlich mehr. Als er sich überwunden hatte, war er erleichtert, dass es nicht wehtat. Nach ein paarmal Blinzeln konnte er sogar scharf sehen. Die Sterne glitzerten kalt am Himmel. Sie spendeten wenig Helligkeit. Hagen vermisste den Mond jedes Mal, wenn er in den Nachthimmel sah. Jedes verdammte Mal. Auch jetzt.

Er rührte sich lang nicht, testete seinen Körper ohne sich zu bewegen, denn er wusste, dass da noch jemand war. Aber die Atemzüge waren ruhig, vielleicht schlief die Person. Oder starb. Denn an das Schlachtfeld erinnerte er sich. Es lag vor ihm, neben ihm und hinter ihm. All die dunklen Erhebungen auf der Ebene waren Körper.

Es wurde Zeit, hier abzuhauen. Er richtete sich langsam auf. Die Wunde in seiner Flanke wütete böse, als er die Muskeln dort anspannte und er stöhnte schmerzerfüllt.

»Endlich erwacht?«

Der Ritter drehte seinen Kopf zu der Person. Eine weibliche Stimme. Sie saß an eine Mauer gelehnt. Er konnte nicht viel erkennen.

Japanisch. Womöglich die gleiche Person, der er bei seinem ersten Erwachen schon begegnet war.

»Wo bin ich?« Seine Stimme war rau, er unterdrückte ein Husten, die Kontraktionen seiner Bauchmuskeln hätten ihn möglicherweise sofort wieder in die Bewusstlosigkeit katapultiert.

Sie lachte leise und humorlos. »Ach, dieses Spiel?«

Hagen wartete einen Moment, bis sein Kopf ebenfalls der Meinung war, aufrecht sitzen wäre eine prima Idee. Er hatte brennenden Durst und wühlenden Hunger. »Ich weiß von keinem Spiel. Was ist passiert?«

Die junge Frau sah ihn zornig an. Sie war auf jeden Fall eine beeindruckende Erscheinung. Um ihre schmale, aber nicht ausgemergelte Gestalt lagen Stofffetzen, die vielleicht einmal Kleidung, die man unter einer Rüstung trug, gewesen waren, jetzt schmutzig und blutig. Die Waffe in ihrer Hand war ein solide geschmiedetes Katana und an ihrem Oberarm befand sich ein High-Tech Rüstungsteil, welches sicher auch noch andere Funktionen hatte. Hagen nahm erst jetzt wahr, dass er selbst nichts anhatte und es kühl war. Kalt fast. Welche Jahreszeit war gerade? Warum wusste er das nicht? Zum Glück war sein Fell ausreichend, ihn vor einer Unterkühlung zu retten. Er war selten so froh darum gewesen.

Sie stand auf. Er war zu schwach, um zusammenzuzucken, als sie mit dem Schwert in seine Richtung zeigte. Ihr Haar hatte sich teilweise aus einem Knoten gelöst und wehte in langen Strähnen um ihr Gesicht, nur ganz oben auf dem Kopf befand sich innerhalb einer Tonsur ein seltsames farbiges Ding. Aber seltsame Dinge an noch seltsameren Wesen waren nichts Besonderes in der Welt ohne Mond, das wusste Hagen. Er wusste auch, was sie war. Cybersamurai. Durch eine KI unterstützte Krieger, schnell, präzise, tödlich.

»Ihr habt gedacht, ihr könnt so einfach daher kommen?«, spuckte sie jetzt aus und machte ein paar kleine Schritte auf ihn zu. Ihre Haltung und die Art sich zu bewegen machten noch deutlicher, dass sie eine Kriegerin war. Der Wind blies die löchrige Kleidung auf und zeigte noch mehr Haut, in bunten Farben tätowiert, von denen einige trotz der Dunkelheit leuchteten. »Ihr habt gedacht: Vielleicht zeigen wir es ihnen mal und zerstören ihre Schreine. Vielleicht töten wir sie alle, oder schlimmeres? Verstümmeln, foltern, oder assimilieren? Ihr habt gedacht — ach was: Denkt man überhaupt, so als Oni?«

Hagen blinzelte. Er hatte keinen blassen Schimmer, wovon die Frau sprach. »Woher soll ich das wissen?«, fragte er. Er wollte wütend werden, aber es fehlte auch hierzu die Kraft. Er besah sich die Wunde in seiner Flanke. Sie war tief und lang und hatte sicher ausgiebig geblutet. Aber das reichte nicht als Erklärung für seine Schwäche. Warum fühlte er sich so seltsam, so desorientiert? Warum wusste er nicht, wie er hierhergekommen war, wo er war, sogar, welcher Tag es war? Warum konnte er nicht aufstehen?

Die Frau kam immer näher. Sie war sein Feind. Ein Teil seines Kopfes fütterte ihn mit bösen Gedanken. Er erinnerte sich an Zorn, der kalt und schneidend war. An Tod, der nicht aus Rache geboren war, sondern aus reiner Lust am Zerfleischen. Seine Finger krümmten sich, einige der Muskeln wurden von Nerven kontrolliert, die sich an Fetzen einer schwindenden Erinnerung festhielten. Erinnerung an eine Existenz ohne Zweifel, ohne Zögern und ohne Moral.

Aber das war vorbei. So wie er jetzt wieder fünf Finger hatte und Augen, so war ihm klar, dass das lange Zeit nicht so gewesen war. Sicher, er war ein Krieger, aber kein Zerfleischer. Er hatte Auszeichnungen und Ehre. Er war ... er war ... Hagen.

»Mein Name ist Hagen«, sagte er, ohne zu wissen, warum.

Sie war ein Racheengel. Kurz vor dem Moment, in dem sie die Entscheidung treffen würde, ihn zu töten. »Ist mir egal. Ich nenne dich Arschloch.«

»Warum?«

»Darum«, sagte sie, ließ ihr Schwert aber sinken und betrachtete ihn fast mitleidig. »Weil du keinen Namen verdienst. Meine Leute geben euch oft Namen, aber das macht euch nur noch stärker. Ich jedenfalls glaube nicht daran, dass ihr übermenschlich seit. Ihr seit einfach nur hässliche Bastarde.«

Hagen wusste plötzlich, dass er sich so etwas nicht sagen lassen wollte. Nicht, weil sie eine Frau war, sondern weil er sich von niemandem beleidigen ließ. Er hätte eigentlich auch keine Angst vor einem Schwert, und das Schlachtfeld um sie herum wäre sicher auch keinen weiteren Gedanken wert — Menschen waren nicht wichtig. Es gab nur ein einziges wirklich wichtiges Ziel für ihn. Er war ein Ritter. Sein Daseinsgrund war einzigartig und wichtig. Niemandem stand es zu, das zu bezweifeln oder zu kritisieren. Niemandem. Seit Jahrtausenden.

War er Jahrtausende alt? Nein, dessen war er sich sicher. Aber er fühlte das Gewicht von Traditionen auf seinen Schultern. Stolz und Erhabenheit durchflutete ihn. Er nahm all seine Kraft zusammen und stand auf. Wenn er schon sterben musste, dann nicht wie ein Feigling! Seine Beine zitterten, die Verräter. »Dann erschlag mich doch. Hier und jetzt. Aber hör auf, nur davon zu reden.«

Die Kriegerin hob das Schwert erneut. Er sah es in ihren Augen, die fremdartig glitzerten — vermutlich waren sie ebenfalls künstlich oder irgendwie anders verbessert. Sie war tatsächlich kurz davor, ihn umzubringen. Das Töten machte ihr nichts aus. Sie wusste genau, mit welchem Schlag sie ihn enthaupten wollte. Der Winkel wäre präzise, sie würde nicht zögern oder zu wenig Kraft aufwenden, weil ihr Zweifel gekommen waren. Nein. Sie war, wie er, eine Kämpferin, die den Tod und das Töten in ihr Wesen integriert hatte.

Er wusste auch, wie er gekontert hätte, welche Waffe er benutzen wollte. Auch wenn sie sich in dieser Konstellation nie auf einem Schlachtfeld getroffen hätten. Das war nicht sein Weg. Er sah Schlachtfelder normalerweise von oben, flog doch eigentlich? Dennoch konnte er seine Muskeln nicht von den Zuckungen abhalten, die Abwehrhaltungen einleiten könnten. Aber er war unfähig und würde sich nicht verteidigen können. Er hatte keine Waffe und keine Kraft. Immerhin war es ein scharfes Schwert. Es würde schnell gehen.

Aber es gab dennoch etwas, was sie davon abhielt, es zu tun. Er hatte keine Ahnung, was es war. Mitleid? Oder der Gedanke, dass er sowieso sterben würde, wenn er keine medizinische Versorgung fände? Oder war es etwas ganz anderes?

Als klar war, dass sie jetzt nicht zuschlagen würde, drehte Hagen sich weg und versuchte anderswo Antworten zu finden. Das Schlachtfeld war über eine Stadt gekommen. Er sah noch schwelende Mauern — hier hatten einmal Hochhäuser gestanden. Vor dem Sturz des Trabanten. Sie waren schon lange nur noch Ruinen, die Bauten hatten den Tsunamis nicht standgehalten. Danach hatte man in den Trümmern Hütten errichtet, die jetzt brannten. Die meisten Toten, die er erblickte, waren Samurai und die Bewohner der Trümmer. Aber im Zentrum von größeren Leichenhaufen lagen andere Wesen. Große und kleine, seltsam geformt — weißes Fleisch wurde von Aasfressern aufgebrochen.

Er begann zu gehen. Seine bloßen Füße zerbrachen Krusten im Staub. Feuchtigkeit hatte die dunkle Erde zusammengeklebt. Blut. Dann musste er über Gliedmaßen steigen. Schließlich stand er vor einem Wesen, welches aus einem Albtraum entstiegen schien. Ein Oni — er erinnerte sich an den Namen. Dieser hier war größer als ein Mensch, massig, muskulös und zugleich aufgeschwemmt. Vier Arme, zwei davon hatten Finger, deren Enden Nägel in Adlerkrallenstärke besaßen. Die anderen beiden Arme endeten in so etwas wie riesigen scharfen Klauen, die wie Fleischerhaken ins Fleisch dringen und es aufspießen konnten. Das Wesen war genau in dieser Haltung gestorben, von mehreren Speeren aufgespießt, während es selbst aufspießte. Seine rasenden Gegner hatten es unzählige Male durchbohrt, geschnitten, geschlagen und getreten.

Trotz dieses Konglomerats aus Fleisch, Blut, Gedärmen und Hirn, garniert mit scharfem Stahl und glasigen menschlichen Augen war nicht dieser Anblick der Erschreckendste für Hagen. Das Schlimmste war, dass ihm klar wurde, warum er sich so fühlte, wie er das tat. Die Finger seiner Hand berührten seine Augen. Finger, die einfach nur Finger waren, Augen, die als feste Murmeln unter Lidern lagen. Das war noch vor kurzer Zeit nicht so gewesen. Hagen zitterte.

Dann entfernte er eine Tonmaske, die das widerliche Wesen als Zierrat um den Kopf geschnallt hatte. Die tönerne Fratze streckte ihm hämisch eine spitze Zunge entgegen. Aber das Wesen selbst hatte keine Sehorgane. Nur glatte Haut dort, wo sie sich befinden sollten. Keine Augen. Erinnerungen ... Hagen fühlte sich zutiefst beschmutzt.

Er drehte sich um. Die Samurai war ihm gefolgt. Ihr Schwert steckte jetzt in der Scheide. Sie hatte irgendwo eine Jacke gefunden, aber ihre langen Beine waren immer noch bloß.

»Erinnerst du dich?«, fragte sie. Ihre Stimme war ruhig, es lag nur eine winzige Spur des Vorwurfs darin, garniert mit kaltem Hass.

»Ich weiß es nicht genau. Aber wenn es so wäre, verstünde ich es dann besser?« Er hob die Arme. Zwei Arme. »Warum fühlt sich das falsch an? Alles fühlt sich falsch an. Und doch richtig. Ich erinnere mich an nichts. Nein, das stimmt nicht, da sind Fetzen, aber es ist mühsam. Ich verstehe es nicht.« Er taumelte und fiel auf die Knie. Spitze Steine rissen die Haut dort auf, der Schmerz in seiner Flanke ebbte pulsierend stetig hoch an seine Schädeldecke.

Oni. Sie hatte ihn so genannt. Er sah die Samurai fragend an. Sie zeigte auf seine Brust. Er sah an sich herunter. Eine Kette lag um seinen Hals. Das war ungewöhnlich. Ritter trugen keinen Schmuck. Orden, an der Uniform, ja, aber keine Ketten oder Ringe oder sonstigen Schnickschnack. An dem schlichten Lederband hing ein grüner Stein in Form eines krummen Tropfens.

»*Magatama*«, sagte die Kriegerin.

Mondohr rannte über das Totenfeld. Sie musste Energie loswerden. Endlich frei. Endlich Bewegung. Die Käfer waren weitergezogen, die Ameisen ruhten. Sie roch den Tod: Urin, Kot, Blut. Es berührte sie. Mondohr wollte die Überreste der Toten nicht anfassen. Jeder von ihnen leuchtete, wie einmal ein Baum geleuchtet hatte, als der Blitz ihn getroffen hatte. Das Leben leuchtete wie die zerstörerische Hitze.

So hatte es auch geleuchtet, wenn der böse Mann sein Essen zubereitet hatte. Er konnte das machen. Mondohr hatte Angst gehabt, aber er hatte sie damit nur bedroht, nie verletzt. Dafür hatte er andere Methoden. Ein Halsband und einen langen dünnen Stock. Eine Kette, an der er zog und manchmal, ganz selten, seine Faust.

Aber das Leuchten der Toten war nicht heiß und es tat auch nicht weh. Mondohr konnte es sehen, seit sie ihre Augen als Frischling geöffnet hatte, das wusste sie. Sie konnte sich an alles erinnern. Auch an jede Grausamkeit — sei es von ihren Rottengeschwistern, der *Boarmutter* oder den Menschen. Aber der Mensch, der sie nun losgeschickt hatte, war gut zu ihr gewesen. Auch wenn sie ihn nicht verstand, so wollte sie ihm helfen. Sie wusste, dass sie ihm helfen musste, es war der Weg, den sie zugewiesen bekommen hatte.

Er brauchte Wasser und Essen. Aber er würde die Reste der Toten, die hier noch zu finden waren, angeekelt abweisen. *Boarkrieger* würden das nicht tun. Menschen brauchten andere Dinge. Mondohr verstand nicht viel von dem, was sie taten, obwohl sie in den letzten Tagen viel beobachtet hatte. Sie waren so anders als die Rotte. In der Rotte gehorchten alle der *Boarmutter*.

Kleidung zum Beispiel war seltsam. Sogar die Menschen, die die *Boar* sich als Futtermaterial hielten, versuchten verzweifelt, sich zu bedecken. Das war ihnen sehr wichtig. Brauchte der Mann auch mehr Kleidung? Sie wusste, dass er einer war, denn die Männer hatten Haare im Gesicht. Und nur die mit Haaren im Gesicht hatten Hoden und Schwänze. Aber warum alle dem gehorchten, der sie gefangen hatte, das begriff Mondohr nicht. Er war sicher nicht der Stärkste. Sein Licht leuchtete fast nicht, sein Geist war schwach.

Der, den sie jetzt rettete, sein Licht leuchtete stark. Die Schlacht hatte ihn zwar gefunden, aber am Leben gelassen. Jetzt war es an ihr, ihn am Leben zu halten, denn er hatte ihr Nüsse gegeben. Das war das Zeichen, daher wusste sie, dass er Teil ihres Schicksals war.

Er hatte auch mit dem harten Beutel gewedelt, in dem Wasser gewesen war. Wasser war wichtig, ja, das sollte sie finden. Sie suchte die toten Menschen nach solchen Beuteln ab. Die Beutel waren fest, nicht wie die der Rotte. Mondohr konnte sie nicht öffnen, aber er konnte es. Wenn er nicht starb. Die Wunde sah schlimm aus. Mondohr wusste, dass er sterben würde, wenn man das Bein nicht versorgte. Am besten, die *Boarmutter* würde es abschlagen. Aber die Mutter war nicht da. Sie waren weit weg. Nur Menschen und andere Menschen waren hier. Und viele, viele Insekten. Sie mussten sich in Acht nehmen.

Mondohr hatte hatte dem Kampf lange nur zugesehen. Dann war der Mann in Gefahr gewesen. Sie wartete lange und ängstlich, war doch keine Kämpferin, häufte so viel Schmutz und Steine um sich herum wie es ging und summte das Lied des Versteckens. Schließlich blieb ihr nichts anderes übrig als einzugreifen.

Die Überlebenden waren weggefahren. Alle bis auf sie beide. Mondohr hatte Angst, dass vielleicht einer wiederkommen würde, um das Metallgefährt zu holen. Es war wichtig. Es war wertvoll. Sie hatte zunächst furchtbare Angst davor, aber so schnell und lange konnte kein *Boar* laufen, wie dieses Ding rollte. Die Schweinefrau musste das Fahrding auf jeden Fall behalten. Also zog sie den Mann hinein. So konnten die Aasfresser ihm auch nichts antun.

Die *Boar* hatte sogar überlegt, ob sie zur Rotte zurück wollte. Sie würde Werte mitbringen. Wissen. Die Menschen machten Dinge, die die *Boar* begehrten. Vor allem die Todstäbe. Aber eigentlich war Mondohr in der Rotte fehl am Platz gewesen. Etwas an ihr war falsch. Anders. Ja, sie würden sie aufnehmen, wenn sie das Fahrding mitbrachte. Sie würden den Mann töten, essen und dann würde die *Boarmutter* einen Krieger aussuchen, der Mondohr begattete. Sie könnte Frischlinge haben. Mondohrs Herz wurde ganz weich.

Aber es gab ein anderes Licht und es verband die *Boar* mit dem Mann.

Mondohr ahnte, dass sie auf Frischlinge verzichten musste. Sie würde bei dem Mann bleiben. Es war wichtiger. Also rannte sie weiter über das Todfeld, fand noch einiges zu essen und brachte alles zu ihm. Er schlief jetzt in diesem Unterschlupf, in den die Menschen die Verletzten gebracht hatten. Dort würde er heilen, das hatte Mondohr verstanden. Aber er durfte nicht zu lange schlafen. Sie wartete eine Weile und sah den Lichtern zu, die sich langsam von den Toten lösten und vergingen. Sie hörte das Lied des Sterbens und des Lebens in sich. Es brachte keinen Frieden, aber Mondohr wusste, dass es so etwas gerade nicht gab. Alle versuchten, ihren Platz zu finden. Das Blut des Drachen floss nicht nur unsichtbar im Wasser, auch sein Geist vergiftete die Welt. Die *Boarmutter* sagte oft, dass sie dankbar sein müssten. Ohne den Drachen gäbe es keine *Boar*. Aber Mondohr wusste auch, dass der Drache das nicht tat, weil er die *Boar* liebte. Oder den fliegenden, kriechenden, stechenden und saugenden Schwarm. Die Insekten, die ihre Eier in die Toten legten. Sie würden bald wiederkommen und dann war hier kein Platz mehr für Leben. Alles würde vernichtet, denn sie hatten immer Hunger.

Mondohr fand sich plötzlich in der Dunkelheit wieder. Wann war die Sonne untergegangen? Sie hatte ihren Rhythmus verloren. Sofort schaute sie besorgt nach dem Mann. Er atmete nicht laut, aber stetig. Die *Boar* stand auf und schlich sich wieder auf das Schlachtfeld. Sie konnte leise sein, so leise, dass die kleinen dummen Tiere, die sich an den toten Leibern labten, sie nicht bemerkten. Sie war eine gute Jägerin, aber man hatte sie ausgestoßen, weil sie anders war. Warum dachte sie immer wieder daran?

Mondohr hörte auf zu denken. Beute war da. Sie tarnte ihr Licht und wurde Dunkelheit. Dann sprang sie auf das kleine Tier und tötete es schnell. An dem Unterschlupf angekommen, weckte sie den Mann vorsichtig und legte ihm die Beute in den Schoss. Er gab Laute von sich. Sie verstand ihn nicht. Er fasste das Essen nicht an. Die *Boar* nahm das kleine Tier und riss mit einem Eckzahn den Hals auf. Dann hielt sie es an ihr Maul und saugte kurz, bevor sie es ihm zurückgab. Blut war gut. Es war frisch, sauber und kräftigend. Sie atmete mit offenem Mund, um das Licht aus dem Blut zu entlassen und dankte den Göttern.

Sie versuchte, den Blick des Menschen zu deuten, aber es gelang ihr nicht. Endlich begriff er und legte selbst seine weichen Lippen an das tote Tier. Glück! Er durfte nicht sterben!

\>> 04

GEGENWART

Die Samurai beobachtete den Mann und wusste immer noch nicht, was sie genau denken sollte. Alle Systeme funktionierten wieder. Was auch immer die Fehlfunktion verursacht hatte, war durch Meister Noos Intervention beendet worden. Sie hatte volle Kontrolle über ihren Körper und dennoch fühlte sie sich schlecht. Es machte sie auch zornig, die *Magatama* bei diesem Kerl zu sehen. Warum hatte Meister Noo das getan? Was sollte dieses Gerede von Entscheidungen? Sie war eine Samurai! Krieger im Dienste eines Herren. Kämpfer gegen dessen Feinde.

Nein. War sie nicht.

<<*Status:* Ronin<<

Sicher, sie könnte den Link zu *Amaterasu* einfach aktivieren. Ein kurzer mentaler Befehl. Er lauerte — so empfand sie das. Sie sah es in ihren Statusanzeigen, wenn sie darauf achtete.

<<Verbindung zum Otomo Kern herstellen? J/N<<

Sie musste nur eine winzige Entscheidung treffen, dann wären die Stimmen wieder da. War es Verrat, dass sie es noch nicht getan hatte? Stattdessen lief sie hier hinter dem Kerl her, der die *Magatama* trug. Sie müsste ihn bekämpfen und das *Shintai* abnehmen. Es gab doch keinen Zweifel daran, dass er der Feind war, oder?

Er war ein Oni gewesen. Eine der Abscheulichkeiten, die aus dem Blut und Willen des Drachen geboren waren. Und nicht nur irgendein Scherge des weißen Wurmes, nein, einer der großen. Die Kleinen waren schon widerlich, aber die Großen waren nichts als Schlachter. Sie hatten keine Augen, waren aber nicht blind, fanden Leben zielsicher und zerstörten es. Sie sprachen und zögerten nicht. Dennoch waren Oni keine Automaten, die seelenlos alles töteten. Man konnte ihre Bösartigkeit spüren, ihren Durst, ihre Häme, ihre Befriedigung, wenn sie ihr Ziel erreicht hatten.

Mitsuko hatte schon ein paar Mal gegen diese Kreaturen gekämpft und es war jedes Mal furchtbar. Dieses Mal war es nicht anders gewesen. Die Kriegerin erinnerte sich bruchstückhaft an die Schlacht. Sie hatte ihn gestellt, als er triumphierend mit seiner Beute der Schlacht den Rücken kehren wollte. Ihre Kameraden, mit denen sie ihn verfolgt hatte, waren tot. Er hatte sie getötet. Wie nannte er sich? Hagen. Was für ein seltsamer Name. Sie wollte wissen, was er bedeutete.

<<Keine Suche nach Parametern möglich. Aktiviere Verbindung zum Otomo Kern<<

Eine Millisekunde, bevor die Verbindung automatisch hergestellt wurde, stoppte sie sie. Meister Noo hatte ihr gesagt, sie solle nachdenken. Aber es war doch keine Zeit! Was, wenn das alles ein Riesenfehler war? Was, wenn Meister Noo unrecht hatte? Wie sollte sie denn auf ihr Herz hören? Sie wollte Antworten, die Zuversicht der KI, die Stimmen, die ihr immer Hilfe und Rat gaben. Es war seltsam, so still.

Es war so schrecklich, dass da Ronin stand.

»Was ist *Magatama*?«, fragte er sie nun. Wie er da stand, zitterte und blutete! Er war nur noch ein Wicht. Ein seltsames, pelziges Wesen, irgendeine Scheußlichkeit, die das Blut des Drachens hervorgebracht hatte. Diese lächerlichen Ohren, die oben schwarze längere Haare dran hatten und der schwarzweiße Backenbart ... was sollte er sein? Die meisten größeren Säugetiere waren ausgestorben. Es gab die Mutationen der Löwenleute — ein Stamm Überlebender auf dem afrikanischen Kontinent, die riesige Tiere auf seltsame Art zähmten und damit in den Krieg zogen. Vielleicht war er dort her?

»Der Grund, weshalb ich dich töten sollte«, sagte Mitsuko daher verächtlich.

»Warum tust du es nicht endlich?«

Warum? Warum? Weil sie ihn in seiner anderen Form gesehen hatte? Zweimal? Weil sie wusste, welches Monster in ihm schlummerte? Weil sie wissen wollte, warum er sich zurückverwandelt hatte? Weil Meister Noo es gesagt hatte?

Er hatte den Tod verdient. Er hatte vor allem die *Magatama* nicht verdient, welche ihn geheilt hatte. Ebenfalls zweimal. Aber als sie es ihm abgenommen hatte, war nichts besser geworden! Im Gegenteil. Ihre Systeme hatten sich abgeschaltet. Als ob das Schmuckstück ihn heilte und sie zerstörte. Dabei gehörte es doch ihrem Volk! Er hatte kein Recht ... oder? Mitsuko wusste es nicht. Tatsache war: Die *Magatama* war ein heiliger Gegenstand. Es hatte einen Willen und wollte offenbar nicht zu ihr, sondern zu ihm.

Wäre das auch noch so, wenn er tot wäre? Mitsuko wusste auch das nicht, spielte aber mit dem Gedanken. Weil sie es nicht wusste, es nicht in sich fühlte, keine Bewegung, keinen Schwung, keine Richtung spürte, die sie und ihr Schwert ausführen sollten: Darum konnte sie ihn nicht töten.

»*Magatama* ist der Anhänger, den du gestohlen hast«, sagte sie daher nur sachlich. »Du besudelst damit einen heiligen Gegenstand. Du bist es nicht wert.«

»Was?« Er besah sich das dunkelgrüne Schmuckstück, als sähe er es das erste Mal. Es war wie eine Träne oder ein Tropfen geformt. Durch das Loch im dickeren Teil war ein schlichtes Lederband gezogen. Es sah in seinen Fingern so klein aus. Mitsuko hatte es sich immer viel größer vorgestellt. Aber seit Jahrhunderten durften es nur Priester und die Angehörigen der Kaiserfamilie sehen.

»Deswegen tötest du mich nicht? Was für eine wirre Argumentation. Es ist doch nur ein Steinamulett.«

Ärger wallte in ihr auf. »Es ist ein *Shintai*!«

Er ballte seine Faust um den Stein und sah sie an. Dann schüttelte er den Kopf, drehte sich weg und ging los. »Was auch immer.«

»Ein *Shintai* ist ein Gegenstand, in dem der Geist eines *Kami* wohnt! Er ist heilig und muss mit äußerstem Respekt behandelt werden! Man darf ihn nicht so einfach von seinem Platz entfernen!«

»Heilig? *Kami*? Respekt?«, sagte er laut genug, dass sie ihn noch hörte. Er bückte sich und zog einem der Gefallenen die Jacke aus. Dann prüfte er dessen Stiefel. »Wohin uns das gebracht hat, sehen wir ja hier.«

»Du bist nur ein dummer *Gaijin*!« Sie spuckte aus.

Er drehte sich um. Seine Lippen waren über das weiße Raubtiergebiss gezogen, die Ohren waren eng an den Kopf gelegt. Die Augen reflektierten das Licht, waren riesig und grün, die Pupille ein senkrechter Schlitz. »Ach, ja, genau, ich bin dumm. Wie war das mit dem Mond? Ihr wart es, die wussten, dass da ein Drache drin schläft. Und ihr wolltet ihn töten. Wie hat das geendet? Euer Krieger dort hat einen schlafenden Drachen nicht getötet bekommen!« Seine Hand war eine Hand, das fiel ihr erneut auf, weil er damit auf sie zeigte. Keine Klauen, keine Krallen. »Wie war das nun mit *Kami* und Respekt?«

Der Spott traf sie wie fauliges Wasser; Mitsuko musste jetzt wütend werden. Eigentlich. Sie empfand aber plötzlich eine Traurigkeit, die schon lang in ihr keimte. Es war die Wahrheit, die seit dem Fall des Mondes auf ihrem Volk lastete. Sie hatten versagt. Sie hatten dieses Unglück auf die Welt gebracht. Es nutzte nichts, dass manche behaupteten, dass es sowieso geschehen wäre. Dass *Tsukuyumi* auch ohne ihre Einmischung aufgewacht wäre und schlimmeres Unglück über die Welt gebracht hätte.

Der Mann hatte inzwischen sogar eine Hose gefunden, die ihm passte und wanderte weiter über das Schlachtfeld. Sie folgte ihm. Sie wollte einfach nicht aufgeben. Die *Magatama* musste zurück. Etwas sollte in dieser zerstörten Welt Gültigkeit behalten. »Gib es mir doch, wenn es dir nichts wert ist!« Vielleicht würde alles gut, wenn er es ihr nur freiwillig gäbe.

Er riss mit den Zähnen die Verpackung von einem Nahrungsbarren, den er gefunden hatte und biss ein großes Stück ab. Sie hatte ebenfalls Hunger und sah weg.

»Warum sollte ich?«, fragte er kauend.

»Dir liegt nichts dran.«

»Das stimmt. Aber dir.«

»Es gehört dir nicht.« Sie wurde wieder wütend. »Ich könnte dich einfach töten!«

Er begann zu lachen. Sofort hielt er sich die Seite und keuchte, das Lachen schüttelte ihn aber immer noch. »Wenn du mich töten wolltest, hättest du es doch längst getan«, sagte er dann und setzte sich auf einen Stein. »Du kannst es nicht, oder du willst es nicht. Was schert es mich? So lang ich nicht tot bin, kümmere ich mich lieber um mein Leben.«

Sie drehten sich im Kreis. Mitsuko fragte sich zum x-ten Mal an diesem Tag, was hier falsch lief. Etwas blendete sie. Die Wolken waren vor der Sonne aufgerissen und ließen ein paar schwache Strahlen durch, die von irgendetwas auf dem Schlachtfeld gebrochen wurden. *Amaterasu* ... Mitsuko vermisste sie so sehr.

<<Verbindung zu Otomo Kern herstellen? J/N<< Es tat so weh.

»Wo sind wir?«, fragte er.

»Tokio.«

»Ah.« Er sah sich um. Sein Gesicht war schmerzverzerrt, aber er ignorierte die blutende Wunde. »Was beschützt du eigentlich hier? Ruinen, Leichen und Plunder.« Er aß den letzten Bissen des Algenriegels und fingerte geistesabwesend mit der anderen Hand an der *Magatama* herum. Dann zog er den Lederriemen über den Kopf. »Ich überlege ja ernsthaft, ob ich es dir einfach geben soll.«

Mitsukos Gefühle wechselten von Verachtung zu Überraschung und dann sogar zu so etwas wie Angst. Ihre Hand zuckte. Meister Noo war plötzlich in ihrem Kopf: »Sein Schicksal und das der *Magatama* sind aber eng mit deinem verwoben. Ich kann dir nur raten, die alten Wege zu verlassen. Tu, was dein Herz dir befiehlt.« Die Entscheidung war getroffen. Sie musste ihrem Instinkt gehorchen. Der sagte ihr, dass die *Magatama* nicht zu ihr wollte.

»Nein!«, rief sie schnell.

Jackson wachte kurz auf, aber das Fieber schüttelte ihn immer noch. Wie lang nun schon? Er stöhnte. Sofort war sie da. Die *Boar*. Er hatte ihre Anwesenheit in den leichteren seiner Fieberschübe gespürt. Sie fütterte ihn, gab ihm zu trinken. Was sie sonst noch tat, wollte er nicht wirklich wissen. Er lag immer noch auf der mobilen Trageeinheit, im Mediczelt, unter einer Decke, untenrum nackt wie Gott ihn schuf. Sein Fuß war eine gigantische Qual, ein hämmernder Schmelzofen, der Tag und Nacht Stahl goss und in dem Schmiede hämmerten.

Sie hielt ihm das Wasser hin. Er konnte seinen Arm heben und trank. Da waren auch die Tabletten. Er zählte vier, die fehlten. Vier ... waren es auch vier Tage? Er musste gesund werden!

Als er das nächste Mal aufwachte, ging es ihm deutlich besser. Das Fieber war gesunken, sein Kopf klar, wenn auch schmerzend. Er hörte Stimmen und richtete sich auf. Schnelle Schritte näherten sich. Er nahm seine Pistole und richtete sich auf. Dann brach die *Boar* durch den Zelteingang, gefolgt von zwei Männern in abgerissener Kleidung. Schlachtfeldbummler. Sie hatten große Rucksäcke mit darangebundenen Schuhen auf dem Rücken und einer trat die *Boar* nun in die Seite und lachte. Jackson sah, dass sie zwar Pistolen besaßen, aber im Moment nur mit Knüppeln bewaffnet waren.

Ihr Pech. Er fackelte nicht lang. Die Schüsse peitschten, seine Ohren bedankten sich mit Pfeifen. Verdammt. Sie waren zu lang hier geblieben. Die waren selten nur zu zweit. Schlachtfeldbummler waren kleine Gruppen, die sich zwar lose versprengten, aber regelmäßig trafen, um Nachrichten auszutauschen und Waren weiterzugeben.

Der erste war sofort tot, der andere schrie und krabbelte weg. Der Soldat schoss noch einmal. Auch Pack sollte nicht unnötig leiden müssen. Jackson fiel zurück und atmete schnell. Es konnten noch irgendwo welche sein, die jetzt die Schüsse gehört hatten, er musste aufmerksam bleiben. Ein Geräusch ließ ihn die Waffe wieder hochheben, aber es war nur die *Boar*. Sie trat neben die Pritsche und legte ein totes Tier neben ihn. So etwas wie ein Hase, aber das Blut, welches über ihrem eigenen Auge glänzte, war nicht von dieser Tötung. Sie hatten sie geschlagen. Jackson wurde wütend — sie beschützte ihn, und er? Sie grunzte und kroch näher. Als ihre Schnauze ganz nah bei seinem Gesicht war und er den weißen Eckzahn sehen konnte, der durch die Lippe stach, ließ er die Waffe sinken und musste sie anfassen. Ihr Haar war seidig.

»Danke«, sagte er, seine Stimme war eingerostet. Er räusperte sich. »Hör mal, du ... Ohne dich wäre ich tot. Ich glaub, ich werde immer noch sterben, wenn wir nicht bald jemanden finden, der sich um mein scheiß Bein kümmert, aber für den Moment ...« Er hatte einen kurzen Blick auf seinen Fuß erhaschen können. Das Antibiotikum hatte zwar verhindert, dass sich die Entzündung auf seinen ganzen Körper ausgebreitet hatte, aber die Gangrän schwärzte schon seine Zehen. Sie mussten dringend amputiert werden.

Die *Boar* grunzte wieder und reichte ihm eine Wasserflasche. Jackson trank gierig. Sie hob das tote Tier hoch, aber er wehrte ab. »Ich brauche einmal etwas Gekochtes. Oder Obst. Was würde ich geben für Obst!« Er richtete sich auf und machte eine Geste über seinem Fuß. »Das muss ab. Ich brauche ein Messer. Aber ich kann das wahrscheinlich nicht selbst. Du musst es machen. Fuck, wie erkläre ich dir das?« Wo war sein Messer? Er fand seine Hose auf dem Boden neben ihm und an der Koppel klemmte es. Sie brauchte es offenbar nicht. Sie versorgte ihn seit mindestens vier Tagen und hatte dafür nichts als ihre Klauen und Zähne benutzt? Eine Welle von unglaublicher Dankbarkeit ließ seine Augen tränen. Der Soldat zog die Klinge aus der Scheide und griff nach dem Kadaver. Sorgsam nahm er eine der Vorderpfoten, wartete, bis er sich sicher war, dass sie zusah und schnitt ihn ab. Dann führte er das Messer zu seinem

Fuß, machte eine schneidende Bewegung und sah sie dabei an.

»Er muss ab«, sagte er. Sie suchte seinen Blick und Jackson dachte bei sich, dass sie ihm eigentlich hässlich erscheinen müsste. Sie war kein Mensch, nichts an ihr war ihm ähnlich und dennoch fand er in ihren krass unterschiedlichen Augen eine Intelligenz, die er bei manchen Menschen vermisste.

»Herrje, *fuck*, vielleicht kannst du das Messer nicht halten,«, stöhnte er dann. Er griff nach ihrem Arm und fand zu seiner Überraschung keine Hufe, sondern vier gut bewegliche Klauen vor. Energisch drückte er das Messer hinein. »Du musst es abschneiden«, sagte er. »Oder ich mach´s nicht mehr lang, dann brauchst du mir auch keine rohen Hasen mehr zu bringen. Dann schmause ich Hamburger mit Gott im Himmel. Dann klopf ich an die Himmelstür. Nach dem ich den *Stairway to heaven* hochgeklettert bin.« Er lachte, summte dann kurz eine Melodie, zog die Nase hoch und schob ihren Arm in Richtung seines Fußes. »Was gäb ich jetzt um eine Flasche Gebrannten. Moonshine, irgendwas, was mich wegballert. Ich weiß, dass in einer der Kisten was ist. Aber ich hab grad Mut, wer weiß, ob der mir während der Suche abhandenkommt. Also, Sweetie, jetzt oder nie. Ach, warte noch«, sagte er und zog die Koppel aus der Hose, um sich das Bein abzubinden. Dann zeigte er auf eine Stelle oberhalb des Knöchels. »Da«, sagte er und machte sägende Bewegungen.

Sie grunzte sanft. Er nickte bekräftigend. »Los! Es tut mir leid, aber aus irgendwelchen Gründen willst du ja noch was von mir. Und ich häng auch mehr an meinem verschissenen Leben als an dem Fuß.« Er legte sich zurück und wartete ab. Als der kalte Stahl seine Haut berührte, wäre er am liebsten schreiend weggerannt, aber so biss er nur so lang auf einen Knubbel seiner Decke, bis er ohnmächtig wurde.

Hagen beobachtete interessiert, wie die Kriegerin mit sich rang. Sie wollte den Stein, das war klar. Aber jetzt, wo sie ihn bekommen konnte, nahm sie ihn nicht an. Warum dieser Widerspruch?

Sie war im gewissen Sinn eine schöne Frau. Etwas jung vielleicht, aber wohlgeformt. Wobei das kein Wunder war, da sie vielleicht zum größten Teil aus Metall oder einem Polymer bestand. Er kannte sich nicht wirklich damit aus. Die Ritter hatten sich für Bio- statt Cyberware entscheiden. Vom rein ästhetischen Standpunkt aus war sie also schön, wenn man auf künstliche Körperteile stand.

Er war ja auch kein reiner Mensch. Sein Fell, seine Zähne, die Ohren und einige andere Dinge waren ungewöhnlich, fühlten sich aber für ihn völlig normal an. Gundelind hatte behauptet, er wäre gutaussehend. Es war ihm meist wirklich gleichgültig.

Er konnte jetzt einfach aufstehen und gehen, aber seine Beine waren anderer Meinung. Die Wunde in seiner Seite war tief. Die Ruinen hier waren zu still. Sicher gab es Bewohner und die warteten nur darauf, dass er zusammenbrach, um ihn nach Wertsachen zu durchsuchen. Er sollte das auch tun — nicht das Zusammenbrechen, sondern das Suchen. Ein schlichtes Messer wäre gut. Wasser, Essen, Medizin. Also stand er zitternd auf und schlurfte los.

Sie folgte ihm.

Er verstand nun einiges von dem, was vorgefallen war, aber das machte nichts besser.

Er war ein Ritter, daran erinnerte er sich — aber durfte er sich überhaupt noch so nennen? Hatte er diesen Titel verloren, als sein Körper und Geist sich dieser Wandlung zum Oni unterzogen hatten, die durch den Einfluss des Drachens über ihn gekommen war? Er war zu schwach gewesen, sich zu wehren — das machte ihn wütend. Aber er war immer noch Hagen! Er war es gewohnt, seinen Rahmen selbst zu definieren. Wie hatte es überhaupt zu seiner Rückwandlung kommen können? Das war wertvolles Wissen. Er musste aber zunächst zurück zum Orden finden.

Also weiter. Hagens Beine zitterten, er musste sich oft abstützen. Schutt machte das Gehen auch ohne Verletzung mühsam. Tokio. Auch nur noch ein Haufen Dreck, in dem Menschen wie Ratten wohnten. Unbewusst drehte immer noch den tropfenförmigen Stein in seinen Fingern um und um.

Hagen erinnerte sich nicht daran, dieses Schmuckstück umgelegt zu haben. Er erinnerte sich überhaupt an nicht viel. Das Letzte war, dass er einen anderen Kampf irgendwo gekämpft hatte. Die Mission. Der Mond. Der wichtigste Kampf überhaupt. Die *Kampfgruppe 01* war direkt auf dem Mond gelandet. Er erinnerte sich an den Stolz, die Erhabenheit, den Flug dorthin. An das Ziel: Den Drachen zu töten, zu beenden, was die Japaner angefangen hatten.

Wie lang war das her?

»Was weißt du, was ich nicht weiß?«, fragte er und hielt an. Er bemühte sich, nicht zu keuchen und lehnte sich auf eine Mauer. Die Samurai war immer noch ein paar Schritte hinter ihm, ein Schatten, auch ohne das Licht der Sonne. Immerhin hatte sie ihr Schwert jetzt weggesteckt. Das machte sie allerdings nicht weniger gefährlich. »Was ist hier geschehen?«

»Ich weiß nicht, ob ich dir das sagen kann.« Sie drehte sich immer wieder um, als suche sie etwas — oder jemanden. Bekam sie Verstärkung?

»So ein Unsinn! Komm, red, oder verschwind!«

»Was soll hier schon geschehen sein, mal abgesehen von dem Offensichtlichen?« Sie wich ihm aus. Was sollte das? Er hatte keine Geduld für so etwas. Aber ihre Antworten waren das Einzige, was ihm vielleicht effektiv weiterhelfen konnte.

»Nun, ich war ein Oni«, sagte er. »Das wissen wir schon mal. Also du mehr als ich. Ich scheine eine retrograde Amnesie zu haben. Du dagegen hast in dem Kampf deine Rüstung verloren und deine Implantate funktionieren nicht richtig. Wirst du davon sterben?« Vielleicht war ihre seltsame Handlungsweise dadurch zu erklären. Was wusste er schon von diesen Maschinenmenschen? Vielleicht war sie auch keiner, sondern nur einer von den Robotern, mit einer synthetischen Haut oder so.

»Was interessiert dich das?«

Er seufzte. Sie machte es ihm schwer. »Ich will doch einfach nur ein paar Antworten. Mich interessiert zum Beispiel brennend: Warum bin ich kein Oni mehr? Wie komme ich an jemanden, der meine Wunde desinfiziert und näht? Und der vielleicht Antibiotika hat. Wenn ich so etwas wie eine wundersame Rückverwandlung schon überlebe, dann will ich nicht jämmerlich an einer Infektion sterben.« *Mal sehen, ob ein wenig Humor bei ihr funktionierte*, dachte Hagen. Es war zwar mehr Ironie oder Galgenhumor, aber immerhin. Er sah ihr an, dass sie vor dem Gedanken, mit ihm zusammen etwas zu tun, zurückschreckte. Aber, verdammt noch mal, sie klebte nun schon seit Stunden an seiner blutgetränkten Seite, oder? Er wollte endlich klare Verhältnisse. »Wo sind wir eigentlich?«

»Wie schon gesagt: in Tokyo. Ich weiß es nicht genau, wo, aber ich schätze, dass der Bunker etwa in der Richtung liegt.« Sie zeigte über den Hügel.

»Dein Bunker? Da wohnst du?«

Ihr Gesicht verfinsterte sich. »Nicht mehr.«

»Warum?«

Sie atmete explosionsartig aus und drehte ihm den Rücken zu. Eine bunte Schlange war auf ihre Haut tätowiert, das Bild war durch die Fetzen hindurch zu erkennen. Schöne Arbeit. »Ich bin jetzt Ronin«, sagte sie dann.

»Aha. Und was bedeutet das genau?« Er hatte den Begriff schon gehört, aber ...

»Ich kann nicht zurück.«

»Das versteh ich nicht.«

»Du bist auch nur ein *Gaijin*! Wie sollst du das verstehen?«

»Du könntest es mir erklären.«

»Warum sollte ich?«

»Weil ich dann vielleicht etwas verstehen würde? Warum folgst du mir denn überhaupt?«

Ihre Haare wehten im Wind. Er hatte keine Lust mehr, mit ihrem Rücken zu sprechen. Der Himmel wurde langsam fahl. Die Nacht würde kommen. Er musste einen sicheren Platz finden, bevor er zusammenbrach. Er zog sich das Lederband über den Kopf und begutachtete den Stein noch einmal nachdenklich. Was für ein Aufriss um ein altes Schmuckstück. Sicher, das Konzept von heiligen Gegenständen war ihm nicht fremd, und dennoch: Hatten die Geschehnisse der letzten Jahre sie alle nicht gelehrt, dass Religionen sie nicht weiterbrachten? Endlich hatte es wieder Wunder gegeben. Götter waren auf Erden gewandelt und hatten ihre macht ausgeübt. Was hatte es gebracht?

Diese Ruinen hier. Wie lange war Tokio schon zerstört? Gras und Unkraut wuchs in den Ritzen. Ein paar Jahre, schätzte er. Jahre. Wie lange war es her, seit er ...? Er brauchte dringend Antworten!

»Hier, nimm es schon«, sagte Hagen, tippte der Kriegerin auf die Schulter und wollte ihr das heiß ersehnte Schmuckstück geben. »Vielleicht erklärst du mir ja dann ...«

Sie wirbelte herum und der grüne Anhänger baumelte gegen ihren Oberkörper. Ihre Augen weiteten sich, dann erstarrte sie.

Mondohr hatte getan, was er wollte. Sie wusste, dass das Licht in seinem Fuß schon lang ausgegangen war. Jetzt war da ein Stumpf und ein totes Stück Fleisch, welches aber nicht essbar war. Sie grub ein Loch in den Boden und kauerte davor, um zu beten, bevor sie den Fuß verscharrte. Schließlich konnte das Gliedmaße nichts dafür.

Sie wusste, dass der Mann nun noch eine Weile bewusstlos sein würde und drehte daher vorsichtig eine Runde. Die Rucksäcke der beiden Männer, die er erschossen hatte, waren dick und groß gewesen. Sie trug die Beute zu dem Fahrzeug. Menschen brauchten viel Zeug. Sie bauten es. Sie verpackten es. Sie bauten Wände drumherum. *Boar* brauchten das nicht. Sie hatten alles bei sich und wechselten den Lebensort oft.

Mehr Wanderer würden vorbeikommen. Das Fahrding und die Ladung waren wertvoll. Sie mussten schnell hier weg. Das war Mondohr klar. Sie verstand das Fahrding nicht. Noch nicht. Sie war aber nicht dumm und würde alles genau beobachten.

Er wachte auf und sie gab ihm Wasser. Er sagte etwas in seiner seltsamen Sprache. Manche seiner Aussagen verstand sie fast. Die *Boar* wusste, wenn er etwas gut oder schlecht fand. Er machte dazu auch Gesten und schüttelte mit dem Kopf. Sie hätte ihn gerne stundenlang beobachtet, sein Gesicht war so beweglich! Aber dazu war jetzt keine Muße. Sie mussten los, weg hier!

Das Licht in ihm leuchtete wieder stetig und stark. Er würde gesund werden, er brauchte den Fuß nicht, und das Fieber war verschwunden. Seine Medizin war gut. Auch das konnten die Menschen besser. Bei den *Boar* hätte man ihn zurückgelassen.

Vermutlich hätte ihn einer getötet, aus Mitleid. Die *Boarmutter* wusste einiges über Medizin, aber Mondohr hatte gesehen, dass der Mann nur kleine weiße Kugeln gegessen hatte. Keine Kräuter oder Pulver.

Jetzt war er aufgestanden. Er hatte immer wieder auf das Fahrding gezeigt, sie hatte viele Dinge aus dem Unterschlupf dorthingebracht und schließlich ihn selbst. Es hatte lang gedauert, aber nun saß er drin. Er hatte aber nicht auf die Seite gewollt, auf der er sonst saß.

Mondohr kletterte zu dem runden Ding, an dem der Mann immer drehte, und klopfte darauf. Er sagte wieder viel und hantierte irgendwo herum. Die Maschine begann zu leben, brummte und zitterte. Der Mann zeigte auf das runde Ding und auf Mondohr. Dann setzte sich das Fahrding in Bewegung. Da lag ein großer Stein. Der Mann wurde lauter, er griff nach Mondohrs Arm und legte ihn an das runde Ding. Sie griff zu. Er bewegte den Arm und drehte so das Ding. Der Wagen änderte die Richtung, sie fuhren um den Stein herum.

Mondohr verstand, rückte näher und drehte das dünne Rad hin und her. Der Wagen gehorchte ihr! Sie bewegten sich zwar sehr langsam, Mondohr wäre schneller gewesen, wenn sie gelaufen wäre, aber sie bewegten sich! Die *Boar* wusste, wo Wasser war, und dorthin wollte sie. Wasser bedeutete Leben aller Art.

Fahren machte Spaß. Es war aber nicht leicht! Mondohr musste erst lernen, dass auch Steine, die für sie klein erschienen, zu großen Erschütterungen führen konnten. Sie musste verstehen, wo der Wagen begann und endete. Sie konzentrierte sich. Es war ein wenig wie damals, als sie von der *Boarmutter* einen Trank bekommen hatte, der ihre Sinne für die Geister schärfen sollte. Mondohr hatte kein Problem, die Geister zu sehen, aber ihre Sicht der Dinge schien nicht mit der der *Boarmutter* übereinzustimmen. Also nahm sie den Trank, obwohl sie wusste, dass es ihr nicht gut tun würde, und auch nichts daran änderte, was sie sah, und was die Rottenchefin glaubte.

Es war so gekommen, wie Mondohr vermutet hatte und sie erinnerte sich nicht gern daran. Aber es hatte ihr noch einmal klar gemacht, dass die *Boarmutter* die Lichter nicht sah. Das, was das Rottenoberhaupt beschrieb, entsprach nicht der Wahrheit, die Mondohr gesehen hatte. Es sollte aber nur eine Wahrheit und eine Geschichte geben. Umgekehrt wusste die *Boarmutter* danach ganz sicher, dass Mondohr anders war, und sie duldete es nicht. So war es gekommen, dass Mondohr verjagt worden war.

Nun saß sie hier und rettete einen Menschen. Das hatte sie aber schon gewusst, es war nicht überraschend. Ihr Schicksal war wie eine glitzernde Kette vor ihr aufgereiht, nur eben nicht verständlich; es waren keine Worte, es war eher so wie zwangsläufig aus einem Nusskern ein Nussbaum wird, wenn man ihn lässt. Wenn sie das eine tat, folgte das andere. Nicht alles war einfach, aber alles baute aufeinander auf.

Die Stimme hatte ihr das einmal erklärt. Sie sah ihn in ihren Träumen, ein uralter wilder *Boar*, der zu ihr sprach. Er hatte ihr einen Nusskern gegeben, im Traum, und gesagt, dass sie ihr Schicksal immer an einem solchen erkennen würde. Früher hatte Mondohr einen kleinen Beutel gehabt, in der immer Nüsse gewesen waren. Oft hatte sie welche an neuen Orten gepflanzt, so, wie die Stimme das Schicksal in sie gepflanzt hatte.

Da war Wasser. Es sah gut aus, fließend, hell, viele Pflanzen wuchsen an seinem Rand, Tiere tranken daraus, Vögel kreisten darüber. Jetzt sollte das Fahrding anhalten. Sie wollte nicht ins Wasser fahren. Die *Boar* drehte sich um und stupste den Mann an. Es dauerte lang, bis er begriff, was sie wollte und Mondohr drehte derweil ein paar Runden, dann tat er etwas und die Bewegung hörte auf. Ah, er hatte etwas was hoch war, tiefer gedrückt. Sie merkte sich das, sprang aus dem Fahrding und watete ins Nass. Endlich waschen! In ihren Borsten klebten immer noch Blut und Schmutz vom Kampf. Und darunter noch alles, was der andere Mann ihr angetan hatte. Sie schubberte sich begeistert grunzend im Ufersand. Das Wasser trug den Ekel, den sie vor dem anderen Menschen empfunden hatte, einfach weg. Alles wurde besser. Glück!

Dann wusch sie den Mann. Sie hätte ihn gerne ins Wasser getragen, aber er wollte nicht. Also nahm sie ein Stoffstück und er gab ihr etwas, was lustige schmierige Blasen machte. Er redete wieder viel. Irgendwann begriff sie, dass er ihr etwas Bestimmtes sagen wollte, wenn er auf sich zeigte und Tschäkk-ssssonn sagte. Sie hatte Schwierigkeiten, die Laute auszusprechen, versuchte es aber immer wieder, bis er nickte. Es schien ihn glücklich zu machen. Also sagte sie immer wieder dieses Wort, während sie seine Haut säuberte. Er gab ihr seine Kleidung.

Sie wusch diese ebenfalls. Die Lumpen kamen ihr so nutzlos vor. Sie verstand nicht wozu sie gut waren, aber er hatte zu wenig Haare, vermutlich schützten die Stoffstücke ihn vor der Sonne, Insekten und Kratzern. Oder es war Schmuck, so wie manche *Boarkrieger* sich mit Dingen schmückten, die nutzlos, aber nett anzusehen waren. Metallplatten, Rohrstücke, glitzernde Steine und Dinge aus diesem Zeug, was so seltsam weich und manchmal hart war, aus dem die Menschen fast alles machten. Bänder, die in Wänden steckten, Behälter oder auch bunte Verzierungen an den Wegen zwischen den Behausungen. Die Krieger machten sich Schutz aus den Metallstücken, welche die Menschen bunt bemalt und überall aufgestellt hatten. Die *Boarmutter* sagte, es wären heilige Zeichen gewesen. Daher machte es den Männern besondere Freude, sie zu schänden und daraus beispielsweise einen Brustpanzer oder Schild zu machen.

Aber Mondohr war nicht mehr bei den *Boar* und der Mann redete schon wieder viel. Sie versuchte so sehr, ihn zu verstehen! Aber es wurde erst einmal Zeit, die Umgebung nach Essbarem abzusuchen. Am Rand des Wassers stand auch gutes Grünzeug. Der Mann verzog zwar das Gesicht, aß es dann aber trotzdem. Mondohr freute sich, dass er gesund wurde.

>>05

GEGENWART

FLASHBACK

Mitsuko meditierte gerade vor einem Gesteck, als die Meldungen ihre Sinne überfluteten.

<<Einsatzbefehl!<<

Ein Angriff auf den Bunker! Eine riesige Gruppe Oni! Die Informationen stürmten auf sie ein und triggerten multiple Reaktionen ihres Körpers. Manche waren äußerlich sichtbar, andere geschahen verborgen im Inneren.

Die Samurai sprang auf und rannte zu ihrem Schrank. Erst der Overall, dann die Stiefel. Die Armspangen der Rüstung verbanden sich mit den subdermalen Platten und interagierten sofort mit den implantierten Schaltkreisen. Das Gleiche geschah mit den anderen Rüstungsteilen, die alle mehr als nur Schutz waren. Die Messer in die entsprechenden Taschen. Das Schwert, die Handschuhe, den Kopfschutz. Alle Teile arbeiteten reibungslos zusammen. Die blauen Lichter der Leitungen pulsierten sofort beruhigend zuverlässig.

<<Alle Systeme einsatzbereit<<

»Du bist einsatzbereit«, sagte *Amaterasu* ruhig. Die Stimme der KI klang stolz. Obwohl Mitsuko wusste, dass *Amaterasu* keine Person war, fühlte sie sich dennoch wertschätzend gelobt. Noch immer prasselten die allgemeinen Anweisungen und neuesten Nachrichten die an die Bevölkerung gerichtet waren auf sie ein.

<<Kampfmodus aktiviert<<

Jetzt wurden nur noch strategische und absolut notwendige Befehle von der Shogun-KI durchgelassen. Die Samurai suchte nach dem Ort, an dem sie sich einfinden wollte und lief los.

<<Kampfformation. Vorrücken zu Sektion 3<<

Lichtsignale an den Wänden der Bunkergänge leuchteten hektisch und wiesen den Bewohnern die Wege zu den Rückzugsorten. Die verängstigten Männer und Frauen hasteten an ihr vorbei,oder drückten sich beim Anblick der Krieger ängstlich in Ecken. Nicht, weil sie vor ihren Beschützern Angst hatten, sie ahnten, dass ein Einsatz, der den Bunker bis in diese tiefen Ebenen erschütterte, sehr gefährlich sein musste.

<<Erweiterung der Formation um Cyberoids in Sektion 3<<

Mitsuko spürte es wie eine wohlige Dusche, als drei Cyberoids aktiviert und ihrer Einheit zugewiesen wurden. Die Feedbacks von den Kampfmaschinen waren mit positiven, aufbauenden und vertrauensbildenden Gefühlen verbunden.

Es war seltsam, aber gleichzeitig erhaben, alle in den Kampf–ausrüstungen zu sehen. Dies war keine Übung. Genoshi war der Anführer. Er wies den Weg, den der Shogun ihm gab. Sie mussten nicht laut sprechen, alles lief über subvokale Kommunikation und die Head up displays in den Visoren der Helme. Ein paar Gänge weiter vereinigten sie sich mit den Cyberoids. Die Kampfmaschinen wurden von jeweils drei Samurai gemeinsam gesteuert. Die Verergruppen bildeten so Kampfeinheiten, die sich gegenseitig den Rücken deckten und rundum alles im Griff hatten.

<<Verbindung zu Cyberoid<<

<<Verbindung zu Drohnen<<

Zwei Drohnen sirrten über ihren Köpfen. Die beiden hatten zwar nur begrenzte Kapazitäten, konnten aber im Kampf sehr schnell und nützlich agieren. Eine Medi-Drohne wurde dazugeschaltet.

<<Feindkontakt in Sektor 2 und 3<<

Die waren schon im Bunker? Wie hatte das geschehen können?

<<Vorrücken zu Sektion Drei D<<

Die Frage wurde nicht beantwortet. Das machte Mitsuko und sicher nicht sie allein unruhig. Aus den bisherigen Informationen ergab sich folgendes Bild: Eine große Gruppe Oni hatte sich zielstrebig dem Bunker genähert. Darunter waren wohl einige der besonderen Exemplare, vielleicht sogar ein legendärer. So nannte man jene, die nicht nur hirnlos töteten und animalisch waren, sondern die planten und zielgerichteter handelten.

Oni, hatte Mitsuko gelernt, waren wie *Kami*, nur schlimmer. Sie konnten nicht durch Anbetung oder Opfer besänftigt werden.

Sie hatten Befehle und Ziele, und nichts außer der Tod hielt sie auf. Mit den meisten konnte man nicht sprechen oder verhandeln, es blieb nur der Kampf auf Leben und Tod.

Sie folgten Genoshi immer weiter, nach oben, Richtung Oberfläche. Dann schwenkte die Formation in einem Gang, in dem schon Tote lagen. Mitsuko sah nicht hin. Sie nutzte die Techniken, die sie gelernt hatte, konzentrierte sich ganz auf ihren Körper und das Bevorstehende, auf die Feedbacks ihrer Gruppenmitglieder und ihren Atem. Sie wurde eins mit ihren drei Gruppenmitgliedern und dem Cyberoid. Die Informationen flossen wie anregender Tee durch ihre Adern, ihre Muskeln gehorchten den Befehlen und reagierten auf alles, was auf sie einströmte.

<<Vorrücken in den linken Gang<<

Nur ihre Gruppe sollte abbiegen, die anderen rannten weiter. Der Gang war ein Versorgungstunnel von einem Arboretum zum anderen.

Sie öffneten die Tür zum Gewächshaus. Innen war es dunkel, aber laut.

<<Infrarotsicht aktiviert<<

Mitsuko war hinter dem Cyberoid und stellte sich auf Infrarotsicht um. Die Oni trugen meist keine Rüstung und waren damit durch ihre Wärmesignaturen besser erkennbar. Die Vibrationssensoren in den Ohren filterten die eigene Gruppe und die lauteren Geräusche automatisch aus. Es näherte sich eine große Gruppe. Unisono griffen die beiden vorderen nach ihren Katanas und Mitsuko aktivierte ihre Nadelpistole.

Die sieben Zentimeter langen Nadeln waren aus einem Material, welches bei der Reibung, die durch das Eindringen in Fleisch entsteht, giftige Substanzen aus kleinsten Röhrchen freisetzte. Im Inneren war ein Schalter, der auf den plötzlichen Stopp beim Aufprall umgelegt wurde und eine Reaktion in Gang setzte, die Druck aufbaute, damit das Gift auch mit einer ordentlichen Geschwindigkeit ins Fleisch gepresst wurde.

<<Langsames Vorrücken wird empfohlen<<

Die hohe Halle, in der auf vielen Ebenen hydroponisch Gemüse angebaut wurde, war normalerweise hell erleuchtet. Die KI hatte aber nur noch die Notbeleuchtung angelassen, damit die Flüchtenden nicht auf die Idee kämen, hier hineinzurennen. Den Samurai machte die Dunkelheit nichts aus. Ihre Implantate benötigten nur winzige Lichtmengen, um genug zu sehen. Die anderen Systeme gaben ebenfalls viele Informationen, so wie die Kameras, die den Raum stetig überwachten.

Die Sensoren in den Ohren regelten die Geräusche der Zerstörungswut der Oni schnell herunter. Es klirrte und kreischte, Metall wurde verbogen, Glas zerschlagen. Die Samurai schlichen durch die Gänge und versuchten, die Gegner überraschend zu erwischen. Mitsuko sah auf der Karte im HUD, dass sie nicht mehr weit entfernt waren.

Warum auch immer, aber die Geräusche der Zerstörung verstummten. Stille vergrößerte den dunklen Raum subjektiv ins Endlose.

Wasser tropfte von der Decke. Der Geruch nach frischem Grün mit einem Hauch von Schimmel und Ozon drang kaum durch Mitsukos angespannte Sinne. Sie bewegten sich langsam, Schritt für Schritt, fast lautlos. Der Boden war feucht und ihre Stiefel machten ein leise schmatzendes Geräusch. Die Drohnen sirrten hoch über ihnen.

<<Feindposition ermittelt<<

Auf ihrem HUD erschienen die genauen Feindpositionen. Die Oni waren noch am Eingang des Raumes. Plötzlich schepperte und krachte es wieder. Eines der vier Meter hohen und fast zehn Meter langen Regale fiel in ihre Richtung. Wasser, Grünzeug und dann Metall traf die Rüstungen. Der Cyberoid fing das meiste ab und schob das verbogene Gerüst aus dem Weg, aber der Boden war nun bedeckt von glitschigen Blättern, Substrat, Nährlösung und Metallteilen.

Wie hatte das geschehen können? Die Oni waren laut Position noch ein paar Gänge in diesem Labyrinth von ihnen entfernt! Sie hätten natürlich das nächstgelegene Regal umstürzen können, welches dann auf das gegenüberliegende, welches dann auf das gegenüberliegende, etc, gefallen wäre, aber das war nicht geschehen!

<<Drohnenscheinwerfer aktivieren<<

Leuchtkegel erschienen und lösten damit das Rätsel. Eine amorphe Masse glitt wie eine platte Nacktschnecke immer näher. Sie nahm die Farbe und Temperatur der Umgebung an und war deshalb so gut wie unsichtbar, bis sie sich wölbte und so das hydroponische Regal umgeworfen hatte. Die beiden vorderen Krieger begannen, mit ihren Schwertern auf das Wesen einzuhacken. Schnell hatten sie es in Fetzen geschnitten, die aber immer noch unter verspritzen von Körperflüssigkeiten über den Boden zuckten. Klingen trafen mit schmerzhaftem Klirren auf den Boden und langsam wurde alles dort zu einem Brei, der manchem Mittagessen, bevor es gekocht wurde, nicht unähnlich war.

Aber niemand hatte Appetit, schon gar nicht, weil ihnen wieder einmal klar wurde, Oni traten in solch seltsamen Formen auf, dass niemand vorhersagen konnte, wie sie aussahen, oder zu was sie fähig waren. Die Krieger bewegten sich also noch vorsichtiger über den glitschigen Boden auf eine Wand zu. Dort mussten sie laut HUD auf eine größere Gruppe treffen.

Ihre Infrarotsensoren zeigten schließlich die unförmigen Schemen. Oni waren einmal Menschen gewesen. Das war angesichts der Silhouetten fast nicht glaubhaft. Die visuelle Repräsentation der Sensorinformationen kreierte Gestalten, die direkt aus Alpträumen kamen.

<<***Kampfformation einnehmen***<<

Die beiden vorderen Krieger sprangen los und griffen mit ihren Schwertern an. Mitsuko hielt den Einsatzbereich des Cyberoid frei. Nadelgeschosse flogen, blieben in schwabbeligem, bloßem, bleichen Fleisch stecken und schienen keine Auswirkungen zu haben.

<<***Drohnenkampf aktivieren***<<

Der Cyberoid wirbelte seine Schwerter schneller als es jeder Mensch könnte, Gliedmaßen wurden abgetrennt und flogen durch die Luft. Die Oni hatten davon aber mehr als normale Menschen. Die Drohnen versenkten gezielt Geschosse in Körperteile, die nicht gepanzert waren oder besonders verletzlich schienen.

<<***Hormonstatus* KAMPF *aktivieren***<<

Mitsuko zog ihr Schwert. Sie war bereit, ihre Hormondrüsen hatten die Körperchemie angepasst. Der Horror, den die Kreaturen automatisch auslösten, wurde gedämpft. Gleichzeitig floss jetzt mehr Adrenalin. Jetzt galt es, zu töten.

Ihr erster Gegner war ein weiblicher Oni, mit grotesk muskulösen Gliedmaßen, der Kopf augenlos und mit zwei langen, geraden, spitzen Hörnern bestückt. Die Schwerter der Oni glänzten blutrot und das Monster stürmte unzeremoniell auf Mitsuko los. Zwei Klingen gegen eine. Mitsukos Körper vollführte die nötigen Schläge, Ausweichbewegungen und Drehungen auch ohne Hilfe der Programme. Die zusätzlichen Nervenbahnen verliehen ihr eine unmenschliche Schnelligkeit, die Verstärkungen an Gelenken die Stabilität, um Schläge zu parieren und nicht aus der Mitte herauszufallen.

Der glitschige Boden machte präzise Bewegungen aber fast unmöglich. Schnell war die Kriegerin in eine Verteidigungsposition geraten, aus der sie nicht einfach herauskam. Mitsuko entschied sich, diesen Nachteil dennoch zu nutzen. Ihre Rüstung fing das meiste auf, die Gegnerin war nicht stark genug, diese zu durchdringen. Solange Mitsuko keinen schlimmen Fehler machte, konnte sie eine Weile standhalten.

<<***Kampfstilanalyse läuft***<<

Es dauerte ein paar Sekunden, bis sie den Schwachpunkt der Kreatur gefunden hatte. Die brutale Kraft und Schnelligkeit ihrer Angreiferin war nicht perfekt ausbalanciert. Mitsuko leitete eine Sequenz ein, die mit einem tiefen Schlag ihrerseits enden würde und eigentlich der Angreiferin die Waden aufschlitzen müsste. Noch eine seitliche Drehung, weit ausholen — das linke Bein der Oni war deutlich schwächer, ein gut balancierter Gegner hätte sie jetzt mit offener Deckung erwischt, aber die Samurai hatte richtig gerechnet, die Oni war zu langsam — und Mitsukos Katana fraß sich in die Muskeln, durch Wadenbein und Schienbein. Es war ein glatter, schräger, ungehinderter Schnitt, den die elastische Klinge perfekt ausführte. Die Oni brach auf die Knie und Mitsuko köpfte die augenlose Scheußlichkeit.

Aber das war nur der Anfang. Sie metzelten sich immer weiter nach oben. Oni waren grausame Gegner, die hilflose Bewohner als Schutzschilde vor sich her trieben. Sie lachten laut und trugen *Kabuki*-Masken vor ihren augenlosen Gesichtern, die hämisch dreinblickten und ihre menschlichen Gegner zusätzlich verspotteten.

Mitsuko funktionierte wie ein Automat, nur in manchen Bruchteilen von Sekunden durchdrang eine besonders widerliche Handlung eines Oni ihren Kampfmodus. Einer rannte trotz einer riesigen klaffenden Bauchwunde weiter auf sie zu, strecke seine lange gespaltene Zunge heraus und leckte an ihrem Visor. Die Samurai verlor kurz ihre Mitte, rutschte auf den zuckenden Gedärmen aus und landete auf ihrem Hinterteil. Einen Moment hilflos, starrte sie auf die Blut und Gestank ausdünstende Gestalt, dann rollte sie sich blitzschnell weg, als er auf sie zu fallen drohte. Seine gedrehten spitzen Hörner sausten knapp an ihrer Schulter vorbei. Sie spürte einen Brechreiz. Diverse Chemikalien und Hormone wurden neu gemischt und in ihren Blutkreislauf gepumpt. Nach drei Atemzügen ging es besser und sie folgte ihrer Gruppe weiter nach oben.

Plötzlich bekamen sie einen neuen Befehl.

<<Neues Ziel<<

Der Ort erschien auf der Landkarte im HUD. Sie sollten raus. Sofort. Wege leuchteten grell auf. Ohne Umweg, ohne Scharmützel unterwegs — so lautete der Befehl. Wie ein Mann schwenkten sie in den befohlenen Gang. Schnell verfügbarer Zucker wurde in ihr Blut gepumpt, während Mitsuko dem Cyberoid und ihrem Kollegen folgte. Kurz bevor sie in der obersten Ebene ankamen, wurden ihnen ein paar Sekunden gegönnt, damit der Körper eben jenen Zucker zu Energie verstoffwechseln konnte.

Mitsuko hörte auch hier Schreie und Kampfgeräusche, wenn sie darauf achtete. Eine vollständige Ausblendung der Informationen wäre kontraindiziert. Sie versuchte aber, die erlernten Techniken zur Sammlung und Konzentration anzuwenden, um sich nicht ablenken zu lassen. Die Befehle waren klar codiert.

<<Spezialmission mit oberster Priorität: Zielperson stoppen, Objekt wiederbringen<<

Es galt also, nicht nur zu verteidigen, sondern eine Flucht zu verhindern. Die Gruppe rannte gemeinsam los, sprintete durch den Ausgang auf die Oberfläche. Wind beutelte die Kämpfer. Es regnete nicht, aber die Luft war feucht und warm. Die Ruinen von Tokio ragten vor ihnen auf. Irgendwo dort, auf den Schutthügeln oder in den Schluchten zwischen den halbierten Hochhäusern befand sich ihr Ziel. Sie mussten nicht suchen, die Drohnen flogen hoch und wiesen den Weg. Der Cyberoid machte einen Schritt, wo sie drei machen mussten. Überall waren Oni und Samurai in Kämpfe verwickelt. Ein anderer Kampfroboter warf Flammen auf eine Gruppe Oni, in deren Mitte ein riesiger, monströs fetter sechsbeiniger Koloss mit seinen vorderen Gliedmaßen Berge von Menschenleibern zerhackte.

Menschen schrien und starben, Oni brüllten und lachten. Es war eine riesige Schlacht. Sie rannten und rannten. Jemand war auf der Flucht mit etwas, die anderen hier waren wohl nur Ablenkung. Dennoch war das Ausmaß der Kampfhandlungen hier oben furchtbar. Die Truppen, die nicht so weit unten wie Mitsuko und ihre Leute stationiert gewesen waren, schienen vollständig ausgelöscht.

<<Ziel erfasst<<

Endlich näherten sie sich dem Ziel auf Sichtweite. Mitsuko sah es rot erleuchtet in ihrem Visor, aber auch mit eigenen Augen — selbst ohne die erweiterten Funktionen wäre es erkennbar gewesen. Es war ein riesiger Oni, umgeben von einer großen Schar kleinerer. Er stand auf einem Hügel, war aber selbst erschreckend groß. Seine Statur war eigentlich menschlich, wenn man von einem zusätzlichen Paar Arme absah. Der Körper war allerdings mit gesträubtem beigem Fell bedeckt, welches an manchen Stellen schwarze Flecken aufwies. Sein Kopf war riesig, der einer Wildkatze mit zusätzlichen Hörnern, seine Zähne lang und spitz. Blut troff vom Kinn, das Fell dort durchtränkt.

Er war imposant. Die meisten Oni waren abstoßend hässlich. Aber er — Mitsuko nahm es mit einem mentalen Zögern wahr — er projizierte noch in seiner Unmenschlichkeit eine erhabene Männlichkeit. Die Fremdartigkeit der vielen Gliedmaßen und das Fehlen der Augen verblassten vor dem unbändigen Stolz, mit dem er auf dem Hügel stand und einen überdimensionierten Speer in die Luft reckte. In einer der anderen Hände, an deren Enden riesige Krallen aus ebenfalls blutigem Pelz stachen, befand sich eine kleine Holzkiste.

<<Objekt lokalisiert. Objekt in Besitz nehmen<<

Sie waren noch etwa 50 Meter entfernt. Die Oni hatten sie wahrgenommen und kreischten ihre Obszönitäten heraus. Der Große schwenkte seinen Schädel zu ihnen und Mitsuko spürte seine Verachtung wie einen strengen Geruch auf sie zu wabern.

Die Samurai fokussierte ihre Kontrolle auf eine der Drohnen, um einen Überraschungsangriff auf den Oni zu fliegen. Das Flugobjekt war schnell, aber der Riese schlug es wie ein Insekt aus der Luft. Lachend reckte er seinen anderen Arm hoch und zerquetschte die Kiste mit einem lauten Splittern unter dem Druck der Krallenhand. Der Cyberoid entlud eine Salve der langen Nadeln aus seinen schier unerschöpflichen Reservoirs. Diese flogen unaufhaltsam auf den Oni zu, aber seine kleineren Begleiter sprangen hoch und fingen sie aus der Luft — mit ihren Körpern. Einer warf statt sich selbst einen toten Samurai in die Flugrichtung. Zwei Messer schlugen in die Rüstung ein, die immer noch leuchtete und dem inzwischen kopflosen Körper Anweisungen geben wollte.

Die beiden vorderen Krieger rannten los. Der dringende Befehl war immer noch, den Gegenstand zu holen, der in der Kiste gewesen war. Sie metzelten sich durch die kleineren Oni.

<<Cyberoidkontrolle übernehmen. Objektbesitznahme ist oberste Priorität<<

Der Befehl war eindeutig: Mitsuko musste jetzt hinter dem Cyberoid bleiben und seine Aktionen als letzte verifizieren. Sie zögerte nicht, ihn mit allen Konsequenzen in den Nahkampf zu schicken. Die Maschine würde dem Oni Schaden zufügen können, ohne dass Menschenleben gefährdet wären. Nicht immer dachten Samurai so, denn die Technologie, die in so einem Kampfroboter steckte, war teuer und extrem wertvoll, aber in diesem Fall waren die Befehle klar: Man sollte das bergen, was der Oni gestohlen hatte, koste es, was es wolle.

Sie folgte dem Cyberoid also, während er zielstrebig auf den Oni zustampfte. Seine Arme schwangen die No-Dachi-Klingen, alle Energie wurde in Standfestigkeit und Treffsicherheit gesteckt. Der Oni sah den Kampfroboter auf sich zukommen, auch ohne Augen nahmen diese Ungeheuer alles wahr. Er brüllte ihnen seine Herausforderung laut entgegen. In dem Schrei lag Wut, aber auch Grausamkeit, als ob er sie verspotten würde. Dann hob sich der Arm mit dem Speer.

Die Luft vibrierte. Die Sicht auf das HUD und alle anderen Kanäle, auf denen Mitsuko Informationen empfing, flackerten oder rauschten plötzlich. Die Samurai sah den Oni, der ausholte und immer weiter brüllte, wie ein Standbild, gefroren in der Zeit. Der Speer stach in den Himmel, es war, als leuchtete er. Irgendetwas flatterte daran. Dann ließ der Oni ihn los und die Waffe flog. Mitsuko konnte nicht anders, sie musste den Flug beobachten. Ihre optischen Systeme errechneten die Flugbahn schneller, als sie denken konnte und blinkten rot, aber alles war wie in Reissirup getaucht. Die Kriegerin konnte die Daten plötzlich nicht so schnell weiterleiten, wie sie das musste, es bräuchte aber ihren letzten Befehl, um den Cyberoid von der frontalen Sturmattacke abzubringen. Dieser Befehl kam zu spät. Die Lanze traf den Roboter frontal in seiner Brustplatte, durchdrang diese, zersplitterte die Empfangseinheit und Verbindung zur KI, damit auch zu Mitsuko.

<<Systemüberlastung. Verbindung zu Cyberoid unterbrochen<<

Das Feedback dieses Treffers ließ sie taumeln. Ihre Augen verloren kurzzeitig die verstärkte Sicht, das HUD flackerte. Mitsuko fokussierte aber nicht darauf. Sie sah nur den Oni, und wusste, er sah sie. In seiner Hand, in der zuvor die Kiste gewesen war, baumelte etwas, winzig klein, ein tropfenförmiger grüner Fleck. Die Samurai nahm nichts wahr, außer Krallen, Blut und dieses winzige Ding. Die Todesschreie ihrer Mitkämpfer gellten in ihren Ohren, ebenso wie der Triumph des riesigen Oni. Sie sah wie er sich das Band, an welchem das grüne Amulett hing, über den Kopf zog. Sichtlich stolz ließ er es über die Hörner gleiten, bis es auf seiner Brust in das weiche Fell sank. Fast verschwand es darin und Mitsukos Herz schlug noch ein wenig schneller.

<<Objekt beschaffen<<

Jetzt sah er sie weiter direkt an, grinste mit speicheltropfenden Zähnen und breitete die Arme aus. Als ob er sie einlud. Komm doch, kleine Samurai, komm! Sie hob ihr Schwert und rannte los. Die Hydrauliken in ihren Beinen, die die Sprünge verlängern sollten, aktivierten sich und Mitsuko bewegte sich mit übermenschlicher Geschwindigkeit über das Schlachtfeld. Über die reglosen Trümmer des Cyberoid, noch sieben lange Schritte, jeder einzelne Auftrittspunkt genau berechnet. Der Winkel des Schwertes, die Kraft, die sie benötigte, alles exakt dosiert. Ihre Hormondrüsenimplantate spuckten noch einmal alle nötigen Mikrostoffe in ihr vom gleichmäßig pumpenden Herz beschleunigtes Blut und dann war sie ihm so nahe, dass die Welt verschwand. Nur er und sie. Die Realität bog sich zu diesem Brennpunkt. Der letzte Sprung. Seine Arme schlossen sich, um sie zu fangen und zu zerquetschen. Aber damit hatte sie gerechnet und duckte sich im Flug, das Schwert mit beiden Händen über dem Kopf hinter ihrem Rücken gehalten. Dann spannte sie die Bauchmuskeln für den Ruck nach vorne, den ihre Schwertarme brauchten, noch einmal an, um Schwung aufzunehmen und vollführte mit den Klingen den perfekten Bogen. Die Klinge war eine Verlängerung ihres Armes, sie spürte den Widerstand seiner Haut an der Schulter, schwenkte die Waffe nach links unten, dann zurück zu einem horizontalen Hieb. Die Schneide traf seine Flanke unterhalb der Niere, schnitt ungehindert in das Fleisch nach oben und blieb an der zusätzlichen Schulter hängen. Die Klinge war scharf genug, um die Knochen noch zu einem Großteil zu durchschneiden, wie einen dicken Bambusstab während des

Trainings, aber dann endete der Flug und sie musste landen.

Sie kam so nah bei dem Oni auf, dass sie seinen animalischen Geruch, den Gestank der Eingeweide und des Blutes am Fell wahrnahm.

Wie erwartet und berechnet, packte er sie danach, riss sie hoch und schleuderte sie wie eine Puppe beiseite. Die Samurai rollte sich ab und sprang sofort wieder in eine Angriffshaltung. Brüllend wollte er ihr nachsetzen, sie sah ihn Kraft für den Sprung sammeln, dann brach er aber auf die Knie und sein Blut tropfte auf den Boden, während er stöhnte und keuchte.

<<Medizindrohne anfordern<<

Während all ihre Systeme versuchten, die Schmerzen und den Schaden gering zu halten, wunderte Mitsuko sich ein wenig darüber, dass ihr Schwertstreich offenbar mehr Schaden angerichtet hatte, als sie dachte. Die Wunde blutete zwar, aber nicht im Strahl, und sie hatte den Arm noch nicht einmal vollständig abgetrennt! Möglicherweise hatte die Drohne ihm noch Verletzungen zugefügt, die jetzt erst Auswirkungen hatten. Die Samurai spürte allerdings, dass bei ihrem eigenen Aufprall verschiedene Systeme empfindlich beschädigt worden waren. Das war schlimm, aber nicht so schlimm, wie das plötzlich einsetzende Gefühl, sich selbst den Cyberarm abreißen zu müssen.

<<Systemversagen. Verbindung verloren<<

Die Drohne landete neben ihr und scannte alle Systeme.

<<Armsysteme neu verbinden<<

<<Arm stark beschädigt<<

<<Schmerzmittel nicht verfügbar<<

All ihre Implantate spielten verrückt, sie empfand sich selbst nur noch wie jemand, der über und über mit Blutegeln besetzt war. Blutegel, die Säure in ihre Adern spritzten. Sie kratzte ihre Haut blutig, riss an ihrer Rüstung und schlug sich auf den Schädel.

<<Systemversagen<<

<<Schmerzschwelle kritisch. Systemabschaltung bevorstehend<<

Nach einigen Minuten konnte sie nur noch leise jammern, während in ihrem Inneren ein Kampf tobte. Die Haut brannte, die Knochen schmerzten, der Magen rebellierte. Sie griff sich wieder an den Kopf: Zwei Hörner sprossen aus ihrem Schädel!

Die Drohne schwebte näher und ein leises *Plopp!* ließ Mitsuko ahnen, dass die Maschine einen Patch abgeschossen hatte, der ihr Medikamente epidermal zuführen sollte. Sie spürte aber keine Verbesserung. Das Atmen fiel ihr jetzt schwer. Ihr Herz schlug laut und unregelmäßig.

<<***Optische Systeme versagen***<<

<<***Neustart***<<

Was wurde neu gestartet?

<<***Integration neuer Arme***<<

Ihr wuchsen neue Arme? Sie schrie hilflos.

Es gab nur eine Erklärung: Sie wurde zum Oni. Sein Einfluss machte das. Mitsuko drehte sich mühsam so, dass sie ihn sah — ihn, den Oni, den sie immer noch töten wollte, der Ziel, Mission und Untergang war. Zu ihrer Verwunderung lag er auf der Seite und schien leblos. War er kleiner geworden? Die Kriegerin wollte aufstehen, aber es war nicht möglich. Ihre verstärkte Sicht versagte wieder, die Doppelbilder wurden unscharf, ihr Körper versank mit rasendem Puls in der Bewusstlosigkeit.

Es bereitete Jackson drei Tage später immer noch furchtbare Schmerzen, aber er konnte seinen Stumpf nun selbst verbinden. Die *Boar* war eine ungewöhnliche, aber gute Hilfe bei vielem anderen. Sie hatte keine Probleme damit, ihn zu stützen, wenn er austreten musste. Ihre außergewöhnliche Stärke überraschte ihn — der Körper schien zu dünn, bestand aber wohl nur aus Muskeln. Sie versuchte auch, sprechen zu lernen. Eigentlich versuchte sie wohl, seine Sprache zu lernen, denn ihr Grunzen war auch eine Art Sprache, das war ihm klar.

Er ahnte, dass sie mindestens genauso intelligent war wie er, einen gewissen Humor besaß und alles daran setzte, ihn am Leben zu halten. Letzteres verstand er am wenigsten, aber es machte ihn demütig. Ohne sie wäre er schon ein weiterer Kadaver. Sie hatte gelernt, den *Oshkosh* zu steuern und suchte gute Plätze für die Rasten. Drohte schlechtes Wetter, schien sie das irgendwie zu spüren und suchte Schutz für ihn. Manchmal verschwand sie, tauchte dann mit etwas frisch Erlegtem auf, was sie zum Glück nicht mehr jedes Mal in seinen Schoß warf oder gar vor seinen Augen totbiss. Ja, sie machten beide Fortschritte.

Heute galt es, Feuer zu machen. Der Soldat wollte endlich einmal wieder etwas Gebratenes essen. Rohes Fleisch war auf Dauer nicht gut und die vom Schlachtfeld geborgenen Vorräte wollte er sich aufsparen. Jackson hatte sich fest vorgenommen, dass er heute einmal so lang wach und stark genug bleiben würde, dass es ihm gelänge, zu kochen. Sie hatten an einem kleinen Gehölz angehalten und nachdem die *Boar* das Sonnensegel ausgefahren hatte, um die letzten trüben Strahlen noch einzufangen, erklärte er ihr, was er wollte.

»Holz«, sagte er und hielt die kleinen Zweige hoch, die in seiner Reichweite gelegen hatten. Er zeigte in die Umgebung und machte eine herholende Geste. Die *Boar* lief los, holte tatsächlich alles mögliche und warf es vor ihn. »Gutes Mädchen«, lobte Jackson und lachte dann, weil er sie gelobt hatte, wie seine Hündin Daisy. *Good old Daisy*, sicher auch tot.

Er hatte sich zuvor die Kiste mit dem Notfallset geben lassen und holte nun das Feuerzeug heraus. Eine tiefe Dankbarkeit erfüllte ihn plötzlich. Er lebte, sie hatten Marilyn und er würde bald etwas Köstliches zu essen bekommen. Was wollte man mehr?

»*I wish they all could be california girls* ...« Der Soldat pfiff eine fröhliche Melodie und ignorierte den leichten Schwindel, der ihn beim langen Aufrechtsitzen immer noch befiel. Er kannte seinen alten Begleiter ja gut. Nichts Neues unter der Sonne.

Es krachte und knackte laut. Jackson zuckte zusammen und zog schnell seine Pistole. Er entsicherte und suchte nach der Gefahrenquelle. Sie hatten zwar in den letzten Tagen niemanden getroffen, aber das hatte nichts zu bedeuten. Die neue Welt hielt immer Überraschungen bereit.

Die *Boar* kam schnaufend um die Ecke und zog einen langen dünnen Baumstamm hinter sich her. Jackson atmete explosionsartig aus und bekam fast einen Schluckauf vor unterdrücktem Lachen.

»Das sollte reichen, Rekrut«, sagte er vergnügt. »Du bist wirklich gut zu gebrauchen.«

Der Soldat sah Weißohr an. Er glaubte zumindest, dass das ihr Name war. Nachdem sie seinen Namen gelernt hatte, begann sie ihm Geschichten zu erzählen. Natürlich nicht mit Worten, aber er glaubte verstanden zu haben, dass sie wusste, dass ihr Ohr weiß war. Sie hatte immer auf den Mond gedeutet, der jetzt nicht mehr so weiß war wie zu der Zeit, als er noch am Himmel hing Vielleicht bezog sie ihre Geschichte auf den weißen Lindwurm, der darin hausen sollte? Vermutlich eher nicht, dachte Jackson. Aber ihr Ohr war eindeutig weiß. Also nannte er sie so und sie freute sich jedes Mal.

»Ich mache jetzt Feuer«, sagte er. Sie nickte. Er lächelte. Wann hatte sie das gelernt? Sie reagierte so menschlich und war immer eifrig, etwas zu lernen. Er hätte einen schlimmeren Kameraden bekommen können. Nicht auszudenken, wenn es zum Beispiel Bloch gewesen wäre! Der Bastard hätte ihn aber vermutlich nicht verarztet. Clementine wäre nett, aber sie war ja nicht einmal bei der kleinen Truppe dabei gewesen. Zum Glück, das bedeutete, dass sie noch lebte. Vermutlich. Aber warum nicht? Sie hatten jetzt fast sechs Jahre im Schatten des Flugzeugträgers gelebt und sich gegen allerlei Geschmeiß verteidigt. Warum hatte er plötzlich solche Gedanken? Vielleicht, weil er das erste Mal ohne seine Soldatenkameraden allein in dieser neuen Welt war.

Jackson arrangierte die kleinen Zweige zu einer Pyramide und hoffte, dass der Wind sich nicht drehte. Das Holz war staubtrocken und würde schnell brennen. Dann öffnete er das Zippo und drehte das Zündrad. Wie erwartet, fraß sich die Flamme sofort in die winzigen Äste und loderte gierig hoch. Weißohr quiekte wie ebenfalls erwartet erschrocken und wich zurück.

»Ich brauch gebratenes Fleisch.« Jackson zeigte zu dem Hasentier, welches er schon gehäutet hatte. Der Einfachheit halber hatte er es auf einen Wagenheber gespießt und legte diesen nun auf das Knie seines gesunden Beines, damit der Braten über dem Feuer hing. Das Vieh hatte nicht viel Fett, und er musste gut aufpassen, dass es nicht zu schnell briet und verkohlte, aber als er endlich ein Stück des fertigen, weichen Fleisches genießen konnte, war es ihm auch egal, dass er keine Gewürze hatte. Die waren in einem Notfallset nicht vorgesehen. Das sollte man ändern, dachte er, während er sehr zufrieden kaute. Ein bisschen Salz, Pfeffer und Thymian fehlten. Er grinste. Pfeffer, der wäre mehr wert als Gold. Salz fanden sie regelmäßig auf Felsen, in deren Spalten Pfützen des ehemaligen Pazifiks verdunsteten. Und Kräuter ... Köche waren da erfinderisch. Jackson war kein Koch, daher hatte er auf Experimente verzichtet.

So viele Dinge, die die *Nomads* sich seit der Katastrophe wieder angeeignet hatten, waren erneut verloren für ihn, so lange er hier fast allein in der Einöde herumfuhr. Aber wenn er jetzt bald kräftiger wurde, dann konnte er herausfinden, wo sie waren und zurückfahren. Er brauchte nur genaue Daten. Er musste das Funkgerät endlich testen. Ja, morgen.

Es würde wahrscheinlich ein weiter Weg zurück. Weißohr war gefahren, er hatte meistens vor sich hingedämmert. Aber das war jetzt vorbei. Er brauchte Krücken und wollte endlich seinen Bart stutzen. Die Schnurrbarthaare hingen fast vollständig über den Lippen und waren beim Essen hinderlich. Außerdem wollte er sich ordentlich waschen. Dafür brauchte er aber Wasser. Für alles würde er Weißohrs Hilfe weiterhin eine Weile benötigen, *fuck!*, er konnte noch nicht mal allein kacken!

Dennoch fragte Jackson sich, ob es so gut wäre, sie zurück zu den *Nomads* zu bringen, wo sie doch dort eigentlich nur Schlechtes erlebt hatte. Naja, wenn sie weiter so gut seine Sprache lernte, könnte er sie bald fragen. Er konnte sie auch irgendwo aussetzen, sie kam sicher prima allein zurecht. Im Gegensatz zu ihm. Aber das behagte ihm auch nicht. Nein, er genoss ihre Gesellschaft. Sie widersprach nicht, sie hatte keine Bedürfnisse, sie befahl ihm nichts ... es war wie eine alte Freundschaft. Er hatte allerdings noch nie einen Freund mit Titten gehabt. Erst recht keinen mit sechs Stück davon.

Er pfiff ein Lied und fing dann an, es zu singen. »*Stand by your man ...*«

»Glaub mir«, sagte er später, als die letzten Äste in der Glut knisterten, »ich bin dir echt dankbar. Ich wünschte, du könntest alles verstehen, was ich sage. Ich wünschte, ich hätte keine Bedenken, dich mitzunehmen. Aber du gehörst zu unseren Feinden. Warum bist du eigentlich bei mir geblieben? Wo ist der Rest deiner Rotte? Ich würde dich hinbringen, aber das wäre keine gute Idee. Ich glaub, die würden mich auseinandernehmen. Und fressen — ihr fresst doch Menschen, oder? Ich nehms euch nicht übel, ich liebe Bacon. *Fuck*, so ein Cheeseburger, was würd ich dafür geben. Schmecken wir denn auch gut?« Er grinste. *Soylent green* ist Menschenfleisch! »Nehmen die dich denn eigentlich wieder, also deine Leute? Ich weiß nicht, ob mich jemand bei den *Nomads* vermisst. Ich bin nur noch ein Krüppel. Andererseits: Meine Hände sind ja noch intakt. Und mein Kopf auch. Naja, dann reparier ich halt nur noch die Fahrzeuge in der Basis und geh nicht mehr mit raus. Ist eh scheiße gefährlich draußen. Die verschissene neue Welt ist nicht meine; manchmal denk ich, ich sollte mir besser so eine Kugel in den Kopf jagen.« Er formte mit den Fingern einen Pistole, setzte sie sich an die Schläfe und machte ein Knallgeräusch. Weißohr quiekte. »Nee ist gut, keine Sorge. *Semper Fi!* Ich bin da und ich bleib da, aber dieser Fuß, der fehlt mir schon. Ich erinnere mich an den Kampf. Verdammte Scheiße, dachte ich. Wir wollten doch eigentlich nicht kämpfen. Wir wollten nur nach *Caterpillar City.* Sachen tauschen und mal wieder eine Coke trinken. Coca Cola, Weißohr. Das ist Amerika. Das ist wie Muttermilch. Die brauen da in *Caterpillar City* was, das schmeckt fast so. Fast ... es ist ein bisschen, wie eine schlechte Kopie eines Filmes, den du so oft gesehen hast, dass du ihn auswendig kannst. Du hast wahrscheinlich auch noch nie einen Film gesehen. Sowas haben die da auch. Musik. Richtige Musik. In *Caterpillar City* gibts alles. Jedenfalls wollten wir nicht kämpfen. Aber da war das Nest, und wir mussten einen Riesenumweg fahren, dann haben sie uns doch erwischt.« Müdigkeit lähmte seine Glieder, aber er war mit dem Kopf in der Vergangenheit.

FLASHBACK

Jackson wischte sich den Staub von der Brille. Verdammter Dreck. Wenn es etwas gab, was er sich in dieser neuen Welt wünschte, dann wäre das, nicht mehr ständig schmutzig zu sein. Aber es regnete immer noch Staub und das würde sich auch so schnell nicht ändern. Es war nicht nur normaler Dreck. Die Asche, die aus den Vulkanen in die Luft gepustet wurde, war so fein, dass sie in jede kleinste Ritze drang. Sonnensegel und ungeschützte Mechaniken waren schlimm betroffen. Es gab kaum reines Wasser, Kleidung nutzte sich schneller ab, die Haut war immer grau. Wenn es aber mal länger regnete und nach ein paar Stunden das Wasser vom Himmel allen Dreck aus der Luft auf den Boden befördert hatte, dann tanzten alle. *Singing in the rain.*

Die Landschaft hier war öde. Geröll, Sand, struppiges Gras und Bambus. Sie hatten die Region rund um die *Nomad,* die sie seit Jahren erkundeten und sicherten, verlassen und den schwersten Teil hinter sich. Im Moment ratterte der Trupp auf dem ehemaligen Uferstrand entlang. Vor ein paar Tagen ging es steil nach oben, denn schließlich lag das Schiff auf dem Meeresboden. Das waren tückische, gefährliche Strecken, doch die *Nomads* hatten auch diese schon ein paar Mal gemeistert, daher wusste man ungefähr, was zu tun war.

Auch hier am ehemaligen Ufer war es nicht leichter. Die vorderen Wagen suchten nach dem besten Weg. Unter dem Schlick und Staub, den die Tsunamis hier abgeladen hatten, lauerten immer mal größere Felsen, die einem den Unterboden des Fahrzeugs in Nullkommanix aufreißen konnten. Genauso schlimm waren Hohlräume, die ganze Wagen und mehr verschlucken konnten. Darum fuhren alle langsam und in strenger Reihe hintereinander her.

Das Ziel war, wie schon ein paar Mal, *Caterpillar City*. Die Ansammlung riesiger Bergbaumaschinen, die das ehemalige Peking bearbeiteten und zu einem Zentrum des Tauschhandels für alle möglichen Überlebenden geworden war, bot Dinge, die die *Nomads* brauchten, aber nicht allein herstellen konnten.

Jackson sang während der Fahrt wie üblich so laut er konnte. Vor ihm fuhr Doc Roc. Der Arzt hatte sein Fahrzeug auf Autofollow geschaltet und schnarchte. Jackson beneidete ihn darum. Er konnte nicht so einfach abschalten. Wenn er während der Fahrt die Augen schloss, drehte sich bald alles um ihn herum.

»*Nomad Zero-Zero-Five* von *Nomad Zero-Six-Four*: Der Hügel vor uns sieht verdächtig aus. Empfehlen weiträumiges Umfahren. Ende!« Wagen 64 fuhr in der Kolonne ganz vorne.

»*Nomad Zero-Six-Four* von *Nomad Zero-Zero-Five*: Was heißt denn verdächtig? Drücken Sie sich gefälligst klarer aus. Ende!« Jackson rollte die Augen. Colonel Bloch war wie immer die Freundlichkeit in Person.

»*Nomad Zero-Zero-Five* von *Nomad Zero-Six-Four*: Die Struktur sieht künstlich aus. Es könnte ein Insektenbau sein. Ende.« Warum hatten die Scouts das nicht gemeldet?

»*Nomad Zero-Six-Four* von *Nomad Zero-Zero-Five*: Sucht eine Ausweichroute. Aber weichet nicht zu weit vom Kurs ab. Wir machen ja hier keinen Ausflug wegen der schönen Landschaft. Ende!«

»*Nomad Zero-Zero-Five* von *Nomad Zero-Six-Four*: Verstanden. Ende!«

Vor ihnen machten die Spuren der vorausfahrenden Fahrzeuge eine Kurve um eine große Gruppe Felsen herum. Eine verirrte Brise trug Verwesungsgeruch zu ihm. Jackson hörte auf zu singen und suchte nach der Ursache. Der Geruch nach Tod war nicht ungewöhnlich, aber immer ein Grund, aufmerksam zu werden. Normalerweise flogen viele Aasgeier und andere Vögel um so eine Stelle herum, wo größere Tiere oder eine Ansammlung gestorben waren. Aber hier war der Himmel leer.

Plötzlich leuchteten Nachrichten rot auf dem Head up Display, welches auf die Scheibe des *Oshkosh* projiziert wurde. Sie wurden angegriffen!

»*Fuckbugs*!«, ertönte es in seinem Headset. »Scheiß Schwarminsekten! Wir sind hier auf ein riesiges Nest gestoßen. Verdammt, das war nicht abzusehen!«

»*Nomad Zero-Six-Four* von *Nomad Zero Zero Five*: Haltet euch an die Funkdisziplin, Jagger! Ende!«, schaltete Bloch sich ein.

»*Nomad Zero-Zero-Five* von *Nomad Zero-Five-One*: Frage: Was ist mit den Spähern? Kommen!« *Gute Frage*, dachte Jackson.

»*Nomad Zero-Five-One* von *Nomad Zero-Zero-Five*: Die haben sich nicht gemeldet! An alle: Kampfformation einnehmen!«

Jackson sah jetzt weiter vorne aus einer Staubwolke fliegende gelb-schwarze Wesen herauskommen. Erste Schüsse untermalten das laute Brummen und Sirren. Wespen! Die verdammten Insekten waren so groß wie Kühe! Fliegende Kühe mit Beißzangen, die einem Menschen einen Arm abtrennen konnten! Mal ganz abgesehen von dem Stachel in Lanzengröße, den die gelb-schwarzen Monster mit sich herumtrugen!

Die vorderen Reihen hatten schnell die Geschütze in Stellung gebracht und bereicherten den Himmel mit Blei. Jackson hielt zusammen mit dem Doc an und sprang aus dem Fahrzeug. Er und der Arzt waren dafür zuständig, in so einem Fall sofort eine kleine Base zu errichten, um unter anderem die Verwundeten zu versorgen. Sie konnten die Handgriffe auswendig. Der Wagen des Doc besaß eine ausfaltbare Zeltkonstruktion, die einen kleinen geschützten Raum bildete, in dem er arbeiten konnte. Im Ernstfall konnte man sogar mit ein paar Handgriffen wahlweise eine Quarantänestation oder einen OP daraus machen. In den Zeltwänden waren versiegelte Taschen, die alles Notwendige schon enthielten. Weiterhin konnte man zusätzliche Zeltplanen aufspannen, um die wartenden Verletzten zu schützen.

»*Nomad Zero-Zero-Five* von *Nomad Zero-Three-Two*: Hier gibts nicht nur Wespen!«, hörte er aus den Lautsprechern die panischen Berichte von vorne. »Der Hügel da vorne ist ein Nest. Ameisen, oder Termiten, oder was auch immer. So groß wie verdammte Schoßhunde! Ende!«

»*Nomad Zero-Three-Two* von *Nomad Zero-Zero-Five*: Dann haltet drauf was das Zeug hält! Ende!«

Die *Fuckbugs*: Schwarminsekten. Die wundervolle neue Welt hatte die Viecher noch effektiver gemacht. Sie war geradezu geschaffen dafür, diesen Gewinnern der Evolution einen neuen Spielraum zu geben. Die Leichenfelder und Trümmer, das Umschichten der Erdmassen und die verrottenden Pflanzen boten exzellente Brutstätten. Das Blut des weißen Drachen tat sein Übriges. Das aller-allerschlimmste war aber, dass die Viecher sich noch intelligenter zusammentaten als früher. Ein Schwarm an sich war ja schon gefährlich. Aber in der großen Gemeinschaft der *Fuckbugs* kämpften verschiedene Spezies gemeinsam, unterstützten sich. Fliegende und Bodentruppen, Luftwaffe und Infanterie quasi. Alles zusammen. Man wünschte sich eine verschissene Riesendose Insektenspray.

Ein Feuerpilz erschien am Himmel. Sie hatten die ersten schweren Geschütze aufgefahren. Gleichzeitig stiegen die Drohnen auf. Jackson hoffte, dass sie auch genug dabei hatten. Die mechanischen Fluggeräte waren den riesigen Insekten zwar meist unterlegen, sorgten aber für Verwirrung. Sie griffen die Viecher nicht direkt an, sondern versprühten verschiedene Chemikalien aus größerer Höhe, die die Atemöffnungen der Chitinmonster verstopfen sollten.

Die erste Trage mit einem Verletzten glitt auf sie zu, während Jackson noch die letzten Handgriffe machte. Die vollautomatischen Fahrzeuge folgten erst der Anforderung an der Front, wo der Verletzte entweder selbst noch draufkletterte oder von seinen Kameraden festgeschnallt wurde. Dann folgte der sechsrädrige flache Wagen wieder dem *Homing Signal* des *DocWagons* und brauchten so kein weiteres Personal. Doc Roc begann sofort mit der Arbeit. Jackson schickte das Tragemodul wieder zurück in die Nähe der Front, nachdem er das Blut abgewischt hatte.

Zwei Wespen flogen auf ihn zu. Ihre Flügel schnitten die Luft förmlich in kleine Scheiben, das aggressive Summen war von der Lautstärke dem Start eines Kampfjets ähnlich. Jackson holte sein geschultertes Gewehr nach vorne und schoss. Eigentlich war seine Waffe lächerlich, aber wenn er gut traf, konnte er dennoch etwas bewirken. Ein getroffenes Insekt trudelte und schlug dann auf den Boden, das andere kreiste einmal und legte die Flügel zu einem Sturzflug an. Jackson rannte in Deckung hinter seinen Wagen und hörte Sperrfeuer. Als er sich hervorwagte, fand er die Reste des Insekts über den Boden verteilt. Beine zuckten noch, der gelb-schwarz gestreifte Hinterleib krümmte sich, der riesigen Stachel, der so dick war wie sein Unterarm, stach immer wieder in die Luft.

»Staff Sergeant! Solarpanels ausfahren! Wir brauchen die Mikrowellenemitter!«, befahl Bloch, der mit seinem *Humvee* die hinteren Reihen umfuhr und nun vor Jackson Halt machte. Der Colonel hatte tatsächlich die *Boar* mitgenommen. Sie kauerte auf der Ladefläche. Bloch stieg aus und spuckte in den Sand.

»Jawohl, Sir!«

»Aber hey, Jackson, erst mal nimmst du mir die ab. Bind sie an deinem Wagen fest!«, befahl sein Vorgesetzter und warf dem Untergebenen die Kette zu, mit der die *Boar* normalerweise an seinem Fahrzeug oder in der Nähe seiner Unterkunft festgekettet war. »Los, runter da!«, herrschte er die Schweinefrau an, und gab ihr einen Tritt, um seine Absicht klarzumachen. »Wenn sie Ärger macht, erschieß sie!«, rief Bloch noch, dann fuhr er weg.

Jackson nahm die Kette widerstrebend auf. Er sah dem Wesen in die Augen. Sie tat ihm schon so lang leid. Ihre Verwandten würden ihm gegenüber keine Gnade zeigen, aber er war kein Schwein. Sie war halb verhungert, man sah die Rippen und an manchen Stellen war ihr Fell abgeschabt — oder verbrannt? Bloch hatte sie wirklich mies behandelt. Da wäre ein schneller Tod gnädiger. Aber Jackson wollte sie nicht töten. Wieso hatte Bloch sie überhaupt mitgenommen? Verdammter Bastard!

»*Zero-Zero-Five* von *One-Three-Six*: Käfer an der Nordwest-Flanke, erbitten Verstärkung! Kommen!«, plärrte es aus dem Lautsprecher. Das war hier! Granaten pflügten tatsächlich bedenklich nahe am Sanitätszelt die Erde auf. Jackson wog in seinem Inneren die widerstreitenden Gefühle ab, dann entschied er sich und trat vorsichtig einen Schritt näher an die *Boar*.

»Ich mach dich jetzt los«, sagte er. »Frei, verstehst du? Hau ab, so schnell es geht!« Er hob seinen Arm und sie zuckte zurück. Aber es war ein Reflex, das sah er. Sie beherrschte sich und blickte ihn unverwandt an. Er brummte beruhigend und löste dann die Schnalle des Ledergürtels, den Bloch benutzt hatte. Die *Boar* hatte keine so beweglichen Finger wie Menschen und konnte daher den Verschluss nicht öffnen. Er ließ den Gürtel und die Kette dann einfach fallen. Sie sah ihn immer noch an, aber er machte eine scheuchende Handbewegung. »*For fucks sake*, rette dich! An deiner Stelle würde ich nicht zögern!« Er überlegte, dann holte er aus einer seiner Taschen einen Nussriegel, wickelte ihn aus und drückte die klebrige Süßigkeit in ihren Klauen. Vielleicht hatte sie nur Hunger und konnte nun endlich abhauen! Sie starrte ihn an, quiekte leise und lief tatsächlich weg.

Er drehte sich um und sah zwei weitere Trageeinheiten vor dem Sanitätszelt stehen. Auf einer lag noch eine Frau und schrie erbärmlich. Er sollte die Solarpanels ausfahren! Bloch würde ihm sonst in den Allerwertesten treten. Der Soldat sah dennoch kurz nach der Verletzten, um eine lebensbedrohliche Wunde im Zweifelsfall abzubinden oder direkt dem Doc zu melden, konnte dort aber nichts ausrichten. Sie hatte irgendeine Substanz von einem der Viecher abbekommen, welche sich durch den Helm geätzt hatte. Am Hals und anderen freien Körperstellen blühte ein grellroter Ausschlag.

Also rutschte er auf den Sitz des *Oshkosh* und aktivierte die Solarpanels. Es dauerte eine Weile, dann standen sie so, dass sie die maximale Energie aufnahmen. Jackson programmierte noch schnell einen kleinen Verlauf, damit das Panel nicht statisch blieb und durch die Reflexion die Insekten gar anlockte. Als er ausstieg, sah er die *Boar* immer noch in der Nähe an einem Felsen kauern. Sie tat ihm Leid. Wo sollte sie auch hin? Er würde jetzt auch nicht in diese Ungewissheit laufen wollen.

Ein Wagen mit einem aufmontierten Geschütz kam mit halsbrecherischer Geschwindigkeit auf die Base zu und bremste kurz vor ihm. »Staff Sergeant, Ladehemmung!«, schrie ihm der Gunner entgegen. Jackson holte seinen Werkzeugkasten und die Diagnoseeinheit. Er war ja quasi der Arzt für Maschinen. Die Fahrzeuge und Waffen waren nicht für diesen Kampf ausgelegt und es gab öfter mal Fehlfunktionen.

Als die *USS Nomad* noch über den Pazifik schipperte, hatte man allenfalls mit Gischt zu tun gehabt. Natürlich tat die salzige Luft den Metallen auch Schlimmes an, aber es war nichts im Vergleich zu dem ewig anwesenden Staub in der Atmosphäre, mit dem sie jetzt zu tun hatten. Er setzte den Mechaniken erheblich mehr zu. Man hatte damals, als der Flugzeugträger gebaut wurde, auch nicht an dessen Verwendung als Heimstatt und Lager gedacht oder die Maschinen darauf als Einsatzfahrzeuge für Kampfhandlungen in extrem unwirtlichem Gelände benutzen wollen. Obwohl sie natürlich dafür gebaut waren. Nein, man hatte das Feinste vom Feinsten gehabt. Die *USS Nomad* war ein Glanzstück gewesen, ein Ausstellungsstück. Jackson dachte oft an die Kampfjets, die in den unteren Decks vom Tsunami fast zu Klump geschüttelt worden waren — das war großartige Technik gewesen.

Sein *Oshkosh* Fahrzeug war auch großartige Technik, wie die *Humvee*s und die paar Wolfs. Aber sie waren zusammen mit den Begleitschiffen auch ein paarmal übel hin- und hergeschleudert, von dickem Schlamm bedeckt worden und nun seit sechs Jahren im Dauereinsatz unter Extrembedingungen. Vieles an empfindlicher Elektronik war, einmal kaputt, irreparabel. Daher pflegten sie die Fahrzeuge extrem sorgfältig und liebten sie. Jackson hatte allen Namen gegeben. Sein Wagen hieß Marilyn — aus Gründen, sagte er immer grinsend.

Es war nicht zu ändern, nach dem Crash hatten sie zusammengesucht, was sie finden konnten. Jackson erinnerte sich noch gut an die ersten Monate, während derer nur gereinigt und gesichtet wurde, bis man begann, neu zusammenzubauen und Möglichkeiten auszutesten. Für ihn war das eine schöne Zeit gewesen. Auch wenn er nur ein kleiner Staff Sergeant war, hatte sein handwerkliches Geschick ihm viele Pluspunkte eingebracht.

Sie hatten ja alles neu erfinden müssen, erst, um das Überleben zu ermöglichen und danach, um sich ein wenig Komfort zu leisten. Irgendwann lief alles, die Möglichkeiten waren ausgeschöpft — es mangelte schlicht an Material — und er war nur noch ein besserer Klempner. So kam es ihm jedenfalls vor.

Zum Glück brauchte das MG hier jetzt nur ein wenig Schmiermittel und einen Klaps an der richtigen Stelle. Staubspritzend brauste der *Humvee* wieder davon. Vor der Base von Doc Roc warteten inzwischen mehrere Verletzte. Jackson stieg in sein Fahrzeug, um die neuesten Nachrichten zu lesen, kontrollierte noch einmal das Sonnensegel, als sich plötzlich der Wagen hob. Der Soldat knallte mit der Nase gegen das Lenkrad und versuchte sich festzuhalten, während die Erde unter den Rädern aufbrach.

»*Zero-Zero-Five* von *Zero-Six-Seven*: Oni! Wir haben Oni gesichtet!«, schrie jemand durch das Radio.

Als der *Oshkosh* wieder still auf der Erde stand, wischte Jackson sich über die Oberlippe, und sah Blut an seiner Hand. Danach erblickte er einen riesigen Käfer, der wohl zusammen mit seiner Familie und all seinen Freunden rechtzeitig zur Party aus der Erde gekrochen war, nun vor der offenen Seitentür des Fahrzeugs stand und mit den Fühlern nach ihm suchte. Die riesigen lackglänzenden Mandibeln klackten laut auf und zu. Dieser Hirschkäfer war fast so groß wie sein Namenspate!

»*Zero-Zero-Five* von *Zero-Nine-Two*: Das sind zuviele Oni! Brauchen Verstärkung!«

»*Zero-Zero-Five* von *One-One-Zero*: Termiten schwärmen aus! Der ganze Hügel ist ein ein Schweizer Käse!«

»*Zero-Zero-Five* von *Zero-One-Zero*: Käfer brechen aus dem Boden!«

»Wir können das hier nicht halten!«, schallte es aus dem Lautsprecher. Bloch hielt sich natürlich jetzt selbst nicht mehr an die Funkdiziplin. »Rückzug! Abbruch! Weg! Alle weg! Sofort!«

Jackson wäre dem Befehl sehr gerne nachgekommen, aber er konnte auch nicht einfach die Verletzten und den Doc zurücklassen! Familie *Fuckbug* hatte jetzt richtig Lust auf Jahrmarkt bekommen, als sie die Verletzten entdeckt hatten. Der Soldat nahm sein Gewehr und schoss auf den vordersten Käfer, der ihn besuchen wollte. Es war fast point blank, der Soldat konnte nicht verfehlen, auch wenn sich die Welt mal wieder unkooperativ drehte. Das Chitin über den Kneifzangen platzte auf, er jagte direkt noch eine Kugel hinterher, das Rieseninsekt brauchte aber noch ein paar schlimme Sekunden, bis der Tod von allen Gliedmaßen akzeptiert worden war. Jackson stieg schnell aus und drückte sich an den noch zuckenden Beinen vorbei, die gefährlich scharfe Auswüchse an den Gelenken hatten.

Er rannte ins Krankenzelt und wollte dem Doc helfen, dort alles zusammenzufalten, während dieser die Verwundeten mit dem absolut Notdürftigsten versorgte. Aber die Käfer schwärmten von allen Seiten auf sie ein. Sie schafften es gerade so, die Verletzten in den Wagen zu schaffen. Als der Doc losfuhr, schoss Jackson noch auf ein paar Käfer und sprang dann auf der Beifahrerseite in seinen Wagen, da auf der anderen *Momma Fuckbug* den Außenspiegel anknabberte. Das heißt, er hatte die Absicht einzusteigen, aber als er seinen rechten Fuß ins Innere ziehen wollte, verhakte sich dieser irgendwo. Der Soldat sah sich um, ob es die leblosen Beine des toten Käfers wären, an denen er festhing, aber dann wurde ihm klar, dass unter dem Wagen ein weiteres, kleineres Insekt gelauert hatte. *Fuckbug junior*. Dieser umklammerte nun seinen Fuß und kniff zu.

Das Sprunggelenk brach mit einem hässlichen Knacken unter dem Druck der Zangen und hing plötzlich verkehrt herum an seinem Bein. Der Käfer lief dabei rückwärts und zog den Soldaten hinter sich her. Jacksons Schädel knallte gegen das Trittbrett des Wagens. Sein Kopf fühlte sich an, als ob er explodierte. Tränen schossen ihm in die Augen, die Sicht verschwamm. Unglaublicher Schmerz ließen ihn haltlos schreien. Der Käfer wurde von einer Salve aus einem MG wie ein Frühstücksei aufgebrochen und löste endlich seine Zangen.

Jackson robbte zurück zu seinem Wagen und wollte sich hineinziehen. Plötzlich hörte er ein seltsames Geräusch und ein Schatten fiel auf ihn. Etwas Großes stand über ihm und brüllte. Das war der Teufel — jedenfalls war das Jacksons erste Assoziation. Riesig, muskulös, hässlich, mit gewaltigen Hörnern, die den Himmel aufspießten. Das, was vielleicht irgendwann mal ein Mensch gewesen war, hielt eine Wespe in der Faust und das Insekt zuckte im Todeskampf. Das Wesen bückte sich ein wenig und sah auf ihn hinunter, blutiger Speichel troff aus einem Mund voller spitzer Zähne.

Ein Date mit einem fünf Meter langen Anglerfisch am Grunde des Ozeans wäre Jackson lieber gewesen. Aber man musste nehmen, was kam, beim Abschlusstanz und im Krieg. Der Soldat schoss sein Magazin leer und versuchte unter den *Oshkosh* zu krabbeln. Seine Arme zogen ihn über das Gestein, aber das Monster griff um seine Hüfte, zog ihn hoch wie eine Puppe und das geöffnete Maul näherte sich dem Gesicht des Soldaten. Eine stinkende raue Zunge leckte einmal vollständig über seinen Kopf, dann brüllte das Vieh wieder. Es hörte sich nach Triumph an. Seltsame Art, Liebe auszudrücken. Jackson hatte dabei eine prima Sicht auf den weit geöffneten Rachen: Darin sah es aus wie in einem monatelang nicht gesäuberten Fleischwolf. Der Oni nutzte seine zusätzlichen Arme, stopfte sich den Hinterleib der Wespe ins Maul, riss ein Stück ab, kaute ein paarmal und zog

Jackson dann noch näher zu sich, als wäre der Soldat ein Teil eines Barbecues. Ein Bissen Wespe, ein Bissen Mensch, gut einspeicheln, dazu ein Gläschen Merlot und danach ...

Etwas quiekte laut und rammte den Oni in die Seite. Der schwenkte herum und quetschte dabei den Rest der Wespe kaputt. Zuckende Beine und Fleischfetzen spritzten. Er wurde erneut angerempelt und brüllte wütend. Jackson blinzelte die Tränen weg, die ihm im Angesicht des sicheren Todes in die Augen geschossen waren und sah die *Boar*. Sie rammte ihre Schnauze mit den spitzen Eckzähnen immer wieder in den massigen Körper des Onis, biss zu und riss Stücke heraus, ließ sich zurückfallen, sammelte erneut Kraft und griff wieder an. Sie quiekte dabei laut und schaffte es, sich nicht von den beiden zusätzlichen Armen, die das Wesen besaß, schnappen zu lassen.

Der Oni wurde wütend. Er hatte Jacksons Kugeln im Leib und mehrere klaffende Fleischwunden. Darum verging ihm offensichtlich der Appetit auf weitere Häppchen und er ließ den Soldaten und die Reste des Insekts fallen. Jackson landete und wurde durch den Schmerz in seinem Fuß fast besinnungslos. Im Staub kauernd beobachtete er, dass der Oni sich umdrehte, um Bacon und Spareribs aus der *Boar* zu machen. Diese stand in etwas zehn Meter Entfernung, blutverschmiert, aber furchtlos. Jackson wollte ihr zujubeln, aber alles was aus seinem Mund kam, war Stöhnen. Der Oni machte einen Schritt, die *Boar* sammelte sich, sprintete mit geduckten Kopf los, rannte zwischen seine Beine, biss kräftig zu und riss dem Monster das Glied ab! Der Oni schrie markerschütternd. Die Schweinefrau schleuderte den Fleischfetzen weg und rannte einfach weiter. *Lauf, Schweinchen, lauf!*, rief Jackson ihr in Gedanken zu. Er wollte den Oni nicht auf sich aufmerksam machen. Vor Schmerzen brüllend verfolgte dieser die *Boar*, die aber viel wendiger war und ihn umkreiste wie ein Terrier einen wütenden Bären. Das Monster drehte sich blutend und schreiend im Kreis.

Ein noch lauteres Brüllen ließ den Augenlosen aber den Kopf hochreißen und seinen Kampf hier vergessen. Jemand rief ihn! Er stampfte ohne zu zögern zu der Quelle des Befehls. Jackson sah einen noch größeren Oni, der von einer Woge riesiger Ameisen überflutet wurde. Ja, verschissene Ameisen, alle so groß wie Hunde, und damit waren keine Teppichratten gemeint. Labrador-Ameisen. Los, holt das Stöckchen, dachte Jackson.

Um ihn herum wurde es still. Die Insekten kümmerten sich gerade um die Toten. Er musste hier weg, bevor sie ihn wieder interessant fanden. Der Soldat versuchte, in seinen Wagen zu krabbeln. Die Welt drehte sich. *Helter Skelter* - Achterbahn des Grauens. Er würgte und erbrach sich. Er musste in das Führerhaus, die Viecher würden dort nicht hineinkönnen ... hoffentlich. Als er instinktiv versuchte, sich mit den Beinen abzustoßen, zuckte der Schmerz wieder bösartig wie eine Schlange durch seinen Körper.

Plötzlich kam jemand, hob und schob ihn auf den Sitz, weiter hinein und legte sich neben ihn. Die *Boar*. Ihre Atemzüge wurden von kleinen quiekenden Lauten begleitet. Sie drückte ihn an sich. Sein Gesicht schmiegte sich an ihre Brüste. Warm. Weich. Die Welt stabilisierte sich. Jackson schluckte Rotz und Tränen mit der stechenden Galle herunter. Hatte sie ihn gerettet? War die Tür zu?

Er sah die riesigen Termiten über den Hügel kommen. Wie eine Welle aus Chitin schwärmten sie über das Schlachtfeld. Morgen würden hier nur noch Skelette liegen. Die ersten kamen näher, flirrende Fühler tasteten über die Motorhaube des *Oshkosh*. Dann kratzen die Beine am Metall, als sie begannen, auf das Dach zu klettern. Jackson raffte sich auf, griff an der *Boar* vorbei zur Beifahrertür und zog sie mit aller Gewalt zu. Dann verriegelte er den Wagen und zog die Solarpanels ein. Die Energie war bei 45%. Scheiß drauf. Der Soldat schaltete seine Musik ein, schloss die Augen und summte mit.

»She came to me one morning ...«

GEGENWART

»Keine Ahnung, was danach mit den Oni passiert ist.« Jackson rieb sich die Augen — die Erinnerung war plötzlich aufgetaucht. »Du warst ja dabei. Süße, ich vergaß, du warst dabei. Als der verschissene Käfer meinen Fuß abgeknipst hat, als wäre es ein Streichholz. Und die Termiten, die verschissenen Viecher saßen die ganze Nacht auf unserer Marilyn.« Der Soldat gähnte. »Denen hat sicher mein Lied nicht gefallen. Das war unser Glück, oder? Das hat uns gerettet.« Weißohr lag nah bei ihm und quiekte ebenfalls schläfrig. Er stupste mit seinem verbliebenen Fuß einen der Äste tiefer in die Glut. Funken tanzten. »Nee, du hast mich gerettet. Du bist mein Glücksschwein.« Der Soldat streckte seinen Arm aus und streichelte die *Boar* am Kopf. Ihre Haare waren seidig. »Danke.«

Niemand hatte sich mit ihm angelegt, während Hagen die Samurai stützte und einen Unterschlupf suchte. Warum auch? Sie warfen nur einen Blick auf ihn und das Blut, welches seine wenige Kleidung verkrustete. Er war für sie nur ein wandelnder Toter. Sie mussten nur warten. Die junge Frau zuckte ab und zu spastisch, was den Eindruck von zwei Halbtoten verstärkte.

Er hatte die Frau nicht dort liegen lassen können. Sie war äußerlich nicht verletzt, irgendwas schien mit ihrer Cyberware nicht zu stimmen. Aber sie hatte ihn nicht getötet, obwohl sie die Gelegenheit gehabt hätte. Er schuldete es ihr, sie wenigstens halbwegs in Sicherheit zu bringen.

Den höheren Ruinen in der Ferne nach zu urteilen, befanden sie sich hier irgendwo am Rand der ehemaligen Millionenstadt. Die Tsunamis hatten fast alles geschliffen, aber manche Mauern hatten ausgehalten. Und manche Hügel stützten wiederum Mauern, hinter denen Räume entstanden. Die Bewohner dieser Ruinen waren vermutlich vor dem Kampf geflüchtet und würden bald wieder auftauchen. Aber jetzt hinderte ihn keiner am Betreten einer Bleibe, die aus drei halbhohen Mauern bestand, einem Lager in einer und einer Feuerstelle in der anderen Ecke.

Hagen legte die Samurai ab und musste sich danach selbst setzen. Verdammter Blutverlust. Er brauchte nur ein bisschen Ruhe. Aber Ruhe bedeutete Denken.

An was erinnerte er sich als letztes? Er war Hagen aus der *Kampftruppe 01*. Sein Kampfanzug war der Marduk. Sie waren die Besten der Besten. Die Elite. Sie hatten die fortschrittlichsten

Maschinen, die neuesten Technologien und bekamen die gefährlichsten Aufträge. Das Wissen, etwas zu tun, von dem die meisten Menschen keine Ahnung hatten, minderte den Ruhm nicht. Auszeichnungen machten nur seine Akte dick, auch wenn sie virtuell war. Sie waren die Ritter, die die Drachen töteten, aber ihre Taten wurden nicht mehr auf Pergament festgehalten, sondern in Files.

Alles ging zurück auf eine kleine Gruppe von Rittern um den ersten Drachentöter. Marduk, damals in Babylon. Die ersten fünf, und schon damals hatte man die Aufteilung gehabt, die erst später benannt wurde. Sie lebten immer im Geheimen, die Ordensburgen waren nach außen hin nicht als solche erkennbar. Irgendwann wurde die Basis endlich auf die Raumstation verlegt. So konnte man sie in der Umlaufbahn parken, bei Einsätzen auch näher an die Zielorte manövrieren, bis man die Landeeinheiten mit der jeweiligen Kampfgruppe losschickte.

Wie kam er also hierher? Wieviel Zeit war seit der Landung auf dem Mond vergangen? Wie weit war er als Oni gereist? Was hatte er alles getan? Wie lang war er ein Oni gewesen? Wieso er? Solang er keine dieser Fragen beantworten konnte, war es sinnlos, ein Ziel ins Auge zu fassen. Überleben, das war das Einzige, was er tatsächlich zum Ziel haben sollte.

Ihm wurde schwindelig. Dann bemerkte er, dass er entweder eingeschlafen oder ohnmächtig gewesen war. Hagen wollte aufstehen, aber der Atem kam nicht in den Beinen an, die Knie zitterten. Der Blutverlust hatte ihn übel geschwächt. Er blickte um sich, ob ihn irgendein Geräusch geweckt hatte, aber in den Ruinen rieselte nur Staub und Vogelscheiße. Eine Kakerlake raste über eine Mauer. Er blieb sitzen.

Er war ein Drachentöter. Es hatte immer Drachen gegeben, schon bevor die Japaner den weißen weckten. Alle Geschichten von Heimsuchungen und Tötungen waren wahr, wenn auch durch Fehlinformationen verändert. Es war ihnen egal, der Orden stellte nichts richtig. Die Anerkennung der normalen Menschen nicht wichtig. Es zählte einzig und allein die uralte Mission: Die Widersacher zu töten.

Über den Hütten, die die Menschen hier zwischen den Trümmern einer ehemals großen Stadt errichtet hatten, schwebten Sonnenscheiben an den Giebeln. Nicht wie früher Drachensilhouetten, weil man die Wesen als stark und anbetungswürdig erachtet hatte. Drachen waren Symbole der Stärke gewesen. Der Weiße war angebetet worden, bis man ihn verraten hatte. Heute wollte man ihn mit den Strahlen seiner Schwester, der Sonnengöttin, blenden, wenn er irgendwann aus seiner Hülle schlüpfte. Obwohl er keine Augen hatte. Dummer Aberglaube. Die wenigen Überlebenden verstanden die wirklichen Zusammenhänge kaum. Sie waren zu schlicht, zu verwirrt und zu unwichtig. Sie verstanden Religion, mythische Wesen, übernatürliche Kräfte — das alles am besten nahegebracht in Possenspielen, *Kabuki*-Theatern oder den Geschichten der Überlebenden. Manche glaubten vielleicht immer noch daran, dass *Tsukuyumi* ihnen Heil bringen würde, so wie es die frühen Schöpfungsmythen erzählten.

Für Hagen war es nie zweifelhaft gewesen, dass der Drache irgendwann getötet werden musste — das Wissen um den weißen Wurm im Mond war dem Orden schon ewig bekannt. Der Orden betrachtete den Drachen jedoch wie alle anderen vor ihm: Als eine Laune der Natur, etwas zu schaffen, was nicht in diese Welt gehörte. Dem Orden war jeglicher religiöse Gedanke fern. Das war manchen verwunderlich, da doch einige der berühmt gewordenen Drachentöter Heilige geworden waren. Aber was sollte man machen? Die Christen waren sich nie zu fein, Siege für sich zu verbuchen und assimilierten einfach alles, was ihnen in den Kram passte.

Der Orden hatte zwar Verbindungen zu den Templern, aber irgendwann hatte man Wissenschaft über Glaubensfragen gestellt. Es war notwendig gewesen, um die notwendigen Technologien und biomechanischen Fortschritte zu erreichen. In der Marduk-Festung über den Wolken war es schwer, an den allmächtigen Gott mit weißem Bart zu glauben.

Hagen stöhnte unwillkürlich, als eine Schmerzwelle aus der Flanke durch seinen Körper brandete. Sein Kopf fühlte sich zu leicht an und seine Gedanken flatterten ihm immer wieder davon. Mal hier, mal weit in die Vergangenheit.

Der Einsatzbefehl nach den ersten Informationen: Die Japaner sind auf der Rückseite des Mondes gelandet und haben den Drachen geweckt. Die Idioten. Sie wähnten ihre Waffen als ausreichend — lachhaft. Wer hatte denn jahrhundertelange Erfahrung? Weil sie mit dem Blut der anderen *Kami* besonders wirksam geworden wären, dachten sie wohl. Aberglaube, der Aberglaube töten will. Die Generäle in der Festung tobten. Niemand hatte geglaubt, dass die Japsen das wirklich durchziehen würden. Aber sie taten es und versagten jämmerlich. Der Mond landete auf der Erde. Er ist nicht einfach so eingeschlagen, nein, gelandet! Aber nicht sanft. Eine riesige, unvorstellbare Verwüstung anrichtend. Mitten im Pazifik. Die genauen Koordinaten trudelten ein, aber ein paar Tage lang war die Atmosphäre zu gesättigt mit Staub und Trümmern, ein Landen von Schiffen und Kampfanzügen zu gefährlich.

Aufregung erfasste alle. Dann eine leise Begeisterung, die man verbergen musste: Der Feind war nah. Endlich. Der Drache sollte so schnell wie möglich getötet werden. Man musste auf dem Mond landen.

Ja, *Kampfgruppe 01* musste es sein, welche sonst?

Stimmen näherten sich. Die Bewohner der Ruinen spürten, dass er schwach war. Sie kamen, um ihm den Rest zu geben. Wie Ratten hörte er sie um sich herum. Dabei gab es nichts, was er zu bieten hatte. Alles war zerstört, übrig nur ein paar geraubte Lumpen und dieser Stein, der um seinen Hals hing. Seine Hand schoss sich darum. Er wusste nicht, warum, aber der Besitz dieses schlichten Schmuckstückes machte ihn fast glücklich. Auch wenn das nur noch für ein paar Momente anhalten würde, denn bald wäre er vermutlich tot. Irgendjemand von den Menschen um ihn herum würde das Juwel nehmen und es vielleicht enttäuscht in den Dreck werfen, denn man konnte es nicht essen.

Es wurde hell. Er hatte aber die Augen nicht geöffnet. Immer heller und heller und dann ...

Sie wachte auf. Es war kalt und dunkel. Zurück in den Ruinen von Tokio. Zwei Arme. Keine Hörner. Augen.

<<Verbindung zu Otomo Kern? J/N<<

Sie war so nah dran wie noch nie, seit Meister Noo sie von der KI getrennt hatte, auf Ja zu drücken. Nur ein winziger mentaler Befehl! Einsamkeit, Unsicherheit, Scham ... alles könnte ein Ende haben! Sie könnte zurückkehren zu *Amaterasu* und irgendwie ihre Schande wieder gut machen. Es noch einmal zu erlebt zu haben machte alles noch schlimmer. Sie hatte ihren Auftrag nicht ausgeführt, der Oni hatte sie verletzt und noch schlimmer: verdorben! So viele Menschen waren gestorben und sie war ebenfalls gescheitert.

Es gab einen Ausweg. *Seppuku.* Aber Meister Noo hatte gesagt...

Mitsuko hörte Atem. Ihr Körper, der gerade noch in völliger Starre und Empfindungslosigkeit verharrte, brauchte nur den Bruchteil einer Sekunde, um in den Kampfmodus zu wechseln. Geschmeidig sprang sie auf, ihre optischen Systeme suchten die Umgebung ab — aber es war nur er. Der Scheißkerl. Er saß auf dem Boden, angelehnt an Mauerreste. Sie waren in einem halb verschütteten Raum, irgendwo in Tokio. Vermutlich hatte er sie hierher geschleppt, nachdem ihre Systeme wieder zusammengebrachen.

Warum war das erneut geschehen? Er hatte die *Magatama* abgenommen und sie ihr geben wollen. Sie hätte ihren Auftrag erfüllen und zurückkehren können. Stattdessen war sie zusammengebrochen. Die *Magatama* wollte nicht zurück.

Hör auf dein Herz.

Mitsukos Herz schlug ruhig und stetig. Diese Stille reichte, um den Keim des Gedankens zu säen: Sie sollte ihre Mission nicht erfüllen. Der neue Weg, den sie gehen sollte, führte zurück in den Bunker.

<<Verbindung zu Otomo Kern? J/N<<

Die junge Frau drückte ***No***. Die Anfrage erlosch. Sie checkte kurz alle Systeme und endete mit dem Status: Ronin. Kriegerin ohne Herr.

Die Kriegerin senkte ihren Kopf. Dann hob sie ihn wieder und erinnerte sich an etwas, was Meister Noo ihnen erzählt hatte. Die Legenden eines der berühmtesten Schwertkämpfer Japans: Miyamoto Musashi. Unbequem und dickköpfig: Er war ein Ronin gewesen. Seine Weisheiten, die er im Buch der fünf Ringe darlegte, hatten dennoch lesen müssen. Aber erst jetzt verstand Mitsuko, dass die Reise, die dort angesprochen wurde, stetig neu beginnen konnte. Auch sie konnte diesen Weg beschreiten und ihn zu einem ehrenvollen machen.

Ihre Erinnerung ließ das geschriebene Wort in herrlichen Kalligrafien vor ihrem Auge entstehen:

1.Erde:
Finde deine Wurzeln auf der Suche nach dem wahren Weg.
2. Wasser.
Entwickle deine Fähigkeiten bis zur Perfektion.
3. Feuer:
Stelle dich deinen Feinden ohne Angst.
4. Wind:
Studiere deine Gegner.
5. Die Leere:
Die Leere ist am schwersten zu erreichen.
Lerne, alles zu sehen. Werde dir über das Unklare bewusst.
Obwohl der Weg 1000 Meilen lang ist, geht man ihn Schritt für Schritt. Denke immer daran!

Sie sah den Mann an, den Dieb, dessen Leben nun mit ihrem verbunden war. Er war schwach, aber er hatte ihr noch geholfen, als sie in Not war. Sie verstand nicht warum, aber das war jetzt nicht wichtig. Er starb, wenn sie ihm nicht half. Es gab nur einen Weg. Sie nickte. Die Entscheidung war getroffen.

»Na, wach?«

Hagen riss seine Augen auf. Adrenalin ließ sein Herz heftig pochen, die Muskeln verkrampften sich zu einer möglichen Abwehr. Wieder hatte er dieses ekelhafte Gefühl, zu wenig Arme zu haben. Wieder blendete ihn das normale Tageslicht. Die unbegründete Wut, das Bedürfnis zu zerstören, wich nur langsam der Erkenntnis, dass es vorbei war. Er war kein Monster mehr. Es war nur ein furchtbarer Traum gewesen. Diesmal.

Er lag auch nicht auf einem Hügel oder einer Straße oder in dem Raum, an den er sich zuletzt erinnerte, sondern einem Bett. Es war sogar fast weich, das Laken nicht weiß, aber sauber. Der Raum war klein und außer ihm befand sich eine auf ein imaginäres Ziel einschlagende Kriegerin. Sie drehte ihm den Rücken zu. Er räusperte sich. Die junge Frau wandte sich um und musterte ihn. Auf ihrer Stirn glänzte Schweiß. Sie hatte trainiert, der Atem floss ruhig, wenn auch angeregt. Hagen atmete ein paar Mal bewusster aus, entspannte sich und spürte einen Schmerz in seiner Flanke, der nicht mehr so vernichtend war, wie zuletzt bevor er das Bewusstsein verloren hatte.

Die Samurai dehnte sich und erklärte dabei: »Ja, ich hab dich verarzten lassen. Seit drei Tagen liegst du hier. Ich weiß, du willst das wissen. Gut, dass du wach bist. Du musst essen und diese Pillen nehmen, wir haben kein intravenöses Zeug bekommen. Ich habe nur begrenzte Mittel. Und dann kannst du endlich allein aufs Klo.«

Hagen kämpfte noch mit der Wahrnehmung: In seinem Traum war er gerade noch ein Oni gewesen. Oni, das war nur ein

Wort, aber er begriff jetzt, was dahinter stand. Seine Menschlichkeit war korrumpiert worden. Alles in ihm war wie umgestülpt und mit Dreck beschmiert. Er hatte schlimme Dinge getan. Dinge, für die er noch keine Worte hatte, da sein Gehirn sich weigerte, ihm diese dafür zur Verfügung zu stellen.

Dann hatte Heilung eingesetzt. Sein Körper war wieder normal, aber seine Erinnerungen noch sehr lebendig. Er verstand jetzt die Abscheu der Kriegerin vor ihm. Sie hätte ihn umbringen können, und vielleicht wäre es auch das Beste gewesen, oder? Aber hier stand sie und redete davon, dass er jetzt allein auf die Toilette gehen könnte. Wie das bisher gelaufen war — nun, auch darüber wollte er nicht nachdenken.

»Warum?«, fragte er stattdessen. Das war eine Frage, die sich auf vieles bezog.

»Warum ich deinen *sorry ass* gerettet habe?« Sie joggte auf der Stelle und boxte die Luft. »Frag mich was Leichteres. Aber mein Meister hat mich darauf gebracht, dass manche Dinge nicht so sind, wie ich das bisher gedacht habe.«

»Dafür sind Meister da«, sagte Hagen und richtete sich auf. Die Antwort reichte ihm zwar nicht, aber er hatte dringlichere Bedürfnisse. »Wenn ich essen soll, dann sollte es aber auch etwas geben.« Er hatte tatsächlich Hunger. Sein Bauch grollte. Vorsichtig griff er an seine Wunde. Sie war gut versorgt. Die *Magatama* rutschte über seine Brust und er berührte den Stein automatisch. »Du hast es mir nicht weggenommen?« Das grüne Schmuckstück fühlte sich in seiner Hand gut an. Hagen wusste jetzt, dass es mehr als ein schlichter Anhänger war und Dankbarkeit durchflutete ihn.

»Ich glaube, es gehört dir. Im Moment. Ich werde es dir vielleicht einmal in einem fairen Kampf abnehmen«, sagte sie und lächelte. Hagen war verwirrt. Sie rief laut plötzlich laut in ihrer Sprache und kurz danach kam eine Frau mit einem Tablett. »Kannst du aufstehen?«

»Ich muss. Ich wollte etwas tun, bevor ich esse. Da ich das ja endlich allein tun kann.« Hagen konnte sich bei dem Gedanken an Nahrung kaum beherrschen. Speichel sammelte sich in seinem Mund. Aber er musste zunächst ...

»Dort«, sagte sie und zeigte auf eine Tür. Er konnte gehen, ohne zu taumeln. Ihre Blicke verfolgten ihn, das wusste er. Es war ein Eimer, aber er konnte die Farbe seiner Pisse in dem unzureichenden Licht nicht erkennen. Blut im Urin wäre schlimm gewesen, dann würde er sich allerdings sicher schlechter fühlen.

»Die Antibiose musst du noch drei Tage durchziehen«, sagte sie und zeigte auf ein paar Kugeln, die in einer kleinen Schale auf dem Tisch neben dem Bett lagen. Die Antibiotika der neuen Welt sahen aus, als habe ein Mistkäfer sie gerollt. Daneben standen ein dampfender Teller Suppe und eine Schüssel.

»Ich heiße übrigens Hagen«, sagte er. Er bot ihr zunächst die Hand an, aber dann legte er die Handflächen aneinander und verbeugte sich so tief er konnte, bevor es zu sehr schmerzte. »Danke.«

»Mitsuko«, sagte sie und verbeugte sich ebenfalls. Nicht ganz so tief, aber der Blick, dem sie ihm danach zuwarf, war lauernd. »Du hast dich schon einmal vorgestellt.«

»Du hattest mich damals nicht verstanden und wolltest mich Arschloch nennen. Ich wollte das nur richtigstellen.«

»Ah, du bist ein Komiker?«

Er lachte, aber das tat seinen seitlichen Bauchmuskeln nicht gut.

»Alles klar?«, fragte sie und streckte automatisch den Arm aus, um ihn zu stützen.

»Es geht schon«, sagte er, ging zu dem Bett und bot alle Kraft auf, um sich nicht wie ein nasser Sack darauf fallen zu lassen. »Ich muss mehr über deinen Sinneswandel erfahren. Warum hast du mich nicht sterben lassen?« Bei der Erinnerung daran, was er als Oni getan hatte, hätte er selbst kein Mitleid mit sich gehabt.

»Iss, dann erzähle ich es dir.«

Hagen begann mit der Suppe. In der Schüssel waren frittierte Insekten, die ihm das Wasser im Mund zusammenlaufen ließen. Trotzdem genoss er erst die fette Brühe. Wie war die Samurai an so gutes Essen gekommen? Oder an die Medikamente? Wo befanden sie sich? Wohl in einer der vielen Hütten, die an die Mauer eines zerfallenen Gebäudes gebaut waren, vermutlich nicht weit weg von dem Schlachtfeld und einem der Bunker, in den die Japaner sich zurückgezogen hatten. Warum war sie hier bei ihm, und nicht dort, bei ihren Leuten, wo es vermutlich alle

Annehmlichkeiten gab? Sie hatte schlichte Kleidung an. Keine Spur von einer Rüstung, die sie sonst sicher trug, aber in der Ecke neben der Tür lehnte ihr Schwert.

»Mein Meister hat mir die Augen geöffnet«, sagte sie vorsichtig. »Obwohl das falsch ausgedrückt ist. Denn ich habe das selbst getan. Du wirst das nicht ganz verstehen. Wir Samurai haben normalerweise eine ständige Verbindung zu einer künstlichen Intelligenz. Sie beobachtet uns, leitet uns, hilft uns und verbessert unser Leben.« Die junge Frau neigte den Kopf zu ihm und er konnte das Implantat in ihrem Kopf einmal ganz genau betrachten. Es sah aber aus, als sollte es leuchten, was es nicht tat. »Ich habe mich von ihr getrennt.«

»Warum?«

»Ich — schau, ich versuche es dir zu erklären. Bisher habe ich mein Leben mit Hilfe der KI gelebt. Diese Künstliche Intelligenz ist nicht nur ein einzelner Computer, aber das zu erklären, wäre jetzt zuviel. Jedenfalls leben wir alle so, nur auf diese Weise haben wir die Katastrophe so gut überstanden und können uns weiterhin bemühen, den Drachen und seine Schergen zu bekämpfen.«

Hagen fand die Vorstellung furchtbar. »Ihr lebt in Bunkern. Wie Ratten.«

Die Samurai blieb einen Moment still stehen und starrte ihn an. Dann zuckte sie mit den Schultern. »Ja. Die Bunker sind miteinander vernetzt. Alle arbeiten zusammen. Es geht uns gut. Es mangelt uns an nichts. Die Technologien, die hier in meinem Körper implantiert sind und meine Rüstung ...« Sie stockte. »Es gibt kaum etwas, was da mithalten kann, glaube ich.«

Hagen nickte. »Das ist sehr beeindruckend, das stimmt. Dennoch willst du das Paradies verlassen.«

»Ich tue es nicht gerne! Ich hätte dich fast getötet. Es war mein Befehl. Ich sollte die *Magatama* um jeden Preis zurückbringen. Dass ich es nicht tat, betrachtete ich zunächst als Schwäche. Vor allem, als mir die ganze Bedeutung der Angelegenheit bewusst wurde. Die *Magatama* ist einer der heiligsten Gegenstände unserer Kultur und das schon seit Jahrhunderten. Sie in den Händen eines Oni zu sehen war schmerzhaft. Sie danach um den Hals einen *Gaijin* zu sehen, ebenso. Es wäre meine Pflicht gewesen, sie zurückzuholen, egal, was es kostete. Aber ich konnte es nicht. Du weißt, was jedes Mal geschehen ist, wenn ich versuchte, das *Shintai* von dir zu entfernen.«

»Ich bin mir nicht sicher.« Hagen hatte tatsächlich nur eine vage Vorstellung und hoffte, dass sie ihm mehr erzählte. Wo sie gerade so redselig war ...

Aber sie kniff die Augen zusammen und sah ihn misstrauisch an. Er wich ihrem Blick nicht aus. »Du bist wieder zum Oni geworden und ich erlitt eine fast tödliche Fehlfunktion meiner implantierten Systeme.«

»Ah. Das erklärt einiges.« Hagen leckte sich die Lippen. Er gierte nach dem Salz, mit dem die Insekten gewürzt waren. Sie schmeckten so köstlich, wie er es gehofft hatte. Diese absolut profane Angelegenheit — gutes Essen — machte ihn gerade fast glücklich. Aber er brauchte noch mehr Informationen. »Kannst du mir sagen, wie lang der Mond schon hier unten ist?«

»Sechs Jahre und vier Monate.«

Seine linke Faust verkrampfte sich unwillkürlich. Er verbarg sie unter der dünnen Decke. Sechs Jahre. So lang war er ein Monster. »Warum hast du nicht einfach jemanden zu Hilfe gerufen? Die hätten mich doch kalt machen können. Wenn es jetzt nur um das Ding hier geht.« Er sah nach unten, wo das glatte grüne Schmuckstück in seinem Brustfell lag.

»Meister Noo war da. Er sagte, dass es nicht richtig sei.«

»Ah. Wenn er das sagt.«

»Du verstehst das nicht, das ist mir klar. Du bist eben nur ein *Gaijin*.« Sie sagte das mit weniger Bitterkeit, als er es erwartete.

»Ich möchte das verstehen! Ich mein, ich bin dir dankbar, du hast mich offenbar gerettet, und das rechne ich dir hoch an, obwohl dir doch klar sein muss, dass ich so schnell wie möglich zu meinen Leuten zurück gehe, sobald ich fit genug bin.«

»Das ist mir egal. Ich weiß ja nicht mal, wer deine Leute sind.«

»Was hast du denn vor? Willst du mir einfach ewig folgen?« Was für eine absurde Vorstellung!

»So lang, bis ich weiß, welches mein Weg ist.«

»So ein *Bullshit*.«

Sie sah ihn an. Die Optiken in ihren Augen glänzten

metallisch. »Du wirst es nicht verhindern! Ich folge auch nicht dir, du eingebildeter Kater, sondern die *Magatama*!«

»Was versprichst du dir davon? Du kannst es nicht einmal anfassen, ohne dass deine Systeme sich komplett abschalten!«

»Genau! Warum ist das so? Warum bindet sich das *Shintai* an einen *Gaijin*? Warum nicht an mich? Ich war eine Samurai, ich bin es viel mehr wert, als du!«

Die Linien ihres Tattoos, welches sich aus dem Ausschnitt heraus über den Hals wand, leuchteten jetzt wie elektrische Blitze. Die Schlange schien ihn ebenfalls anzustarren, während sie mit weit geöffnetem Rachen ihre Giftzähne ewig drohend entblößte.

»Bis ich dieses Rätsel gelöst habe, werde ich der *Magatama* folgen«, sagte sie, trügerisch ruhig.

»Tut mir leid, aber das ist *Bullshit*. Ich kann dich nicht mitschleppen. Ich muss zurück zu meinen Leuten. Geh nach Hause. Ich werde dir sicher irgendwann meinen Dank ausdrücken können. Gib mir deine Adresse, dann schicke ich dir das *Magatama*.«

Sie lächelte plötzlich. Es war überraschend und er konnte das nicht einordnen. »Wo ist denn dein Zuhause?«, fragte sie freundlich. »Du hast keinen blassen Schimmer, wo du bist, oder? Du hast, wenn ich das richtig kombiniere, jetzt sechs Jahre lang ein Armpaar mehr gehabt, ein paar schicke Hörner und getan, was *Tsukuyumi* dir befohlen hat. Und jetzt bist du immer noch halb tot, aber sicher, dass du es durch die halbe oder ganze Welt, die sich seither drastisch verändert hat, schaffst. Ich wünsch dir viel Glück.«

Hagen biss die Zähne zusammen. Scheiße, das hatte er nicht bedacht. »Was willst du dafür, dass du mir hilfst?«

»Nichts«, sagte sie.

»Warum tust du es dann?«

»Meister Noo hat mir erklärt, dass ich auf mein Herz hören soll.« Sie machte eine Pause und schlug ein paar Mal in die Luft. Hagen biss auf eines der frittierten Insekten und beobachtete sie. Sie war eine großartige, präzise Kämpferin, immer in ihrer Mitte. Er war froh, dass er gerade nicht ihr Ziel war. »Mein Herz sagt, ich muss dir folgen. Ich kann also nichts aktiv ausrichten, mein Wille ist schädlich. Daher gehe ich nun einen anderen Weg. Es gibt eine Tradition sein Leben zu leben, die sich dem Nicht-Handeln ergibt. *Wu-wei*. Und das werde ich jetzt tun, da sich das Handeln — und vor allem das fremdbestimmte Handeln — als der falsche Weg herausgestellt hat.«

»Nicht-Handeln?«, fragte Hagen. »Wie soll das denn gehen? Sitzen wir dann nur hier rum und warten, bis ...«

Sie boxte jetzt eindeutig in seine Richtung. Er grinste vorsichtig. »Unsinn«, sagte sie, nicht im Mindesten außer Atem trotz der hohen Schlagfrequenz. »Nicht-Handeln bedeutet nicht Stillstand. Ein Blatt, welches sich neigt, um die Schneelast abzuwerfen, ist ja auch nicht still. Es hat aber auch nicht wirklich gehandelt. Es hat geschehen lassen, wenn man das so ausdrücken will.«

»Aha. Und was lässt du jetzt geschehen?«

»Ich glaube, dass es einen Grund gibt, dass du die *Magatama* hast. Daher lasse ich das so geschehen. Auch wenn ich den Sinn noch nicht verstehe. Du bist nur ein *Gaijin*.«

»Darum kümmerst du dich also um meine kümmerliche Existenz.«

Sie wirbelte um ihre Achse und machte ein paar kraftvolle Tritte. Hagen aß betont unbeeindruckt weiter.

»Es ist ein heiliger Gegenstand. Er kann nicht allein laufen und muss beschützt werden«, fauchte sie. Er hatte ihre Gelassenheit gestört, das freute ihn ein klein wenig, auch wenn er sich das nicht anmerken ließ. Hagen griff erneut in die Schale knuspriger Heuschrecken, nahm sich dann dennoch keine weitere. Sein Hunger war lange nicht gesättigt, aber nach drei Tagen Bewusstlosigkeit und dem Antibiotikum belastete schon die Brühe seinen Magen. »Wann?«, fragte er und leckte sich die letzten Gewürze von den Fingern.

»Sobald du stark genug bist. Es regnet außerdem gerade dreckig. Im Moment kommt niemand aus dem Bunker.«

»Sie sind also hinter uns her? Deine Kollegen. Die, die kein *wuwu* machen.«

Sie lachte nicht. »Sie werden uns suchen. Dich, die *Magatama* und vielleicht auch mich. Ja.«

»Warum denkst du, dass sie dich nur vielleicht suchen?«

»Das geht dich nichts an.«

»Das sind die besten Voraussetzungen für eine Zusammenarbeit«, sagte er betont ironisch. »Geheimnisse und Verdächtigungen.«

»Ich erzähle es dir ein andermal.« Sie berührte dabei ihre Stirn. Dort, wo ihre Haare vor dem Implantat rasiert waren. »Heute nicht.«

Das reichte ihm. Er hätte gerne mehr gewusst über die, die ihn verfolgen würden. Über die Gefahren, auf die er sich gerne vorbereitet hätte. Aber jetzt galt es offenbar, gesund genug zu werden, um zu fliehen. Sobald es aufhörte zu regnen.

Regen. Das war manchmal nicht nur Wasser vom Himmel, eine Drecksbrühe, die im Nu alles mit einer Schicht Staubteilchen überzog. Bei Kleidung oder Haut war das noch erträglich, aber Technologie vertrug die feinsten Körnchen nicht gut in ihren Spalten. Obwohl sie ihre Rüstung abgelegt hatte, bestand die Samurai immer noch aus vielen künstlichen Elementen, das wusste Hagen.

Er nickte, trank etwas und verspeiste nun doch noch zwei Heuschrecken, sie waren zu köstlich. Dann durchsuchte er seine Mundhöhle nach kleinen Resten. »Ich würde mir gerne die Zähne putzen.«

Mitsuko lachte plötzlich. »Ich besorge dir eine Zahnbürste.«

»Ein Kamm wäre auch nicht schlecht.«

»Ah, du leckst dich nicht selbst sauber?«

»Nur, wenn keiner zuschaut. Hier ist zu wenig Privatsphäre.«

»Verstehe«, sagte sie grinsend. »Bis später also.«

Er verstand nicht, warum sie jetzt grinste. Für ihn waren Minuten vergangen, seit sie ihn mit Zähnen und Klauen töten wollte, ihm verachtungsvoll *Gaijin* genannt hatte und nun nicht mehr? Freundlich, witzig, und kümmernd? War das ein Frauending? Nein, die Frauen, die er kannte, waren genauso professionell wie ihre männlichen Kollegen. Vielleicht hatte es etwas mit der KI zu tun, besser gesagt, mit dem Fehlen derselben. Hagen wollte sich nicht vorstellen, wie es sein musste, dauernd gesagt zu bekommen, was man zu tun hatte. Er unterwarf zwar sein Leben der strengen Struktur des Ritterordens, dennoch wollte er in seinem Kopf allein sein, das war sicher.

Sein Bauch brummte. Er trank noch ein wenig Wasser, es war erstaunlich gut. Die Hütte hier war aus Müll gemacht. Plastik war fast unkaputtbar. Hier hatte man es zerkleinert und mit Hitze verbacken zu Platten geschnitten. Es war an einigen Stellen durchsichtig, aber meist bunt und die unebenen Oberflächen ließen einen denken, man befände sich in einem Iglu unter Wasser. Der Regen hatte sicher schon eine Schicht Staub darauf abgelagert, sodass es wie ein Ei aus Schlamm in einer Schlammwüste stand. Er wusste, wie diese Siedlungen von oben aussahen.

Hagen wusste auch, wie es sich anfühlte, sauber, satt und unverwundbar zu sein. Ausgerüstet mit neuester Technologie in der Marduk-Festung über den Wolken schwebend. Den Sonnenaufgang über dem Planeten Erde zu sehen. Den riesigen Klumpen, der einst der Mond gewesen war, zu sehen. Weit über den Überschwemmungen, Vulkanausbrüchen, Stürmen und all dem Dreck zu sein.

Ja, sein Ziel war auf jeden Fall, wieder in die Festung zu kommen. Seine Leute wieder zu sehen, die *Kampfgruppe 01*. Sie hielten ihn sicher für tot. Oder schlimmer — wussten sie, dass er eine der Scheußlichkeiten gewesen war? Vermutlich.

Würden sie das dulden? Vielleicht waren sie selbst alle tot oder Monster? Er dachte an Gundelind und forschte kurz in seinen Erinnerungen, aber da war keine, die ihm Antworten geben würde. Zuviele Fragen.

Sein Kopf war leicht, sein Bauch nicht. Er musste dringend erneut auf eine Toilette und dann schlafen. Hagen stand vorsichtig auf. Es gab zu wenig Haltepunkte hier in dem Raum. Er schwankte hinter den Vorhang und zurück auf das Bett und war fast eingeschlafen, als sie zurückkam. Sie beobachtete ihn beim Zähneputzen und als er sich wieder zurücklegte, versank sein Körper schnell in heilsamen Schlaf.

Mondohr rannte durch den Regen. Sie liebte das und hielt nur inne, wenn es zu dunkel wurde, um die Umgebung zu erkennen. Sie wollte sich keinen Fuß verstauchen, Jackson brauchte sie. Der Matsch würde die Nahrungssuche schwieriger machen, aber es war nichts, womit die *Boar* nicht schon immer zu kämpfen hatten. Sie schlitterte den Rest des Abhangs herunter und kam an dem kleinen See an, den sie gestern entdeckt hatte. Er war voller Fische und Frösche. Es wäre leicht, genug Nahrung zu finden.

Der Mensch war sehr aufgeregt gewesen, als der Regen begann. Der *Oschosch* — das Fahrding, er nannte es so — musste geschützt werden, das hatte Mondohr irgendwann verstanden. Jetzt saß der Mann auf der Ladefläche unter der glänzenden Haube, die Mondohr über die gesamte Konstruktion gezogen hatte. Er war ein Wunderding, der *Oschosch*, und alles daran und darin. Flügel konnten die Sonnenstrahlen einfangen, ein Windmacher konnte alles summend und brummend wärmen, ein Baum wuchs auf Knopfdruck und sammelte Wasser aus der Luft. Süßes, reines Wasser.

Und es machte herrliche Musik. Das erste Mal war Mondohr furchtbar erschrocken und der Mann hatte über sie gelacht. Aber dann hatte er mitgesungen und noch mehr gelacht, als sie es auch versucht hatte. Es war überhaupt nicht so wie die Musik der *Boar*, aber auch schön und kraftvoll. Manchmal weinte der Mann dann.

Mondohr stellte sich in den See, dessen Wasser nicht süß und rein war, aber auch nicht giftig. Sie wühlte erst ein wenig im

Schlamm, um vielleicht einen der wehrhaften Krebse zu finden, hatte aber heute kein Glück. Also stand sie still und wartete. Der Himmel war ebenfalls schlammfarben. Irgendwo dahinter war die Sonne, das wusste sie. Sie hatte oft darüber nachgedacht, ob diese auch auf die Erde fallen könnte. Aber die *Boarmutter* sagte, dass die Sonne die *Boar* liebte und daher alles täte, um das Dunkel zu bannen. Und dann? Mondohr konnte sich keine ewig helle Welt vorstellen. Es gab Tage, da wüteten Stürme, und die Wolken rissen für Sekunden auf. Das grelle Licht verschreckte sie. Es war wie Scheinwerfer der Feinde.

Meistens schreckte diese Welt sie aber nicht. Die *Boar* waren Kinder dieser Zeit. Sie lachten nur hämisch über die, die verweichlicht waren, die sich nicht anpassen konnten. Deren Nachwuchs zu lang brauchte, um selbstständig zu werden. Menschen? Nur ein einziges Kind, welches Jahre brauchte, bis es selbst Futter erlegen konnte? Wie sollte man da funktionierende Rotten schaffen? Sie waren zäh, das musste man ihnen lassen, aber nur, weil sie so viele Dinge hatten, die sie schützten.

Die *Boar* hatten ihnen alles weggenommen. *Boarkrieger* mussten nicht geschützt werden. Sie trugen Dinge aus der vergangenen Welt als Zeichen des Sieges. Die *Boarmutter* erzählte vom Triumph der *Boar* über die anderen, von der Zukunft, wenn es nur noch Rotten geben würde. Aber die wenigsten konnten das verstehen, sie lebten zu sehr im Hier und Jetzt. Sie liebten die Mutter dennoch für die Visionen, denn die *Boar* würden in ihnen die Welt beherrschen. Von den Dschungeln des Ursprungs aus, von *Boarea*, würden sie sich über die ganze Welt ausbreiten.

Mondohr sah ebenfalls viel: Das Morgen, das Gestern und das Heute. Sie konnte weiter sehen als Gitarschz. Die *Boarmutter* wusste das und hatte sie deswegen verjagt. Die Vielgebärende war alt geworden — sie vergaß das Gestern oft und ihre Augen waren trüb für das Morgen geworden.

Sie brauchte eine Nachfolgerin, aber Mondohr war nicht von ihrem Gesäuge. Dabei hätte Mondohr sie nie verraten. Aber die alte Mutter von vielen traute ihr nicht. Sie war machtgierig und würde die Rotte führen, bis sie ins Gras biss. Oder einer der Krieger sie tot rammelte.

Immer wieder dachte Mondohr darüber nach, warum die *Boarmutter* diese Entscheidung getroffen hatte. Denn es war falsch. Mondohr war nicht schlecht — sie war die Zukunft. Aber Gritarschz wollte diese Zukunft nicht.

Mondohr schauderte kurz. Sie vermisste das Leben in der Rotte. *Boar* waren immer zusammen. Sie schliefen zusammen, jagten zusammen, nur die jungen Krieger mussten Zeiten allein verbringen, wenn die Stimmung zu aufgeheizt war. Dann bildeten sie kleinere Rotten. Nur die *Boarmutter* verbrachte eine kurze Zeit ohne die anderen, wenn sie Nachwuchs warf.

Mondohr war aus einer Verbindung, die die *Boarmutter* nicht gesegnet hatte. Ihre Mutter hätte sie auch eigentlich nicht behalten dürfen. Von Anfang an war sie anders und in den Augen der Rotte hässlich gewesen. Das weiße Gesicht machte es ihr unmöglich, sich zwischen den Frischlingen zu verbergen. Daher hatte sie die Verachtung der anderen stetig zu spüren bekommen. Das Leben in der Rotte bestand aus strikten Regeln, aber innerhalb dieser Grenzen wurde alles erkämpft. Wer am schnellsten aß, bekam am meisten und wenn nichts mehr da war, blieb man eben hungrig. Wer am schnellsten und besten rammelte, bekam die gesündesten Weibchen.

So war Mondohr früh Einzelgängerin geworden und hatte sich oft abgesondert. Dennoch nahm sie ihre Pflichten in der Rotte wahr, alles andere war undenkbar. Als die Zeit kam, dass sie selbst hätte Frischlinge haben können, verbot die *Boarmutter* es strikt.

»Sie, die den Mond im Gesicht trägt, soll nie Nachwuchs am Gesäuge haben!«, hatte die Alte immer wieder befohlen. »Die Zeit der *Boar* ist die Zeit des Fortschritts. Der Drache wird uns kräftigen!« Nach solchen Worten wurde immer begeistert gegröhlt und getanzt.

Mondohr erinnerte sich genau an den Tag, als sie geflohen war, als sich dann noch einmal alles für sie änderte.

FLASHBACK

Seit ihrer Gefangennahme waren unzählige Tage verstrichen. Mondohr sah viel, ohne es verstehen zu können. Das Leben der Menschen unterschied sich sehr von dem der Rotte. Der Mann, der Mondohr gefangen hielt, behandelte sie noch nicht einmal so, wie manche *Boar* die kleinen Schweine behandelten, die sie zähmten und mit sich nahmen. Manche Quieker kämpften sogar ganz passabel, andere trugen Lasten und die Kleinsten waren Spielgefährten für die Frischlinge.

Aber sie war für den Mann weder ein Lastenträger noch ein Spielzeug. Er schien sie zu hassen und lästig zu finden. Sie musste angebunden bleiben, manchmal zerrte er sie mit sich, meist blieb sie allein. Wenn er da war, dann verletzte er sie oft. Er brüllte sie an, stach sie mit spitzen Stöcken oder schlug sie gar. Mondohr hatte keine Ahnung, warum er das tat und was sie ändern musste, damit er aufhörte. Die anderen Menschen waren ihr gegenüber nicht so unfreundlich, aber Blokk schien eine wichtige Stellung einzunehmen und niemand widersprach ihm.

Mondohr wusste, dass Blokk Sex wollte, aber sie präsentierte sich ihm nicht willig. Er kam ihr daher auch nicht nah genug, weil er wohl fürchtete, sie können ihm etwas abbeißen.

Mit Recht.

Die Menschen lebten an diesem riesigen Berg, der aber nicht aus Stein bestand. Er war innen hohl. Sie gingen hinein und kamen heraus. Die Rotte hatte einige Ruinen von Menschendörfern durchsucht, aber das hier sah nicht so aus. Es erinnerte sie an die Landwale, die die Rotte einmal gesehen hatte. Aber dann auch wieder völlig anders, weil tot, aber nicht verrottend. Jedenfalls lebten die Menschen hier daneben und darin. Das war sehr, sehr seltsam. Mondohr musste draußen an einem Pfahl angebunden bleiben.

Einmal am Tag trafen sie sich alle an einem langen Baum ohne Blätter, an dem oben ein Stück bunter Stoff hing. Dann sangen sie. Das war wohl ihre Religion. Das Bild auf dem Stoff war auch überall an ihrer Kleidung. So wie die *Boar* einen Klauenabdruck auf ihren heiligen Symbolen hatten.

Das Schlimmste war das heiße Licht. Die Menschen hatten es gezähmt und hüteten es in harten Behältern, auf denen sie ihr

Essen zubereiteten. Mondohr bekam von ihrem Menschen nur Abfall. Aber das machte ihr nichts, sie kannte das schon.

Dann wurde sie eines Tages plötzlich losgebunden und sollte in das Fahrding steigen. Sie gehorchte und Blokk band sie dort wieder fest. Sie fuhren weg. Es waren mehrere Fahrdinger und viele Leute. Sie fuhren den ganzen Tag. Und noch einen Tag und noch einen. Viele Tage. Mondohr bekam nur wenig zu essen und zu trinken, aber es war irgendwie schön, alles an sich vorbeiziehen zu sehen. Die Welt war spannend und sie war trotz der seltsamen Situation auf dem richtigen Weg. Ihr Schicksal war genau hier.

Mondohr hatte die Insekten schon eine Weile gespürt — die *Boar* nahmen sich sehr in Acht vor den Schwärmen und achteten genau auf die verräterischen Anzeichen, ob größere Mengen von ihnen in der Nähe sind. Wenn man keine Vögel am Himmel sah, oder frische, sauber abgefressene Gerippe ohne Kothaufen in der Nähe. Löchrige Hügel, Bäume ohne Blätter. Wenn die Welt zu still wurde. Aber in den Fahrdingern konnte man die Stille nicht hören.

Die Menschen bemerkten es irgendwann auch, versuchten, einen Umweg zu machen, aber sie unterschätzten die Bauten der Insekten offenbar. Mondohr sah den Berg, den die Ameisen gemacht hatten, deutlich. Er leuchtete stark. Auch unter der Erde waren viele Lebewesen. Sie wusste das. Die Rotte hatte einmal nach einem Erdbeben solch ein Nest aufgebrochen gesehen. Es war gigantisch. Einige *Boarkrieger* waren umgekommen, weil man ein paar der Larven als Beute wollte.

Der Mensch, der sie gefangen genommen hatte, wurde jetzt unruhig. Mondohr wusste, dass er Angst hatte. Er mochte Kampf nicht, genoss aber Unterwerfung, liebte es, sie zu drangsalieren. Dafür benutzte er Gegenstände. Spitze, scharfe, elastische, heiße, oder kratzende. Es war ihm fast egal, er wollte sie nur damit quälen.

Mondohr verstand das nicht. Die *Boar* kannten eigentlich keine unnötige Quälerei. Sie waren sicher in vielerlei Hinsicht grausam, aber es war die Grausamkeit, die ein Stein hat, der von einem Berg herunter rollt und einen zerquetschte. Wenn sie töteten, dann schnell. Die Menschen, die sie sich hielten, wurden in Ruhe gelassen. Aber auch bei den menschlichen Gefangenen konnte Mondohr dieses Verhalten beobachten. Menschen quälten Menschen. Grundlos.

Die *Boarmutter* dagegen war in vielerlei Hinsicht wie Menschen. Sie hatte eine spirituelle Sicht auf die Welt und verstand die Kräfte, die zu Macht und Einfluss führten. Dieses Wissen korrumpierte sie. So wie Blokk. Blokk war wie die *Boarmutter*. Blokk wusste es nur nicht. Er war nicht der geistige Anführer, obwohl er mehr zu sagen hatte als die meisten. Er war eher wie einer der *Boarkrieger*, die durch bloße Stärke ihre Hierarchie regelten. Aber er war mehr als ein Krieger. Wenn einer, der die Geister sieht, den Weg nicht richtig geht, dann werden die Geister böse und quälen ihn. Seine Geister schrien ihn an und piesackten ihn. Darum bestraft er mich, dachte sie.

Beide hatten Angst vor ihr. Die *Boarmutter* wusste, warum, Blokk nicht.

Es nutzte Mondohr aber nichts, dass sie all das wusste. Dennoch nahm sie ihr Schicksal an. Der *Boar*geist in ihren Träumen sagte ihr immer wieder, dass sie auf dem richtigen Weg sei.

Die Menschen blieben auf ihrem Weg, weil sie die Zeichen nicht deuten konnten. So fuhren sie in das Reich der Insekten und diese griffen an. Mondohr bekam Angst, denn sie konnte sich nicht wehren und war allem schutzlos ausgeliefert. Als Blokk sie dann aus dem Fahrding schubste und weitergab, war sie erleichtert. Von allen Soldaten hatte er sich denjenigen ausgesucht, der ebenfalls eine gute Verbindung zu den Geistern hatte. Sie waren gerne bei ihm, leuchteten stetig und machten seinen Weg sanft. Als er mit Mondohr sprach, wurde ihr warm. Sie verstand es nicht ganz, glaubte aber, dass sie diesen Mann irgendwie kannte. Und dann ließ er sie frei! Das allein war schon wunderbar, aber er gab er ihr auch noch Nüsse! Das war das Zeichen! Viele, viele Nüsse und sie rochen süß, nach Honig! Mondohr wollte ihn daher nicht verlassen und rannte nur so weit weg, bis sie eine Deckung fand, aus der heraus sie alles beobachten konnte.

Sie wollte die Augen zumachen, als der Käfer den Mann verletzte. Dennoch musste sie hinsehen, wollte helfen, aber es waren zu viele! Sie würden Mondohr aufschlitzen. Die *Boar* hatten schon gegen die großen Insekten gekämpft. Mondohr wusste, dass die furchtbare Gegner waren. Sie sollte weglaufen, es war nicht gut, hier zu sitzen, bis sie zu ihr kamen. Aber immer, wenn sie in ihrem Kopf den Weg suchte, führte er zu ihm.

Zu diesem Mann, der jetzt — hier in der Gegenwart — summend an seinem Fahrding bastelte. Er hatte sie freigelassen, freundlich mit ihr gesprochen. Er hatte auch schon früher helfen wollen, das wusste sie. Und er hatte ihr Nüsse gegeben! Nein, ihr Weg führte zu ihm und mit ihm. Es war wichtig, wichtiger sogar, als ihr Leben. Sie musste ihn begleiten.

Sie musste damals also abwarten, um ihm zu helfen, wenn sie konnte. Dann kamen die Ohne-Geister. So hatte die *Boarmutter* sie genannt. Aber Mondohr wusste, dass diese Wesen Geister besaßen — sie waren nur andersherum. Es hatte schon *Boar* gegeben, die zu Ohne-Geistern wurden. Das war schlimm. Ohne-Geister verließen den Weg. Sie töteten einfach so und verschmutzen die Welt mit ihrer Anwesenheit. Die *Boarmutter* sagte, die Ohne-Geister hätten keine Augen, weil sie nicht sehen sollten, wen sie töteten. Aber Mondohr wusste, dass die Ohne-Geister keine Augen brauchten. Sie sahen dennoch. Sie sahen, welche *Boar* die stärksten Lichter waren und griffen bevorzugt diese an.

Die Ohne-Geister fraßen dann das Fleisch und das Licht.

Mondohr sah jetzt solche Ohne-Geister kommen. Das war schlimmer als die Insekten. Sie wollten den Mann angreifen! Natürlich, dachte Mondohr, das ist klar. Sein Licht leuchtete am hellsten hier. Da kam auch schon einer. Ein großer mit vielen Armen. Er war stark. Sie musste jetzt auf jeden Fall eingreifen, denn der Mann war verletzt, er würde den Kampf nicht überleben!

Mondohr rannte los und rammte den Ohne-Geist, so hart es ging. Wieder und wieder. Sie stieß ihre langen Eckzähne in sein Fleisch, störte ihn, lenkte ihn ab — er sollte dem Mann nichts mehr tun! Der Ohne-Geist trug harte Masken an seinem Körper, auf denen Gesichter waren, aber Mondohr riss ihm die Verzierungen vom fetten Bauch. Als sein Schritt freilag, biss sie zu. Die Haut platzte unter ihren Zähnen auf. Auch Ohne-Geister waren an den Genitalien besonders empfindlich. Sie spürte seine Arme an ihrem Rücken, er versuchte sie zu fassen oder zu kratzen, aber sie wand sich, riss ihm sein Glied ab und schleuderte es weg. Ohne-Geist-Fleisch konnte man nicht essen.

Er ließ den Mann fallen und jagte sie, aber sie wusste, dass er sie nicht fangen könnte, sie war schneller als er. Plötzlich hörte er eine Stimme und lief weg. Blut lief im Strahl aus seiner Wunde. Gut so! Dann suchte sie den Mann. Da war er und kroch auf dem Boden wie ein Frischling. Sein Fuß war kaputt. Sie half ihm in das Fahrding. Darin war er ein bisschen sicher. Sein Licht musste verborgen werden, denn die Ameisen kamen. Die Insekten schwärmten über alles und wenn sie sie erwischten, würden sie sie töten. Der Mann machte etwas und Musik ertönte. Geisterlieder! Sie quiekte ihr Lied des Verstummens zusammen mit den Geistern.

Mondohr sah aus dem Fahrding nach draußen. Plötzlich begann ein lautes Brummen. Der Himmel verdunkelte sich, als eine riesige Menge Wespen aufstieg und die anderen flüchtenden Fahrdinger verfolgte.

Sie summte das Lied noch leiser, gerade so, dass sie es noch hören konnte, in jedem ihrer Knochen. Die Ameisen beachteten sie nicht und so konnten sie überleben.

GEGENWART

Sie hatte ihn gerettet und es noch keinen Moment lang bereut. Aber es war noch ein weiter Weg.

Jetzt allein im Regen zu stehen, um sich Essen zu jagen, war also nichts Fremdes für Mondohr. Es hatte alles hierhin geführt. Der Niederschlag wurde weicher und heller. Der erste Staub war unten, und sie öffnete den Mund, um das nachfolgende süße Nass aufzufangen. Ihre feinen Haare, die den meisten *Boar*kerlen sowieso nicht borstig genug gewesen waren, ließen das Wasser zusammen mit dem Schmutz abperlen und ihr blaues Auge sah weit.

Sie mussten den Ort am Ende des Stromes erreichen, der hier in der Nähe vorbeifloss. Von da aus war es dann nicht mehr ganz so weit. Jackson brauchte andere Menschen. Es würde schwierig und gefährlich. Sie hörte jetzt schon das Echo des Lärms. Die Unruhe und das Chaos, welches dieser ferne Ort auslöste, standen im genauen Gegensatz zu diesem Moment der Stille. Der Wind hatte sich gelegt und nur das singende Plätschern der Regentropfen auf der Wasseroberfläche begrüßte den herannahenden Morgen. Es wurde heller.

Mondohr sah die Fische, lang nachdem das Wissen, dass sie kommen würden, in ihrem Kopf angekommen war. Sie hatte sie schon getötet. In ihrem Kopf sang sie das Abschieddankelied.

Die *Boar* blinzelte und schnellte aus dem Ort der Bald-Zeit in die Jetzt-Zeit. Mit drei kraftvollen Schlägen katapultierte sie genauso viele dicke zappelnde Flossenträger ans Ufer, sprang hinterher und tötete sie schnell.

Es würde gutes Essen geben.

>> 06

GEGENWART

<<Feindbewegungen errechnet<<

Mitsuko war froh, dass der Regen schnell in klare Tropfen übergegangen war. Sie lief langsamer, um das saubere Wasser den Dreck abspülen zu lassen. Aber auch, weil sie wusste, dass die drei Kerle, die sie nun schon ein paar Tage beobachteten und verfolgten, gleich angreifen würden. Daher hatte die Samurai den Griff des Beutels nur noch am äußersten Rand ihrer Schulter hängen, um ihn sofort fallen zu lassen. Aber sie wollte ihre Besorgungen nicht loswerden, nein, diese mussten verteidigt werden, denn langsam gingen ihr die Zahlungsmittel aus und der Kredit konnte nur erneuert werden, wenn sie den Link aktivierte — das kam aber nicht in Frage. Dass die Kriegerin unter dem Radar der KI lief, bedeutete allerdings nicht, dass die Bewohner der Ruinen rund um den Bunker sie nicht wahrnahmen.

Der eine Verfolger war groß und bullig, wenn auch ausgehungert. Die junge Frau wollte nicht in den Nahkampf mit ihm geraten, denn er konnte sie womöglich trotz seiner fehlenden Ausdauer lang genug festhalten, um die anderen beiden unnötigen Schaden anrichten zu lassen. Seine Kumpane waren kleiner und so dünn, wie die Strolche heutzutage eben waren. Dünn bedeutete nicht schwach. Solche Typen waren zäh, ihre Sehnen wie die eines Huhns, welches zu alt geworden war. Man konnte sie nicht zerkauen und machte besser Garn daraus.

Mitsuko war den dreien auch ohne Unterstützung der KI in jeglicher Hinsicht überlegen, aber das hielt die Kerle nicht ab. Sie sahen nur eine Samurai, deren Link erloschen war, und die mit einem *Gaijin* in einer Hütte hauste. Entweder war sie eine Ronin oder verrückt. Jedenfalls Freiwild, und nun wollten sie es wagen.

Die Samurai ging um eine Ecke, warf ihre Tasche hinter einen Geröllhaufen und wirbelte herum. Als die zwei Kleineren erschienen, war sie schon bereit.

<<Kampfmodus aktiviert>>

Ihre Drüsen pumpten Adrenalin ins Blut, gleichzeitig wurde ein separater Energiespeicher angezapft, um die schnelleren Nervenleitungen zu versorgen. Die normalen Mechanismen würden nicht ausreichen, um die halb aus Glasfasern, halb aus natürlichem Material gezüchteten Leitungen bei der mehr als doppelt so schnellen Reizleitung zu unterstützen.

Ein hoch angesetzter Tritt traf beide nacheinander empfindlich im Gesicht. Mitsuko hüpfte zurück und sammelte sich. Mehr schnell verfügbare Energie wurde in ihrer Blutbahn freigesetzt. Der Große drängte sich zwischen seinen taumelnden Gefährten hindurch und stampfte auf sie zu. Die junge Frau ließ ihn aber nicht nah herankommen. Sie täuschte einen Fausthieb nach rechts an, sprang dann links auf den Geröllhaufen, drückte sich ab und landete mit einem weiten Satz hinter dem Kleinsten. Eine Serie schneller Boxhiebe auf weiche Körperteile, dann musste sie schon weiter.

Die Kämpferin griff den anderen Kleinen an: Sie setzte einen Armhebel an, wirbelte den Mann herum und nutzte seinen Körper als Schutzschild, weil der Große sich jetzt zu einem energischen Fausthieb entschieden hatte und diesen brüllend ausführte. Er traf seinen Kumpan in der ungeschützten Leibesmitte, dem daraufhin stöhnend die Luft ausging. Mitsuko ließ den leb- und atemlosen Körper fallen und tänzelte ein paar Schritte zurück. Der Große hatte noch Energie, er kam auf sie zu wie ein Steinschlag. Die Samurai war jetzt gerade erst aufgewärmt, sie sah das Geschehen fast wie in Zeitlupe.

Diesen letzten Gegner musste sie nun anders angehen. Eine solche Wucht forderte eine Änderung der Kampfesweise geradezu heraus. Sie blieb also still stehen und konzentrierte sich auf ihre Mitte. Der Mann kam wie ein Baum, der von einem ungestümen Wind über eine Straße getrieben wurde. Sie fasste sein Handgelenk, als er sie schlagen wollte, lehnte sich geschmeidig zurück, wechselte dann kurz ihren Stand, bückte sich und setzte ihr Körpergewicht in dem Moment ein, als ihr Angreifer keine Bodenhaftung mehr hatte.

Wie so oft, wenn sie Aikido anwendete, lächelte sie. Es war beileibe nicht einfach und brauchte ein extrem präzises Timing, aber wenn es dann funktionierte, dann kam kaum etwas der reinen Schönheit und Befriedigung gleich. Trotz des trügerischen Untergrundes und ihrer gerade schwierigen Lage reichte ihre Beherrschung der Kunst aus, den Mann in einem hohen Bogen gegen eine Mauer fliegen zu lassen. Sie selbst schaukelte nur wie ein Blatt im Wind auf ihren Füßen hin und her, um die Wellen der kinetischen Energie aus sich heraus fließen zu lassen.

Die Kerle hatten jetzt sicher alle mittelschwere Verletzungen. Eine innere Blutung konnte ohne medizinische Versorgung tödlich sein. Mitsuko hatte aber kein Mitleid. Die Männer waren dumm gewesen. Eine trainierte Samurai aus den Bunkern war jedem Krieger der Oberfläche überlegen. Sie verstand deren Motivation nicht, und hatte auch keine Zeit und Lust dazu.

Heute wollten sie weiterziehen. Der Kampf hatte fast Spaß gemacht — auch wenn das Hochgefühl durch den Cocktail an Körperchemie verursacht wurde. Die Samurai sollten das Kämpfen mit einem positiven Gefühl verbinden. Gleichzeitig halfen ein paar andere Substanzen, die kleineren Schäden, die solche Scharmützel immer hinterließen, erträglich zu machen.

Hagen wartete schon ungeduldig und schulterte sofort seinen Rucksack, als er sie um die Ecke kommen sah. Er war ein wenig übermotiviert und wollte ihr wohl auch etwas beweisen.

»Moment«, sagte Mitsuko und zeigte auf den Beutel. »Ich muss das alles noch umpacken.«

»Warum hat das denn so lang gedauert?«, fragte er.

»Ich musste noch ein wenig trainieren.« Sie zeigte ihm ihre Faust, deren Knöchel schmutzig waren. »Ein Großer und zwei Kleine.«

Er legte die Ohren an und seine Pupillen wurden zu Schlitzen. »Aus den Bunkern? Haben deine Leute uns gefunden?«

»Nein, welche von hier ...«

Hagen schüttelte den Kopf. »Wieso legst du dich mit denen an?«

»Die wollten das.«

»Aber ich durfte nicht.« Er bezog sich auf einen Vorfall gestern Nacht, als ein paar Männer versuchten, in die Hütte einzubrechen. Mitsuko hatte auch diese schnell davon überzeugt, dass sie so einfach einzufangen wäre wie eine Katze, die man baden wollte. Das war sicher nicht unbemerkt geblieben, es wurde dennoch dringend Zeit, dass sie hier verschwanden.

»Du bist noch nicht ganz gesund.« Das stimmte. Und sie hatten eine weite Strecke zu laufen. Es war unmöglich gewesen, hier ein Fahrzeug zu bekommen. Hier oben gab es allerhöchstens ein paar landwirtschaftliche Maschinen, und diese waren nicht geeignet, um weite Strecken zurückzulegen.

Mitsuko graute es bei dem Gedanken an ihr Ziel. *Caterpillar City* war ein Ort, an dem sich alles traf, was man sonst nirgendwo haben wollte. Arbeitsscheues Gesindel, Möchtegerns, Glücksritter. Das waren alles noch nette Worte. Die ehemalige Tagebaukolonie hatte sich nach der Katastrophe zu einem Magnet für alles, was anderswo nicht Fuß fassen konnte, verwandelt. Die riesigen Bergbaumaschinen, die das Land rund um Peking auf der Suche nach allem, was man für moderne Technologie eben brauchte, verwüsteten, waren nun ein Moloch von Glücksspiel und Schwarzhandel. Dort gab es alles. Und: Dort gab es Zugang zu einigen noch funktionierenden Satelliten in der Umlaufbahn. Zugang zu Informationen auf einem Planeten, der alles verloren hatte, was einmal gewesen war. Nichts war mehr auf seinem Platz und alles war in Bewegung. Information darüber war mehr wert als alles Gold.

Caterpillar City: Die Stadt bewegte sich langsam und blieb dennoch im Umfeld der riesigen Müllberge rund um die Millionenstadt, dem Ort, der einmal Beijing gewesen war und jetzt nur noch aus Ruinen und Buden bestand. Wie ein Ameisenhaufen, in dem man zuerst einen Eimer Wasser gegossen und danach mit vielen Schaufeln hineingestochen hatte, war von Beijing, wie von den meisten Großstädten, nicht mehr viel übrig. Was blieb war, wie überall, Tod und Müll. Müll war aber jetzt Rohstoff für neues Leben. Die *Caterpillars* waren schon vor der Katastrophe unter anderem auch für das Aufspüren und Recycling von brauchbaren Rohstoffen im Müll zuständig gewesen. Das taten sie immer noch. Daher waren sie autark, mobil und hatten überlebt. Rund um die Maschinen waren stetig ebenfalls mobile und immobile Infrastrukturen entstanden.

Dorthin wollten sie.

Das heißt: Hagen wollte das. Er wollte zu seinen Leuten zurück, zu seiner Kampfgruppe, wie er sie nannte. Er wollte in dieser Stadt der tausend Chancen nach Möglichkeiten der Kommunikation mit einer Festung, die irgendwo über der Erde schwebte, suchen. Die Information, ob die anderen seiner Gruppe noch lebten, war ihm für die weiteren Entscheidungen über seine Zukunft wichtig.

Mitsuko nicht.

Ihre Augen hatten gesehen, wie aus einem Oni ein Wesen geworden war, welches zwar nicht nur ein Mensch war, aber zum größten Teil. Das Schmuckstück hatte Hagen wieder in seine ursprüngliche Form gewandelt, etwas, was bisher unmöglich schien. Die Welt, in der sie lebte, hatte klare Feindbilder gehabt: Den weißen Drachen, der sich für seine Verletzungen und die Anmaßung der Menschen rächen wollte, und die Oni, die aus seinem Atem und Blut entstanden.

Die anderen Überlebenden waren auch keine Verbündeten in diesem Kampf, denn jeder wollte nur sein eigenes Fortbestehen sichern. Daher kämpfte irgendwie jeder gegen jeden. Mitsuko wusste nichts über Hagens Kampfgruppe, aber sie wusste, dass er einmal ein Oni gewesen war und vielleicht wieder einer werden konnte.

Jetzt war alles anders, denn aus einem Feind war ein ... nein, kein Freund, aber eine Art Schützling geworden. Mitsuko hatte in den Tagen, in denen Hagen gesundet war, viel Zeit gehabt. Sie hatte meditiert und trainiert. Egal, welchen Weg sie dabei beschritt, die Veränderung war deutlich spürbar gewesen, sie ging tief in alle ihre Fasern. Etwas war mit ihr geschehen, und nichts war wie vorher. Meister Noo hatte gesagt: Hör auf dein Herz. Wie albern, dachte sie zunächst, denn eine Samurai hört auf ihre Befehle und danach auf nichts, weder den Kopf und schon gar nicht auf das dumme Herz. Kampf war rituell und ein vollendet ausgebildeter Krieger dachte nicht mehr. Seine Bewegungen und Handlungen waren *wuwei*, so, wie sie versucht hatte, es dem Krieger mit dem Luchsgesicht zu erklären.

Aber so, wie die Erde durch den Einschlag des Mondes aus der Bahn geraten war, so war ihre Welt durch den neuen Status verrutscht. Ihr fehlte *Amaterasu* und die anderen Stimmen der KI, die sich um alles gekümmert hatten. Der geregelte Ablauf, die Sicherheit, die sie in ihrer gewohnten Umgebung erlebt hatte. Jetzt, wo sie außerhalb lebte, wurde ihr jeden Moment lang bewusst, wie gut sie es gehabt hatte. Alles Leben wurde von der KI erhalten. Ohne sie war es nicht nur schwieriger, sondern fast sinnlos.

War Mitsuko undankbar, weil sie sich abwandte? Ohne die die Symbiose mit den Künstlichen Intelligenzen und den Maschinen wäre sie entweder nicht mehr am Leben oder müsste ein solches führen, wie die drei Kerle, die sie gerade besiegt hatte. Die junge Frau verdankte nicht nur ihre Ausbildung, sondern auch ihre Gesundheit und die Verbesserungen an ihrem Körper einzig und allein dieser Zusammenarbeit. Und jetzt hatte sie sich gelöst.

Mitsuko hoffte sehr, eines Tages zurückkehren zu können. Entweder mit der *Magatama*, oder mit einem Wissen darüber, warum dieses Artefakt offenbar gerade lieber bei einem *Gaijin* bleiben wollte, statt geehrt und sicher im tiefen Herzen seines Volkes. Es musste einen tieferen Sinn haben, den es zu verstehen galt. Die Throninsignien hatten seit vielen Jahrhunderten keine aktive Rolle mehr gespielt — für die Bevölkerung waren sie zwar verehrungswürdige Gegenstände gewesen, aber so weit vom Leben des Normalsterblichen entfernt, dass man sich keine Gedanken um sie gemacht hätte. Warum waren sie gerade jetzt so wichtig, dass der Kampf darum viele Leben kostete? Warum wollten die Oni — und damit *Tsukuyumi* — sie unbedingt besitzen? Und warum — immer wieder diese bittere Frage — wehrte sich die *Magatama* gegen Mitsuko? Sie würde nicht aufgeben, die Hintergründe zu erfahren. Diese Aufgabe war wichtig genug, um die Schande zu ertragen.

Bei den tieferen Meditationen über all das hatte die Kriegerin etwas Neues entdeckt. Die *Katas* veränderten sich. Es war, als bekäme sie neue Muskeln, als schlüge ihr Herz anders, fließe ihr Atem auf neuen Wegen. All das war erregend und gleichzeitig befremdlich. Für sie als Kämpferin, die sich derart auf ihren

Körper verlassen musste, war es wichtig, genau zuzuhören. Dem Meister, dem sie vertraute, aber auch ihrem Herzen. Und das sagte: Werde Ronin. Folge der *Magatama*. Hilf dem fremden Krieger.

»Bist du fertig?«, fragte sie ihn nun also. Er war es natürlich, sie hatte seine unruhigen Atemzüge in ihrem Rücken gespürt. Also schulterte sie den Rucksack, ohne eine Antwort abzuwarten. Von den Menschen, die ihnen geholfen hatten, hatte sie sich schon verabschiedet. Nun wurde es Zeit für den weiten Weg. Sie mussten den Graben durchqueren, der einstmals Meer gewesen war und hinüber aufs chinesische Festland.

»Ja, sicher«, sagte er und drängte sich an ihr vorbei. Sie lächelte. 1600 Kilometer. Das Drängeln würde ihm vergehen.

Jackson war fast glücklich. Nach dem Dreck hatte es noch eine Weile saubere Tropfen geregnet und als er aus der schützenden Hülle gekrochen war, schien sogar die Sonne. Sie tat das drei Tage lang an strahlend blauem Himmel, bevor die ersten Wolken auftauchten. Aus dem Schlamm wurde ein Blumenmeer. Löwenzahn und Gras sprossen schnell, saftiges, herrliches Grün. Doch der Wagen stand in einer Matschgrube, vom Regen verursacht, und so war es an Mondohr, zunächst eine Krücke für Jackson zu besorgen, und dann Holz, damit Marylins Räder Grip bekämen. Sie bewegten sich jeden Tag so lang vorwärts, wie die Solarkollektoren es zuließen. In der Mittagshitze ließen sie die Batterien aufladen. Es war seligmachend. Die Welt blieb gerade, kein Schwindel verdarb ihm den Genuss.

Aber Jackson brauchte langsam einen Kurs. Er war schließlich kein Pilger ohne Verpflichtungen, sondern Soldat. Sie mussten auf einen Hügel, er brauchte besseren Empfang. Im Moment hatte er keine Ahnung, ob sie sich in Richtung der *Nomad* bewegten oder nicht.

Weißohr brachte ihm weiter fleißig Tiere und Holz, er aß — auch schonmal Grünzeug, das war wichtig — und sein Stumpf wuchs zusammen. Er versuchte ein wenig Fett aus den Viechern zu gewinnen, um die Haut daran weich zu halten. Der Soldat wusste, was verwachsenes Narbengewebe anderen angetan hatte. Schlecht verheilte Wunden mussten manchmal neu aufgeschnitten werden, das wollte er auf jeden Fall vermeiden. Allerdings war er sich auch klar darüber, dass der Knochen nicht *lege artis*, also nach allen Regeln der Kunst, abgeknipst worden war.

Er hätte mit dem Käfer darüber verhandeln sollen, aber seine Versicherungskarte war vermutlich nicht mehr gültig. Es war ihm aber abseits jeglichen Galgenhumors auch klar, dass das vielleicht bedeutete, dass man so oder so noch einmal operieren musste, um den Unterschenkelknochen sauber zu entfernen. Das waren aber Dinge, die weit in der Zukunft lagen. Das Humpeln mit der Krücke funktionierte ganz gut und so lang sie das Fahrzeug hatten, musste er ja nicht wirklich laufen.

Aber was, wenn sie angegriffen wurden? Der Soldat hatte versucht, Weißohr das Schießen beizubringen, aber sie war unwillig. Die *Boar* verstand es, mit einem Messer umzugehen, jagte aber meist ohne alles.

Jackson spielte ständig am Funkgerät herum, suchte endlos die Frequenzen durch. »Wir müssen zurück zur *Nomad*«, erklärte er Mondohr eines Abends. »Wir könnten auch zunächst nach *Caterpillar City* fahren — das war ja unser ursprüngliches Ziel. Es ist der kürzere Weg und ich müsste nicht den Abhang hinunter. Von dort könnte ich mit dem Schiff Kontakt aufnehmen und Instruktionen erhalten. Aber es ist auch gefährlich. Dort treibt sich nur Pack rum.« Diese »Stadt« war eine Versuchung. Sie brauchten dringend einige Dinge, die man dort bekam: Ersatzteile, Maschinenöl, Reinigungsmittel, Kleidung und Informationen.

Aber eigentlich musste er zurück. Zur *Nomad*, seiner Heimat, zu seiner Einheit.

Die Entscheidung fiel ihm schwer: Es gab so viele Variablen, die man einberechnen musste. Zum Beispiel das Wetter. Die Jahreszeiten hatten sich noch nicht eingependelt. Das Meer fehlte, die Gravitation des Mondes fehlte und die Erdachse hatte sich verschoben. Der Einschlag des Mondes wäre unter normalen Umständen desaströser gewesen, aber er hatte genug Schaden verursacht. Niemand konnte vorausberechnen, wann sich wieder einmal irgendetwas wie Sommer oder Winter einstellen würde. Die schiere Masse des Erdtrabanten ließ die Erde um die Sonne nicht mehr kreisen, sondern eher schlingern. Unwetter und tektonische Katastrophen veränderten die Oberfläche stetig.

Gerade war es gut, aber das konnte sich schnell ändern. Ein kürzerer Weg wäre also besser. Wenn ihn ein Unwetter am Abhang erreichte, würde man sie niemals finden. Die Klippen, die den Rand des ehemaligen Ozeans bildeten, verliefen ja nicht einfach schön schräg nach unten. Der durchschlitternde Mond hatte Reibungskräfte entwickelt, die teilweise wie ein Schmelzofen wirkten und Sand und Geröll zu Schlacke verschmolzen hatten. Die harten und spitzen Formationen lagen oft unter Staub und Asche.

Der Drache hatte die Katastrophe irgendwie gesteuert. Der Mond war nach dem Aufprall einmal rund um die Erde gesurft, bevor er sich im ehemaligen Pazifik in die Erdkruste grub. Teile waren abgebröckelt und man sollte angeblich den Rücken des weißen Drachen erkennen können. Jackson konnte sein Gehirn kaum um die Tatsache eines so großen Wesens, welches im Mond geschlafen hatte, schrauben. Aber schon bevor die Japsen es gewagt hatten, durch Gänge auf der dunklen Seite des Mondes ins Innere des Trabanten zu kriechen, um der tatsächlich existierenden Wesenheit den Garaus zu machen, gab es Vorfälle, die das gängige Bild von einem Universum auf der Basis reiner Naturgesetze ins Wanken brachten.

Jackson war nicht gläubig. Er war in die Kirche gegangen, wie jeder gute Amerikaner. Das gehörte dazu. Man saß am Sonntag in irgendeinem Haus Gottes und versuchte wach auszusehen. Selbst wenn man nicht an den Alten oben im Himmel glaubte. Die *Kami* waren aber keine Glaubenssache. Genausowenig wie ein Wendigo oder Quetzalcoatl, die alle plötzlich auftauchten und je nach Wesenheit mehr oder weniger wüteten. Den einen hatte eine kanadische Einheit »erlegt«, der andere wurde von den südamerikanischen Truppen als Trophäe registriert. Sieg!, hatte man damals gerufen und sich sicher gewähnt. Aber es wachten noch mehr Wesen auf. Der Krieg hatte erst begonnen.

Warum bekämpfte man aber die, die man lang als Götter verehrt hatte? Der wahre Grund war eigentlich: Der Mensch wollte sich nichts vorschreiben lassen, er wollte selbst Gott sein. Wenn Jackson an den Menschen dachte, dann war das für ihn der Präsident der USA. Ja, der war eine Art Gott. Und ja, der wollte sich nichts sagen lassen. Auch wenn er manchmal Unsinn redete, musste man ihm und seinen Gesetzen daher folgen. Wo war der eigentlich jetzt? Im Präsidentenbunker? Oder in der Raumstation der Transpazifischen Allianz?

»*With the drums and guns and guns and drums* …«, begann der Soldat zu singen. Sie hatten heute Rast an einem Fluss gemacht. Das breite Bett hatte sich vor langer Zeit tief in weiches Gestein gegraben und sie fanden am Rand einen Überhang, unter dem Marilyn bequem stehen konnte. Offenbar war der Fluss früher einmal reißender gewesen, jetzt plätscherte er nicht besonders eindrucksvoll weiter innen vor sich hin und das freigewaschene Bett war erstaunlich gut befahrbar. Jackson optimierte seine Krücke und war dabei ins Grübeln gekommen. Wo war eigentlich Mondohr? »*The enemy nearly flew you* …«

»Uhh uhh.«

Plötzlich fiel ihm auf, dass er gesangliche Begleitung hatte. Verflucht nochmal, war sie leise. Er hatte sie nicht zurückkommen hören! »Ja, sing mit mir, Baby! Vielleicht kannst du auch irgendwann einmal richtig sprechen.« Er lächelte. Es freute ihn inzwischen sehr, dass sie bei ihm blieb und er war immer erleichtert, wenn Weißohr von ihren Streifzügen wiederkam.

»Was hast du mitgebracht? Ahhh, einen Hasen. Wer hätte das gedacht? Der hat ja sogar was auf den Rippen. Gutes Mädchen.« Er holte sein Messer heraus und begann, das tote Tier zu häuten. »Guck an, der hat ein weißes Ohr, wie du.« Jackson zeigte auf das Ohr und dann auf die *Boar*.

»Ohr«, sagte sie.

»Genau. Ohr. Weiß.«

Sie kratzte sich unter dem Hemd, welches er ihr gegeben hatte. Es hatte lang gedauert, bis sie es anzog. Jackson war aber erleichtert, nicht ständig ihre Brüste sehen zu müssen. Oder von ihnen gestreift zu werden, wenn sie neben ihm stand, während der Fahrt. Jackson hatte sich etwas gebaut, damit er ab und zu fahren konnte, und Mondohr saß selten auf ihrem Hintern neben ihm. Stetig hibbelte sie auf den Sitzen herum, bis er sie wieder fahren ließ.

Jetzt piekte die *Boar* ihn in die Rippen, während er das Tier ausweidete. »Was?«, fragte er schließlich, weil sie nicht aufhörte. Sie zeigte auf den Mond, der, von der Abendsonne beleuchtet, in den Himmel ragte. Wolken hatten sich um ihn herum gebildet und verhüllten einen großen Teil der Masse. »Was ist mit dem Mond?«

Sie zeigte wieder hin. »Mond?«, sagte er.

»Mond«, sagte sie. »Mond-Ohr.« Sie zeigte auf ihr Ohr.

»Ach, bei allen sieben Todsünden und den 87 Präsidenten der *US of fucking A*! Du heißt Mondohr?«

Sie nickte.

»Yeah«, sagte Jackson und salutierte mit seinem blutriefenden Messer. »Staff Sergeant Homer Jackson meldet sich bei Commander Mondohr zum Dienst!«

Die *Boar* hob ihren Arm ebenfalls an die Stirn. Er grinste und sie grunzte vergnügt. »Jetzt kennst du meinen Vornamen, Rekrut! Wehe, du verrätst das jemandem, dann sind wir die längste Zeit Freunde gewesen!« Er lachte, und dann noch mehr, als sie auf ihn zeigte und »UUUmer« sagte.

Mitten in der Nacht machte sie ihn wach.

»Was? Was ist los? Du schläfst doch sonst nicht so unruhig!« Sie quiekte erregt und schüttelte ihn. Jackson öffnete die Augen und erhob sich. Mondohr sprang von der Pritsche und zeigte zu einem Hügel, der von einem Bambusgehölz bewachsen war. Das wusste Jackson noch, weil er sich daran erinnerte. Schließlich war die Spitze des Hügels ihr Ziel. Die Nacht war aber eigentlich sehr dunkel und er erkannte die Erhebung nur schemenhaft.

Bis auf einen wabernden hellen Schein, der seinen Ursprung irgendwo hinter dem Hügel hatte.

»Was zum Henker ...?«, rief Jackson verwundert.

Mondohr sprang auf den Fahrersitz und sagte: »Bitte, bitte, bitte.«

»Moment!«, sagte Jackson und humpelte um den Wagen herum in den Führerstand. Er legte seinen Daumen auf das Pad, der Wagen sprang an und er aktivierte die Scheinwerfer. Mondohr gab einen überraschten Laut von sich.

»Ja, das hast du nicht gewusst, oder?«, sagte Jackson. Sie waren noch nicht nachts gefahren. Aber Mondohr gab direkt Gas. »Hoho, Rekrut! Du hast wirklich Gefallen am Rasen gefunden. Aber wo willst du überhaupt hin? Was ist denn dort?«

»Tod! Großer Tod!«

»Aha. Und da müssen wir dringend hin?« Sie verstand keine

Ironie und er hatte auch mehr mit sich selbst gesprochen. Was auch immer dort solch einen Schein machte, es konnte nichts Gutes sein. Jackson ging von Feuer aus. Die Art, wie es geleuchtet hatte, und als er jetzt über den Hügel sah, war es fast verloschen. Aber Mondohr fuhr schneller, als sie es manchmal tagsüber wagte.

Dann roch er den Brandgeruch. Sie waren fast um den Hügel herum. Ein Weg führte vom Fluss in das Bambusgehölz.

»Halt mal an«, sagte Jackson. Er holte seine Waffe und ein paar Magazine. Der Weg wurde breiter und sie sahen den Feuerschein jetzt wieder. Es brannte heftig, sie hörten Bambusstauden explodieren. Dann erhob sich etwas über den Bambuswipfeln, was der Soldat so absolut nicht erwartet hatte.

Es war ein langer Hals, daran ein riesiger Kopf und dann schlugen auch noch zwei Flügel. Und das jetzt in groß. Noch größer. Das Vieh war so groß wie ... also allein der Kopf war so groß wie der *Oshkosh*!

»Ein verschissener Drache?«, schrie Jackson unterdrückt. Er griff Mondohr ins Lenkrad und flüsterte eindringlich: »Stopp, Stopp, Stopp!!«

Der Wagen schleuderte hin und her, während sie um die Vorherrschaft über die Richtung ihrer Fahrt kämpften. Endlich hielt Mondohr an. Jackson deaktivierte den Motor sofort und löschte das Licht. Dann lud und entsicherte er sein Gewehr. Nicht dass er wirklich glaubte, dass *Sweet Sue* irgendetwas ausrichten könnte, gegen ein Vieh, welches so groß wie das verschissene Empire State Building war? Ja, das war vielleicht übertrieben, aber ... Der Drache war verdammt groß und rot leuchtend. Zwischen seinen Schuppen flackerte es sogar heller. Er sah aus, als würde er aus flüssiger Lava bestehen. Was auch immer er da tat, Jackson wollte weit, weit weg sein.

»Mondohr, wir müssen hier verschwinden. Ich kann gegen so etwas nichts ausrichten. Nicht mit einem einzigen verschissenen Gewehr!«, flüsterte Jackson.

Seine Freundin sah ihn kurz an, dann öffnete sie die Tür und rannte in den Wald. Jackson fluchte unterdrückt und rutschte auf den Fahrersitz.

Der Drache stampfte hin und her, sein Schädel erschien immer wieder über den Bambuswipfeln. Die Bewegungen erinnerten Jackson an einen Greifvogel, der sein Essen verschlingt und dabei den Kopf hochwirft, um es den Schlund runterzuquetschen. Bambus, der hier teilweise einen Durchmesser im Stamm von fast 20 cm erreichte, wurde unter seinem Körper wie Strohhalme geknickt.

Vermutlich war hier ein kleines Dorf gewesen und das Biest fraß gerade die Bewohner. Was dachte Mondohr sich nur? Jackson blickte durch die Optik seiner Waffe und zielte auf den Kopf des Ungeheuers. Nein, er würde nicht schießen, das war nutzlos. Seine Kugel würde das Vieh allerhöchstens irritieren und aufmerksam machen. Aber so konnte er es besser sehen, obwohl er sich beim Anblick des Körpers, der gerade verschlungen wurde, wieder gewünscht hätte, er hätte nicht hingeschaut.

Etwas kam durch das Gehölz. Hektisch schwenkte Jackson seine Waffe herum. Aber es war Mondohr! Sie hatte etwas im Arm und rannte auf ihn zu. Ein Kind? Es schrie erbärmlich und wehrte sich, aber Mondohr setzte es auf die Ladefläche und raste wieder davon.

»Schschsch«, versuchte Jackson das Kind durch die kleine Öffnung nach hinten vom Schreien abzuhalten. »Leiser! Sonst hört er uns!«, flüsterte er. Das Kind kauerte sich zwischen die Kisten und verstummte tatsächlich.

Während der Drache weiter die Dorfbewohner verspeiste, holte Mondohr also irgendwelche Flüchtlinge? Adrenalin brauste durch Jacksons Adern. Er hatte sich lange nicht mehr so lebendig gefühlt. Der Soldat checkte alle Systeme des Wagens, vor allem den Ladungszustand der Batterien. Sie waren bei 67%. Er startete die Maschine und versuchte so behutsam wie möglich zu wenden, um schnell wegfahren zu können. Es war nicht leicht, aber der Drache war ja abgelenkt. Er würde das Geräusch des Motors nicht hören, oder?

Dann stellte er den Motor wieder ab und wartete. Das Kind war in der Dunkelheit, die von dem brennenden Dorf hier unten im Gehölz nur minimal erleuchet wurde, fast nicht zu erkennen. Es war jetzt auch ganz still.

Mondohr kam wieder aus dem Gehölz. Sie hatte erneut etwas im Arm und wurde verfolgt! Jackson nahm seine Pistole und machte sich bereit, aber die Verfolger waren nicht aggressiv.

Sie sahen ihn aus Augen an, die aus ganz viel Weiß rund um die angstweiten Pupillen bestanden. Der Soldat nahm die Pistole herunter und machte eine Geste. Zum Glück verstanden sie ihn und krochen zu dem Kind auf die Ladefläche.

Mondohr war schon wieder weg.

Der Drache wurde jetzt ruhiger. Er hatte aufgehört zu fressen und herumzustapfen. Das Knacken des Feuers blieb, aber er selbst schien etwas zu suchen. Oder war er satt? Sein Kopf ruckte hierhin und dorthin. Jackson legte das Gewehr an, mehr aus Gewohnheit, denn aus dem Gefühl, wirklich etwas reißen zu können. —

— Dies ist mein Gewehr. Es gibt viele wie dieses, aber dieses ist meins. Mein Gewehr ist mein bester Freund. Es ist mein Leben. Ich muss es meistern, so wie ich mein Leben meistern muss. —

Dann blickte der Scheiß Drache ihn durch die Optik hindurch direkt an. Sein Auge füllte in der Vergrößerung das gesamte Sichtfeld aus, und Jackson setzte den Wert schnell herunter. Jetzt sah er den ganzen Kopf. Aber immer noch starrte dieses Vieh ihn an. Wie ein Vogel, da die Augen zu seitlich am Kopf saßen, ruckte sein Schädel dabei hin und her, als würde er abschätzen, wie weit sie entfernt waren.

Someday, I`m gonna getcha getcha getcha ...

Los, Mondohr, komm endlich ...

Das Monster schüttelte jetzt seine Flügel aus und die Böen fachten das Feuer erneut an. Dann machte es einen Schritt. In ihre Richtung. Und noch einen. Es kam ganz klar näher!

Jackson startete das Fahrzeug. Scheiß auf die Geräusche. Aber wie konnte der Scheiß Drache sie überhaupt sehen? Der Soldat hatte keinen blassen Schimmer. Vielleicht hatte das Vieh Infrarotsicht? Jackson hatte eine Idee. Schnell drückte er ein paar Knöpfe und die Solarkollektoren fuhren sich aus. Er positionierte sie so, dass er jetzt zwar den Drachen auch nicht mehr sehen konnte außer im Seitenspiegel, aber dieser vielleicht durch die Panels verwirrt wurde, weil diese seine Wahrnehmung blockierten. Es war eine winzige Chance, aber besser als nichts zu tun und wie ein Opossum am Wegesrand zu warten, dass man nicht gefunden oder für tot gehalten würde.

Er wollte hier weg! Da kam endlich Mondohr wieder aus dem Wäldchen! Sie hatte noch mehr Dorfbewohner im Schlepptau.

»Bleib jetzt hier und steig ein!«, rief Jackson ihr zu. »Los, los, er kommt!«

Sie gehorchte, setzte erst noch ein Kind neben ihn und hüpfte dann selbst hinein, hob das kleine Wesen auf ihren Schoß und sah ihn an.

»Schöne Scheiße, Rekrut!«, sagte Jackson. »Wenn wir das versauen sind wir Dosenfutter. Der kratzt uns aus dem Wagen wie ein Ameisenbär. Alle festhalten, jetzt geht es rund!«

Er gab Gas. Jetzt rächte es sich, dass er Mondohr die meiste Zeit fahren hatte lassen! Der Wagen ruckte und bockte, während Jackson versuchte, den Gasdruck hinzubekommen. Seine Panik ließ ihn zu fest aufdrücken. Sie waren viel zu schnell und fuhren auch ohne Licht! Es war ja nicht so, als ob der Weg, den sie hierher genommen hatten, den Namen wirklich verdiente. Und nun zurück, in einer irren Geschwindigkeit, ohne Beleuchtung — Jackson hätte jedem auf der Ladefläche gerne geraten, zu beten, aber selbst dazu hatte er keine Zeit.

Im Rückspiegel erhaschte er ab und zu nur Bilder einer Silhouette, die sich rotglühend vor dem Schein des brennenden Dorfes abzeichnete. Der Drache war eindeutig auf ihrer Spur. Der *Oshkosh* war für lange unwegsame Strecken gemacht, aber die Stöße, die sie jetzt von unten trafen, wenn sie auf Wurzeln und Steine auffuhren, waren schlimm. Ein besonders großer Stein ließ die Achse krachen, die Lenkung hakte kurz und die Anzeigen auf den Instrumenten spielten verrückt.

Sie waren nun aus dem Wäldchen heraus und Jackson wusste, dass der Fluss nicht weit war. Die Lenkung hakte wieder. Scheiße. Er hielt das Rad fest und suchte im Rückspiegel nach dem Drachen. Der Wagen machte komische Geräusche, als ob irgendetwas lose war und gegen etwas anderes schlug. Sie würden nicht mehr lange so halsbrecherisch fahren können! Wo war der verschissene Drache? Verdammt, er konnte das Vieh nicht sehen! Dann fiel ihm auf, dass Mondohr nach oben sah und er folgte kurz ihrem Blick. An den Solarkollektoren vorbei konnte er die Flügel sehen. Rot glühende Membranen, die über ihnen die Luft prügelten.

Das war das Geräusch. Nicht sein Auto. Zum Glück! Oder auch nicht.

Der Drache war zu nah! Anhalten kam hier nicht in Frage!

Die Lenkung sperrte sich jetzt immer mal wieder. Vermutlich war bei dem letzten Schlag etwas undicht geworden und nun lief Servoöl aus. Scheiße! Scheiße! Scheiße! Sie konnten noch fahren, aber deutlich schwieriger. *Ja, Schicksal, leg noch ne Schippe drauf!*, fluchte Jackson lautlos. *Hooray, du legst dich hier mit einem Marine an! Da hast du dich verkalkuliert!*

Er klammerte sich mit aller Macht an das Lenkrad. Dann kam das Flussufer in Sicht. Der Soldat bog ab und fuhr dort entlang.

»*Jetzt tricksen wir!*«, rief er und drückte einen Knopf. Der *Oshkosh* hatte ein Nebelmittelsprühsystem. Das Zeug war super, um sich zu tarnen und Verwirrung zu stiften. Jackson ließ es ein paar Meter lang spritzen, setzte dann aus und zog die Solarkollektoren ein. Dann sprühte er noch einmal, gab tüchtig Gas und stellte den Motor ab. Keine Bremsen- und Servolenkungsunterstützung mehr. Spitze! Aber die Lenkung war sowieso im Arsch und Bremsen konnte er mit der Hand.

Jetzt rollten sie lautlos über das Flussufer. Hinter ihnen blühte der Nebel auf. Vor ihnen musste der Überhang sein. Dort konnten sie sich verbergen. Er musste aber absolut geradeaus fahren und hoffen, dass er sich nicht verkalkuliert hatte.

Sie hörten einen Moment lang nur das Knacken der Reifen über dem Sand und den Steinchen. Und das *wumm, wumm, wumm* der Drachenflügel. Der Wagen wurde immer langsamer. Tatsächlich kam der Überhang in Sicht. Quälend langsam schlichen sie die letzten Meter. Nebelfetzen zogen an ihnen vorbei: Das Glück hatte ihnen einen leichten Rückenwind beschert.

Dann blieb der Wagen fast perfekt unter dem Überhang stehen. Sie hörten den Drachen über sich fliegen. Jackson griff nach seinem Gewehr und sah Mondohr an. Sie summte irgendetwas und hielt das Kind in ihrem Schoß ganz fest. Das Mädchen war angststarr. Minutenlang wagten alle kaum zu atmen.

Die Flügelgeräusche entfernten sich endlich. Irgendwann wagte Jackson es wieder, die verspannten Schultern zu bewegen und zu hoffen. Sie hatten überlebt. Der Soldat dankte einer unsichtbaren Macht und erinnerte sich daran, dass auf der Ladefläche noch Besuch war. Er öffnete die Tür und zog sich nach draußen. Die Geflüchteten starrten ihn ängstlich an.

»Ich glaub, er ist weg«, sagte Jackson. »Aber euer Dorf, oder was auch immer dort war ...« Er schüttelte den Kopf.

Die Männer und Frauen kletterten herunter. Einer der Männer stellte sich vor ihn und verbeugte sich. »Danke«, sagte er.

»Mondohr hat euch gerettet«, sagte Jackson und zeigte auf die *Boar*, die ebenfalls ausgestiegen war.

Der Mann verbeugte sich noch einmal, dann verschwanden ihre Kurzzeitgäste in der Dunkelheit. Jackson konnte ihnen noch nicht einmal etwas mitgeben. Das machte ihn traurig. Aber diese Menschen hatten viel durchgemacht und waren wohl erst einmal froh, überlebt zu haben. Was würden sie tun? Zu ihrem Dorf zurückkehren? Mist, sie taten ihm leid, und er hatte keine Zeit für so etwas.

Etwas anderes musste jetzt dringend geklärt werden. Der Soldat legte sich unter den Wagen und befühlte die Achse. Wie erwartet lief dort etwas aus. Das Leck hier hatte zum Ausfall der Lenkung geführt. Jackson rieb die Finger missmutig und roch daran. Kein Zweifel, Servoöl. Verdammt. Das war keine leichte Reparatur und dieses spezielle Schmiermittel war nicht so einfach zu finden. Er hievte sich wieder hoch und stieg ein.

»Das erspart uns die Entscheidung«, sagte er zu Mondohr, die schon wieder auf der Beifahrerseite saß. »Wir müssen nach *Caterpillar City*.« Er sah zu ihr. Sie hatte immer noch ein schlafendes Kind auf dem Schoß. »Die sind schon weg!«, rief er. »Lauf ihnen hinterher, die haben das Kind vergessen!«

Mondohr schüttelte den Kopf. Sie summte ihr Einschlaflied, so nannte er es inzwischen. Er traute ihr zu, dass sie genau wusste, was er meinte. »Wir sollen es mitnehmen?«, fragte er. »Wirklich? Warum?«

Sie antwortete nicht. Er seufzte. Er konnte es ihr nicht abschlagen. Sie hatte so viel für ihn getan. Aber es war verrückt. *Caterpillar City*, mit einem Schwein und einem Kind. Hooray.

»Können wir hier dieses Holz gegen eine Mahlzeit und ein Nachtlager eintauschen?«, fragte Mitsuko eine ältere Frau, die vor dem größten Gebäude der mickrigen Ansiedlung stand, zu der sie gekommen waren. Es war seit fünf Tagen das erste Zeichen menschlicher Zivilisation. Mal abgesehen von den Ruinen, die ja eher Grabsteine ebenjener Zivilisation waren. In den sechs Jahren, seit der Mond gefallen war, hatten sich die Menschen noch nicht so vermehrt, dass man wieder mehr als kleine Dörfer vorfand. Die ersten Anzeichen hier waren Reisfelder gewesen. Hagen hatte mit Mistuko verhandelt, ob sie die Siedlung umgehen sollten, aber dann waren beide übereingekommen, dass es vielleicht zusätzlich zu einer gekochten Mahlzeit auch nützliche Informationen geben konnte. Er warf das beachtliche Bündel Brennstoff, welches sie unterwegs gesammelt hatten, auf den Boden.

Die Frau beäugte es kritisch, danach blieb ihr Blick ein wenig länger an Mitsuko als an ihm hängen, schließlich nickte sie, ohne eine Miene zu verziehen. Sie zeigte auf einen Stapel hinter dem Gebäude und Hagen hievte das unhandliche Bündel dorthin. Die Reisenden hatten sich angewöhnt, jedes Gebüsch und Gehölz abzusuchen und immer einen Vorrat Brennstoff dabei zu haben. Sonst hatten sie nicht viel zum tauschen oder zahlen.

Die Herberge, wenn man sie so nennen wollte, war so karg, dass Spartaner sie vermutlich sogar ärmlich gefunden hätten. Hagen hätte auch gerne auf die Parasiten verzichtet, die sich in den Schafsälen tummelten — die tierischen und die menschlichen. Es war am besten, man band sämtliche Habseligkeiten eng an den eigenen Körper oder schlief in Schichten. Die Mitbewohner stahlen alles, was sie bekommen konnten. Die Kleineren begnügten sich mit Hautschuppen oder ein paar Blutstropfen, die Größeren stahlen Hosen, Schuhe und würden einem sogar das Leben nehmen, wenn sie das Gefühl hätten, man habe etwas Wertvolles dabei.

Sie waren jetzt seit drei Wochen unterwegs. Es hatte viele Tage gedauert, um allein die Schotterwüste, die einmal Tokio gewesen war, hinter sich zu lassen. Dann kamen die Berge, Auf- und Absteigen. Die letzten Tage folgten sie dem Chikuma Fluss. Sie mussten jetzt irgendwo in der Nähe des ehemaligen Nagano sein, behauptete Mitsuko. Hagen hatte keinen blassen Schimmer. Geografie war nicht seine Stärke. Vor ihnen lag wohl bald der tiefe Graben, der einst das Meer beinhaltet hatte. Der Abstieg würde hart. Hagen wurde jeden Tag klarer, dass er diese Welt wirklich nicht kannte. Nachdem er vor sechs Jahren auf dem Mond gelandet war, hatten sich Dinge entwickelt, die manchmal direkt aus Alpträumen zu kommen schienen. Manches, von dem Mitsuko ihm berichtete, tat er zunächst einmal als glatte Lüge oder Übertreibung ab. Landwale. Genau.

Aber es war alles wahr. Und das war nur das, was Mitsuko wusste — es gab sicher noch vieles, von dem auch sie keine Ahnung hatte. Er war jetzt sehr froh, dass sie sich ihm angeschlossen hatte, auch wenn ihn die Vorstellung zunächst wenig begeisterte. Nicht, dass er etwas gegen weibliche Gesellschaft hatte, aber er verstand ihre Motive nicht. Sie hatte versucht, es ihm zu erklären. Weil sie ihren Auftrag nicht erfüllt hatte, fühlte die Kriegerinsich schlecht. Das verstand er. Sie hätte zurückgehen können, sagte sie, um dort weiter zu dienen, und vielleicht ihre verlorene Ehre zurück zu gewinnen. Das verstand er auch. Ihre Entscheidung, sich gänzlich von diesem seltsamen Kollektiv in den Bunkern zu trennen, um diesem Schmuckstück nah zu bleiben, verstand er aber nur bedingt.

Sicher: Er spürte die Wirkung des Amuletts jeden Tag. Ohne das Ding wäre er vermutlich wieder ein vierarmiges Scheusal. Aber er verstand es nicht. Hagen brauchte Dinge, die er begreifen konnte. Nicht irgendeine »Kraft«, irgendeine

»Heiligkeit«, die entweder so etwas wie Magie oder — schlimmer — Religion war.

Er hatte beschlossen, das einfach zu ignorieren. So lang es ihn von der Rückwandlung abhielt, die Frau bei ihm hielt und nützlich war, war es gut. Es gab wichtigere Ziele für ihn, als die Kraft und die Frau zu verstehen. Er hasste zum Beispiel diese Verzögerungen, die rückständige Art zu leben und zu reisen. Er hatte einfach keine Zeit! Sicher würden die Ritter ihn sofort abholen, sobald er ihnen endlich ein Lebenszeichen schicken konnte. Aber hier in dieser Einöde war das natürlich nicht möglich.

Es machte ihn wahnsinnig, daran denken zu müssen, dass die Samurai nur einen winzigen mentalen Befehl bräuchte, um Zugang zu funktionierenden Satelliten zu erhalten, stattdessen dickköpfig mit ihm diese mühselige Reise machte. Aber er hatte keine Wahl. Sie hatte ihm erklärt, dass eine Aktivierung der Verbindung bedeuten würde, dass man sie orten konnte. Sie war sich sicher, dass man ihm dann die *Magatama* abnehmen würde. Das wollte er nicht riskieren.

Er folgte der jungen Frau also in den großen Innenraum. Wie in allen Behausungen, in denen sie bisher gewesen waren, üblich, knieten die Bewohner hier vor den niedrigen Tischen und konsumierten ihre Nahrung. Zunächst hatten ihn die Essmanieren abgestoßen. Inzwischen hatte er sich an Schlürfen und Rülpsen gewöhnt.

Sie suchten sich einen freien Tisch, knieten sich gegenüber und legten ihre wenigen Habseligkeiten neben sich. Die missmutige Frau schickte einen ebenso missmutigen jungen Mann mit einer Karaffe Wasser zu ihnen. Zwei nicht besonders saubere Becher standen schon auf dem Tisch. Hagen nahm lieber seinen eigenen, von dem er wusste, dass er ihn heute morgen in einem relativ reinen fließenden Gewässer gereinigt hatte. Das Wasser schmeckte abgestanden.

Sie waren jeden Tag so lang gelaufen, bis die Notwendigkeit zu rasten und gewisse Dinge zu tun, die ein Mensch nicht im Laufen erledigen konnte, einen Halt erforderlich machten. Hagen hatte noch nie so eine weite Strecke zu Fuß zurückgelegt. Laufen war für ihn etwas, was man auf einem Laufband in einem Fitnessraum tat. Er kannte auch die Welt von so nahem nicht wirklich. Die Festung war ein Ort im Weltall, der in keinster Weise der Erde glich. Und wenn er hinunter gekommen war, dann, um in hermetisch versiegelten Kampfanzügen zu kämpfen.

Anfangs hasste er das Laufen. Seine Ausdauer hatte sich erst wieder entwickeln müssen, seine Füße waren mit Blasen übersät, unter den Achseln scheuerte der Dreck offene Stellen. Überhaupt: Die Menge an Schmutz, die er inzwischen nicht nur auf jedem Quadratzentimeter Haut mehrmals angesammelt und wieder abgewaschen, sondern auch geschluckt hatte, belief sich sicher auf Kilos. Am Anfang hatte es ihm etwas ausgemacht. Er hatte versucht, sich täglich zu waschen. Aber es gab einfach nicht genug sauberes Wasser — manchmal gab es überhaupt keines. Nun, dann war er eben schmutzig. Zum Glück war sein Fell in dieser Hinsicht sehr praktisch. Er fragte sich aber manchmal, ob seine Kollegen ihn wiedererkennen würden.

»Ich wünschte, wir könnten einmal baden«, sagte Mitsuko plötzlich, als hätte sie ähnliche Gedanken gehabt,wie er. Hagen bemerkte, dass sie unauffällig versuchte, sich die Haare zu kämmen.

»Ich wünschte, wir wären schon angekommen. Wenn wir dort sind, besorge ich dir ein Bad.«

Sie sah ihn an. »Ach? Ich bin gespannt.«

Hagen wünschte sich, er hätte das nicht gesagt. Er wusste nur, dass es *Caterpillar City* gab. WAS es dort gab, wusste er nicht. Sie auch nicht. Sie würden sich überraschen lassen müssen.

Er sah sich um. Eine Mutter mit zwei Kindern in einer Ecke. Die Kinder schliefen, und die Frau schien schon wieder schwanger. Sie sah müde und ängstlich aus. Ein einzelner Mann saß am Nebentisch, den Kopf auf eine Hand gestützt, leere Essensschalen und einen Sakekrug vor sich, grinsend mit einem Messer spielend. Er nahm Blickkontakt auf und blinzelte Hagen sogar zu. Was war das denn für ein Vogel? Eine Gruppe Männer befand sich schräg hinter ihnen. Er konnte sie nur aus dem Augenwinkel sehen. Sie waren laut und trugen Waffen unter ihren Kleidungsschichten. In dem Krug, den sie sich teilten, war sicher auch kein Wasser.

Es war schon spannend, dass Menschen nach einer Katastrophe schnell wieder Alkohol herstellten. Als ob betrunken sein ein Grundbedürfnis wäre.

Jetzt drehte sich einer um. Die anderen hatten ihn auf Mitsuko aufmerksam gemacht. Er rief etwas auf Japanisch. Hagen fand, dass Japanisch eine Sprache war, in der sich selbst: »Soll ich morgen frische Erdbeeren einkaufen?«, wie eine Todesdrohung anhörte. »Was wollen die?«, fragte er.

»Sie haben klug erkannt, dass ich eine Ronin bin.«

Ach, das. Hagen drehte sich zu den Kerlen um und sah sie finster an. Das beeindruckte die Gruppe aber nicht. Einer stand sogar auf und kam zu ihrem Tisch. Er sagte noch ein paar Worte, besprühte die beiden dabei mit einer Menge Speichel, lachte laut und verschwand nach draußen. Hagen wollte sich erheben.

»Lass es!«, sagte Mitsuko leise aber eindringlich.

»Ich kapier das nicht. Erklär mir doch endlich, warum die dich dafür beschimpfen.«

»Nicht hier«, sagte sie. In solchen Momenten starrte sie Löcher in den Boden. Alles, nur um seinem Blick nicht zu begegnen. Hagen wurde dieses Thema langsam langweilig, aber falls es zu Komplikationen mit der Bevölkerung führte, wüsste er schon gerne, was es damit auf sich hatte.

Das Essen kam. Es roch nicht besonders gut und schmeckte entsprechend. Aber es war Nahrung. Manchmal vergaß Hagen sogar seine eigenen Essmanieren und schlürfte aus den Schüsseln, in denen alles hier serviert wurde. Er setzte diese hier gerade erneut an, als von draußen Schreie und Schritte ertönten.

Eine junge Frau eilte mit tränenverschmiertem Gesicht an ihnen vorbei. Sie hatte ein kleines Messer in der Hand, dessen Klinge blutverschmiert war. Die angetrunkenen Männer sprangen überraschend schnell auf. Einer packte die Frau am Arm ihres flatternden Gewandes und hielt sie fest. Sie schrie verängstigt auf.

Hagen ließ seine Schale auf den Tisch fallen und stand ebenfalls auf. Die Situation war unklar, aber die Art, wie der Kerl die Frau festhielt, gefiel ihm nicht. Er machte einen Schritt auf die Gruppe zu. Die Männer beschimpften die Frau. Hagen trat dazwischen, griff dem Mann am Handgelenk und drehte es so, dass es schmerzen musste. Nicht zu sehr, aber so, dass dieser die Frau losließ.

»Lass das, *Gaijin*! Misch dich nicht ein!«, raunzte ihn einer der anderen an. Sie hatten plötzlich alle Waffen — Messer, Stöcke, einer hatte sogar eine Pistole.

»Ich misch mich aber ein!«, sagte Hagen und stellte sich vor die Frau.

Der Kerl, der vor kurzem rausgegangen war, stürmte nun herein. Eigentlich humpelte er zornig, eine Faust wütend erhoben, die andere Hand auf einer blutenden Wunde im Oberschenkel.

Hagen spürte die Frau hinter sich. Es schien offensichtlich, was passiert war. Der Kerl war zudringlich geworden, sie hatte sich gewehrt. Die Situation war übel. Vier gegen einen. Er machte sich auf einen Schlagabtausch gefasst.

Dann geschah etwas Überraschendes: Die Kerle kamen nicht näher, sondern wichen zurück!

»Hagen!«, hörte er Mitsuko rufen. Er drehte seinen Kopf zu ihr. Sie war aufgesprungen und zeigte auf einen Ort, der hinter ihm lag. Als er sich weiter drehte, sah er eine Bewegung aus dem Augenwinkel, griff danach und machte einen Ausweichschritt. Seine Hand hielt ihre Hand fest: Die vermeintlich arme belästigte Frau hatte versucht, ihn mit ihrem Messer zu erstechen!

Die offenbar nicht so harmlose Frau stieß einen Schrei aus. Hagen drehte sich weiter und nahm sie in den Schwitzkasten, aber sie wehrte sich heftig und kreischte weiter. Sie war verdammt stark für so eine zierliche Figur! Es war seltsam: Ihre Haare waren eher wie schwarze Schlangen und einige davon lagen steif um ihren Kopf, die anderen bewegten sich aber! Sie wanden sich um seine Arme und versuchten es auch an seinem Hals. Waren es tatsächlich Reptilien? Während er die Frau nur noch fester hielt, fiel ihm auf, dass ihre Schreie von Wut zu Schmerz wechselten. Sie wehrte sich gequält, aber Hagen wollte nicht lockerer lassen, bis er verstanden hatte, was hier los war! Die Kerle und Mitsuko standen um sie herum und er fand in den Blicken nur Unverständnis und sogar Furcht.

Hagen hatte jetzt das seltsame Gefühl, als würde die Frau kleiner. Schwächer. Die Haare beendeten ihr Eigenleben und fielen als normale schwarze Zotteln auf die Schultern. Sie hörte auf, sich zu wehren und hing jetzt offenbar bewusstlos in seinem Griff. Er lockerte diesen langsam und ließ die Frau zu Boden sinken. Ihre Haut hing jetzt lose um ihre Knochen, die Wangen und Augen tief eingesunken. Sie war nicht tot, aber völlig ausgemergelt und leblos.

»Sie war ein Oni«, sagte Mitsuko leise, trat vorsichtig näher und untersuchte die Frau.

»Ah, das erklärt einiges«, sagte Hagen. Er griff automatisch an die *Magatama*.

Die Männer stießen mit finsteren Mienen Sätze in Japanisch aus.

»Sie glauben, dass du ein böser Zauberer bist. Sie halten dich ebenfalls für einen Oni.« Mitsuko wandte sich den Männern zu, aber Hagen fasste sie kurz am Arm. Sie zuckte zusammen und er ließ schnell los. Mitsuko hatte ihn darum gebeten, sie nicht zu berühren, da die *Magatama* negative Auswirkungen auf ihre Technik hatte.

»Der Mann hier ist ein Held, kein böser Zauberer«, sagte plötzlich eine neue Stimme. Es war der Kerl, der gedankenverloren mit seinem Messer gespielt hatte. Er verbeugte sich vor Hagen und Mitsuko. »Ich bin Makkuro.« Zu den Männern sagte er: »Lasst sie in Ruhe. Sie sind meine Gäste!«

Die Männer grummelten, befolgten aber die Anweisung.

Makkuro zeigte auf den Tisch. »Setzt euch!« Zu der Wirtsfrau rief er: »Bring mehr Essen! Das Gute!«

»Was ist mit der Frau?«, fragte Hagen.

»Kümmert euch um sie«, sagte Makkuro zu dem missmutigen, jetzt allerdings sehr unterwürfigen Sohn, der einen Krug Sake auf den Tisch stellte. »Ich habe sehr zu danken! Dieser Oni machte die Gegend schon lange unsicher.«

»Nichts zu danken«, sagte Hagen. Er zog den Stoff seiner Tunika vor seiner Brust ein wenig zusammen, um die *Magatama* zu verbergen. Allerdings folgten die wachen Augen des neuen Gastgebers der Geste aufmerksam.

»Nein, nein, das war sehr mutig.«

Er bot ihnen von dem Getränk an, aber Hagen hatte das Zeug einmal gekostet und beschlossen, dass er das nie wieder brauchte.

»Ich konnte nicht umhin, euer Gespräch vorhin anzuhören«, gestand Makkuro. »Ihr macht eine weite Reise?«

»Ja«, sagte Mitsuko.

Eine unangenehme Stille enthielt viele Fragen. Die Gastwirtin brachte weitere Schüsseln mit recht gut riechenden Speisen, und nachdem sie sich noch einmal bedankt hatten, aßen die Reisenden schnell. Makkuro trank nur.

»Ich hätte da einen Vorschlag«, sagte er. »Ich mache ihn, weil ich wirklich erleichtert bin, dass die Bedrohung, die uns schon einige fähige Männer gekostet hat, scheinbar vom Tisch ist.«

»Es ist durchaus möglich, dass sie sich zurückverwandelt«, sagte Hagen.

»Darf ich fragen, wie ...?«

»Ich würde das lieber nicht sagen.«

Makkuro kippte einen weiteren Becher Sake. »Ich verstehe. Ja, das habe ich befürchtet. Ich hasse diese neue Welt.«

Mitsuko war zu still. Hagen fiel plötzlich auf, dass ihr Gastgeber keinen Link hatte. »Was ist denn Ihr Vorschlag?«, fragte er dann.

»Es gibt eine Möglichkeit, die Reise abzukürzen«, sagte Makkuro geheimnisvoll. »Aber dazu müsste ich einiges wissen.«

»Und was wäre das?«, fragte Hagen.

»Ist sie wirklich eine Ronin?«

»Ja, bin ich«, spuckte Mitsuko aus. »Warum ist das jetzt wichtig?«

»Wir ... wie man sieht, habe ich kein Implantat. Und meine Frau und mein Sohn auch nicht.« Er zeigte auf die Missmutigen. Makkuro war offenbar der Besitzer dieser Kaschemme.

»Ihr seid Rebellen?«

Hagen wunderte sich über diesen Begriff.

Makkuro grinste. »Sozusagen. Wir wollen einfach frei sein.«

»Warum?«, fragte Mitsuko verständnislos. »Es bringt euch doch nur Nachteile? Ohne die KI und die Maschinen gäbe es uns alle nicht mehr!«

»Das sehe ich anders. Aber wie gesagt: Wir wollen euch nichts. Und warum ärgert euch das so, wenn Ihr selbst Ronin seid?«

»Das geht euch nichts an.«

»Seid Ihr ausgestoßen?«

»Nein, es war mein freier Wille.« Mitsuko starrte jetzt nur noch auf die Tischplatte.

»Ah. Ich kann nicht behaupten, dass ich irgendetwas davon verstehe. Weder, wie es zu der Rückverwandlung der Oni kommen konnte, noch, wie man sich so aufregen kann, obwohl man selbst der KI den Rücken kehrt.« Makkuro trank noch einen Becher Sake, bot ihnen dann erneut etwas an. »Als Friedenstrunk.« Hagen schüttelte den Kopf und Mitsuko blieb stumm. »Na, dann bleibt halt mysteriös. Mir egal. Um euch meine Dankbarkeit zu zeigen, erzähle ich euch jetzt etwas ...«

Ihr Gastgeber erzählte eine seltsame Geschichte: Um sich die Reise zu erleichtern, sollten sie etwas suchen, was er Torii nannte. Ein Tor. Man könne da durchgehen und käme meilenweit entfernt wieder heraus.

Auf dem Weg dorthin am nächsten Tag fragte Hagen: »Was suchen wir jetzt eigentlich genau? Eine Abkürzung, die aus dem Reich der Märchen zu kommen scheint, oder? Was habe ich mir darunter vorzustellen?«

»Naja, es sind wirklich Tore. Aus Holz, früher mal aus Eisen, Bambus oder anderen Materialien. Im Shintoismus und später auch Buddhismus glaubte man, dass sie wirklich Zugänge zu anderen Reichen wären.« Mitsuko bahnte sich den Weg durch ein Bambuswäldchen. Vögel flatterten empört auf und keckerten ihren Missmut vielstimmig auf die Eindringlinge herunter.

»Wohin denn genau?«, fragte Hagen.

»Sie sind zum Beispiel Eingänge zu den heiligen Stätten.«

»Denen, in denen die *Kami* wohnten, die ihr dann getötet habt?«

»Vergiss nicht, dass ich ein Kind der neuen Zeit bin, Hagen.« Sie war jetzt offensichtlich sauer, ihre Miene drückte aber auch Trauer aus. »Ich hab das nie hinterfragt.«

»Warum?«

»Wir Samurai, wir sind keine normalen Menschen.«

»Inwiefern? Bis auf die mechanischen Teile und das Ding in deinem Kopf siehst du reichlich gewöhnlich aus.«

Sie drehte sich um und boxte ihn. Es tat weh, sie war wirklich stark. »Nur weil ich keinen Pelz habe, oder geschlitzte

Pupillen, wie du, bin ich noch lange nicht normal. Wir sind ausgesucht. Nicht jeder kann Samurai werden. Es ist etwas in unseren Genen.«

»Aha. Los, raus mit der Sprache!«

»Wir haben sogenannte *Kami*-Gene. Bei uns wird jedes Kind, welches geboren wird, einigen Tests unterzogen. Ist es normal, so bekommt es schnell den Link zur KI. Nein, das ist toll!«, rief sie, als er skeptisch schaute. »Du verstehst das nicht!«

»Nee, stimmt. Das versteh ich nicht.« Es stimmte nicht ganz. Er verstand ziemlich gut. Schließlich hatte er auch besondere Gene, aber darauf wollte er nicht eingehen.

»Die KI ist nicht einfach nur so ein Computer! Es sind mehrere, voneinander unabhängige Systeme, die dann gemeinsam versuchen, die besten Lösungen zu finden. Das ist wirklich kompliziert und sinnvoll! So haben wir uns entwickelt, so sind wir groß geworden und ...«

»So habt ihr den Drachen ...«

»Das war vorher!«, sagte sie heftig. »Bevor wir uns mit der KI verbesserten.«

»Okay. Aber erklär mir das mit den *Kami*-Genen, bitte.«

»Die *Kami* sind Besonders, das ist ja klar. Sie haben mächtige Kräfte, die sie zum Guten oder Schlechten für die Menschen anwenden können. Jemand, der *Kami*-Gene hat, ist zu mehr fähig, als ein normaler Mensch — rein physisch gesehen ebenfalls. Man erklärt sich das so, dass wir spontane Mutationen sind, dafür entstanden, gegen die *Kami* zu kämpfen. Alle Kinder, die geboren werden, werden getestet, ob sie diese speziellen Gene haben. Wir werden dann aussortiert und erst später mit einem Link zur KI versehen. Wir sollen unabhängiger bleiben.«

Hagen konnte nicht anders, er musste die Augenbrauen hochziehen. Er tat das nur, um sie zu ärgern, denn die ganze Sache war verdammt nah an der Verfahrensweise der Ritter, die ja ebenfalls genetische Eigenheiten zu Hilfe nahmen.

»Du glaubst mir nicht!« Wieso wirkt es jedes Mal, wenn die Sa... nein, Ronin, aufgeregt ist, so, als ob die tätowierte Schlange besonders spitze und glänzende Giftzähne zeigt?, dachte Hagen und meinte dann: »Es ist halt schwer diesen ganzen mystischen Kram ...«

»Sei einfach still«, rief sie zornig. »Du bist halt doch nur ein dummer *Gaijin.*« Mitsuko drehte sich wieder um und schlug ein paar kleinere Bambusstengel zur Seite.

»Ich glaube dir!«, rief er. »Aber ich habe immer noch echte Probleme damit, zu glauben, dass es so etwas wie ein Tor geben soll, durch das wir hindurch gehen und dann woanders sind. Woher weiß es, wo wir hin wollen? Wie soll das gehen? Werden wir gebeamt?«

»Keine Ahnung, wie es funktioniert.«

»Und ob es überhaupt funktioniert. Ich meine, diese Dinger stehen schon seit Ewigkeiten bei euch rum, oder?«

»Ja, genau.«

»Und überall.«

»Ja. Worauf willst du hinaus?«

»Sie haben das bisher doch auch nicht getan! Wieso sollten sie jetzt plötzlich so etwas können?«

»Erinnerst du dich, dass du sechs Jahre lang ein Oni warst? Und was die *Magatama* mit dir gemacht hat? Zweifle nicht so viel.«

Sie waren der Wegbeschreibung des Herbergsvaters gefolgt. Nun kam endlich ein Ende des Bambusdickichts in Sicht. Eine weitere Ebene voller großer Steine lag vor ihnen. Ein Tor stand auf einem kleinen Hügel.

Hagen zeigte darauf. »Suchen wir so eines?«

Mitsuko nickte. »Und dahinten muss der Torwächter wohnen.« Da war eine winzige Hütte, an einen Rest Mauer gebaut. Vor dem Tsunami waren hier Gebäude gewesen, aber die Reste erhoben sich nur noch hüfthoch.

»Ich halte das ja immer noch für ein Märchen.« Hagen suchte die Umgebung ab. Man musste auf alles gefasst sein. Aber hier gab es nur Geröll, Sand, struppiges Gras und dieses Torii.

»Genauso wie die *Kami*? Und die Oni? Es wird jetzt langweilig.«

Er streckte ihr die Zunge heraus. Das ging mit ihr. Es war sogar richtig leicht. Leichter, als er gedacht hatte. Während der Reise hatten sie nicht wirklich viel gesprochen, aber genug, dass er sie schätzen gelernt hatte. Mitsuko war manchmal witzig, selbstsicher und clever. Sie kümmerte sich kaum um ihn, sondern tat, was sie wollte, wann und wie sie es wollte. Er kannte so etwas nicht. Es gab strikte Verhaltensregeln im Orden. Jeder der Ritter und Ordenskriegerinnen nahm sich sehr ernst. Gelacht wurde nur, wenn man getrunken hatte, zu festgelegten Anlässen. Gut, das stimmte auch nicht wirklich, es hatte schon Vergnügungen gegeben, aber nicht mit ihm.

Mitsuko war manchmal freizügig und unbekümmert, dann wieder still und in sich gekehrt. Immer wieder ertappte Hagen sich dabei, dass er auch ihre weiblichen Formen betrachtete, aber dann innerlich zurückschaltete. Nicht wegen Gundelind, sondern einfach, weil Sex jetzt Schwierigkeiten machen konnte. Warum ein so entspanntes Verhältnis verlieren zugunsten kurzfristiger Triebbefriedigung?

»Wir sollten es wagen«, sagte sie. »Mehr als blamieren können wir uns nicht.«

Auch wenn Hagen es nie zugeben würde, die Vorteile eines solchen Toriis ließen die mögliche Blamage unwichtig erscheinen. Selbst wenn sie sich zum Affen machten, wenn sie durch die Holzbohlen träten und – nichts geschah. Inzwischen war Hagen sich auch nicht sicher, ob es überhaupt noch etwas gab, was sich für ihn wie eine Blamage anfühlen könnte.

Er verstand plötzlich, dass er wahr und wahrhaftig in einem Wolkenkuckucksheim gelebt hatte. Die Ritter der Kampfgruppe hatten über die Jahrhunderte nur ein Ziel gehabt. Sie hatten isoliert gelebt und sich wenig um den Rest der Welt gekümmert. Vielleicht lag es auch an ihm: Für Hagen gab es nie etwas anderes als die Mission. Doch war es möglich, dass er den anderen Unrecht tat? Sein Ziel war es nie gewesen, sich zu integrieren, dadurch fehlten ihm möglicherweise Erlebnisse. Die Konzentration auf sich selbst und ihr gemeinsamer Ehrgeiz hatten doch dazu geführt, dass sie die Eins in der Bezeichnung tragen durften. Und wer als die Eins wäre dazu prädestiniert gewesen, sofort auf dem Mond zu landen und ... ebenfalls zu scheitern? Wie oft hatte er schon versucht, sich an die Ereignisse zu erinnern? Sie blieben verschüttet, und er hatte sich verirrt. Das führte letztlich zu diesem Ort mitten in Ödland wo er darauf wartete, dass eine langbeinige Schönheit, die ihn ohne zu zögern bewusstlos schlagen konnte, wenn er seine Manieren vergäße, in eine zusammengeschusterte Hütte ging, um ...

»Ich gehe erst einmal allein.«

Hagen nickte. Er glaubte absolut nicht, dass da etwas dran war. Der Gasthausbesitzer hatte sie sicher veralbert. Er setzte sich auf einen Stein und wartete.

Wie war das? Torii waren oft Durchgänge zu Schreinen gewesen? Also hatte hier möglicherweise ein solcher gestanden. Er hatte Bilder im Kopf: Kirschblüten. Gebetsfähnchen. Ein Gong. Bunte Kleidung an Pilgern. Orange gekleidete Mönche. War das überhaupt japanisch? Oder nicht eher chinesisch? Tibetanisch? Jetzt war ihm seine Ignoranz plötzlich peinlich. Er redete arrogant über Dinge, von denen er keine Ahnung hatte.

Mitsuko kam auf ihn zu. »Er will dich sehen.«

Hagen stand auf und folgte ihr. Vor dem Häuschen, welches mehr ein Unterstand war, aber vielleicht besser als Nichts, hatte der Bewohner eine Art Zen-Garten geschaffen. Man konnte die gleichmäßig gezogenen geschwungenen Linien erkennen. Es war ihm trotz der absoluten Kargheit — schließlich gab es hier nur Bambus, Geröll und Lehm — irgendwie gelungen, etwas zu errichten, was das Auge anzog. Zu seiner Überraschung sah Hagen sogar Müll darin, jedenfalls das, was man früher als Müll so wegwarf und was sich aus schierer Robustheit wieder zu wertvollen Stoffen entwickelte.

Er legte sein Gepäck ab und verbeugte sich vor dem japanischen Mann. Das Alter des Wächters war schwer zu schätzen. Er war konservativ japanisch gekleidet in eine weite graue Hose und ein Kimonooberteil, welches eine bunte Bemalung hatte. Die Haare waren unter einem seltsamen Käppchen verborgen, sodass man auch nicht erkennen konnte, ob er ein Implantat trug. Hagen hätte aber gewettet, dass sich da keines befand.

Der Wächter nickte nur und sah ihn reglos an. Die Augen waren so schmale Schlitze, dass Hagen sich nicht sicher war, ob sein Gegenüber überhaupt etwas sah oder die Lider gar völlig zugekniffen waren. Dann sagte der Mann etwas in einer aggressiv wirkenden Sprache.

»Er fragt, wie du seinen Zengarten findest«, übersetzte Mitsuko.

»Unnötig.« Das war ihm spontan herausgerutscht. »Sag ihm das aber nicht. Sag ihm so etwas wie: Nett.«

Mitsuko übersetzte etwas.

»Oh, das war aber nicht nett«, sagte der Japaner.

Hagen stutzte. Dann verbeugte er sich kurz. »Entschuldigung, es war leider nicht klug von mir, anzunehmen, dass Sie meine Sprache nicht sprechen.«

»Sprache ist ein so minderwertiges Instrument zur Kommunikation«, sagte der Wächter. »Aber kommen Sie bitte erst einmal hinein.«

Innen gab es unter dem Dach, welches wie die meisten Behausungen aus gepressten Altplastikziegeln bestand, nur ein paar Matten, eine Feuerstelle und ein kleines Tischchen, auf dem ein winziger Baum wuchs. Hagen konnte nicht anders, als dieses kleine Wunderwerk zu bestaunen. Er war grün und perfekt.

»Bonsai«, sagte Mitsuko.

»Ja, ich weiß«, sagte Hagen. »Ich frage mich nur, wie er die Katastrophe überleben konnte.«

»Ich habe ihn beschützt. Er ist 312 Jahre alt.« Der Japaner setzte sich auf seine Unterschenkel. »Ihr beide wollt also durch das Torii reisen.«

»Ja«, sagte Mitsuko und setzte sich ebenfalls. »Was müssen wir tun?«

»Was fragt ihr mich?«

»Es wurde uns so gesagt!«

»Geht einfach hindurch!«

Hagen wollte laut seufzen. Oder dem Kerl eine reinhauen. Aber er beschränkte sich darauf, zu nicken, aufzustehen und aus der Behausung zu gehen. Das war Zeitverschwendung.

»Ich wusste, dass wir verarscht wurden«, sagte er, als Mitsuko neben ihn trat.

»Woher willst du das wissen?«

»Du möchtest unbedingt daran glauben, oder?«

»Du nicht? Weißt du, wie lang wir brauchen werden, bis zu deinem *Caterpillar City*? Weißt du, was alles passieren kann auf dem Weg?«

»Alles, was ich weiß, ist, dass wir hier unsere Zeit verschwenden. Schau!«

Hagen ging zu dem Torii. Es war aus Holz und der rote Lack der es einmal überzogen hatte, war brüchig. Zwei halb verrottete Stämme und einer darübergelegt. An einem Nagel wehte ein Stofffetzen. Er schritt hindurch. Nichts geschah. Er drehte sich um und ging noch einmal hindurch. Nichts.

»Du bist so ein Arsch«, sagte sie.

»Ich weiß. Lass uns einfach weiter gehen.«

»Ich glaube, wir haben etwas falsch gemacht.«

»Oh, du bist ein so braves Mädchen. Sag mir doch, was haben wir denn falsch gemacht? Was können wir tun, damit der liebe Onkel uns durchlässt?« Hagen hatte wirklich die Nase voll.

»Ja, ich bin brav!«, rief seine Reisebegleitung genervt. »So funktioniert das hier! Wir sind nett zueinander. Wir helfen uns!«

»Das sehe ich. Nicht. Bisher sehe ich nur, dass man entweder für das System ist, oder dagegen.«

»Du tust so, als wäre das System schlecht! Das ist es aber nicht! Ich, wir, verdanken dem System alles! Es sorgt für uns. Ohne die KI und unsere Verbesserungen wären wir nicht mehr existent!«

»Das sagst du ständig. Aber de facto bist du abhängig! Denn jetzt, wo du es verlassen hast, jagt es uns!«

»Es jagt nicht mich, du sturer Wasserbüffel! Es jagt dich, es will die *Magatama* zurück. Und wenn wir gerade dabei sind: Du hast erlebt, was so ein winziges Stück Jade bewirken kann. Warum kannst du nicht glauben, dass ein Torii ein Tor sein kann?«

Da traf sie einen wunden Punkt. Wie er schon ein paarmal feststellen musste, kannte er diese Welt zu wenig. »Gut. Ich gebe der Sache eine Chance.«

Mitsuko atmete aus, schüttele dann den Kopf und ging erneut zu dem Bewohner des Häuschens, der wieder vor seiner Hütte stand und sie beobachtete.

»Es funktioniert nicht«, sagte sie.

»Stimmt«, erwiderte dieser.

»Was können wir tun? Wir brauchen es dringend.«

»Du bist eine Samurai«, stellte der Japaner fest. »Warum willst du weg? Was ist dein Ziel?«

Mitsuko zögerte kurz. Hagen sah, dass sie ihren Kopf, der sonst stolz erhoben war, senkte. »Ich bin eine Ronin.«

Der Japaner nickte bedeutungsschwanger, sagte aber nichts.

Hagen hatte langsam die Nase voll, dass er hier der einzige war, der nicht genau wusste, warum das so wichtig war.

»Ich habe keine Verbindung mehr zur KI.« Sie beugte ihren Kopf nach vorne, um dem Mann zu beweisen, dass kein Licht in dem Implantat leuchtete. »Ich habe mich losgesagt. Zusammen mit meinem Weggefährten gehe ich den Weg des *wuwei*. Unser Ziel ist *Caterpillar City*. Wir brauchen Zugang zu Kommunikationssatelliten, damit er wieder zu seinen Leuten zurückfindet.«

»Du bist kein Ronin?« Die Frage war an Hagen gerichtet.

»Ich habe keine Ahnung, was das Wort bedeutet. Ich bin Hagen von der *Kampfgruppe 01*. Wir sind ein Orden, der seit Jahrhunderten die Drachen bekämpft. Irgendwie habe ich meine Leute aber verloren, und nun muss ich wieder zurück.«

»Viel Erfolg dabei«, sagte der Japaner und ging in seine Hütte.

Mitsuko ging zu ihren Rucksäcken, schnallte ihren auf und wanderte weg. Hagen konnte es nicht glauben und folgte ihr. Nach ein paar Metern fasste er sie kurz an der Schulter. Sie zuckte zusammen, machte hektisch einen Schritt zur Seite und drehte sich um.

»Was soll das?«, fragte er.

Sie seufzte, blickte an ihm vorbei über die Ebene und sagte dann leise: »Ich weiß es nicht.«

»Du gibst auf?«

»Das fragst du mich? Du hast doch von vorneherein geglaubt, dass das hier Blödsinn ist, oder?«

»Was ich glaube, und was Realität ist, sind zwei völlig verschiedene Dinge. Und ich glaube jetzt gerade, ich habe keine Ahnung, was das mit dem Ronin *Bullshit* soll.«

»Du verstehst das nicht.«

»Nee, tu ich nicht. Erklärst du es mir?«

»Ich weiß nicht, ob ich es kann.«

Hagen warf seinen Rucksack auf den Boden und stellte sich mit vor der Brust verschränkten Armen vor ihr auf. »Ich geh nicht weiter, bis du es versucht hast.«

Mitsuko grinste plötzlich. »Na gut. Lass uns rasten.« Sie nahm ebenfalls den Rucksack ab. Das Sonnensegel, welches die Ronin irgendwo in einer der Siedlungen erworben hatte, war schnell aufgestellt, und die integrierten Solarpanels fingen genug Strahlen ein, um Wasser zu kochen. Sie machte einen Tee. Sie machte immer Tee. Hagen mochte das bittere Zeug nicht. Kaffee. Was würde er für einen Kaffee geben?

»Ok, also ... Ronin sind abtrünnige Samurai«, erklärte Mitsuko nach einem Schluck. Sie saß auf ihren Knien und sah ihn an. Er nickte auffordernd. »Du bist selbst Krieger. Ritter, sagst du. Habt ihr auch einen Ehrenkodex?«

»Sicher. Wir schwören am Ende unserer Zeit als Knappe einen Eid darauf.«

Sie nickte. »Wir machen es so ähnlich. Ein Samurai ist keine eigenständige Person, er ist Besitz des Lehnsherrn. Das ist mehr als nur eine Aussage. Das geht tief in das Wesen eines solchen Kriegers ein. Und nicht nur seines Wesens, alle sind betroffen, seine Familie ebenfalls. Es geht dabei um Ehre. Eine Person ohne Ehre ist ... viele bringen sich um, wenn sie ihre Ehre verloren haben. Ritueller Selbstmord war gesellschaftlich gefordert, wenn man eine Aufgabe nicht erfüllt, oder den Lehnsherrn beschämt hatte. Es war manchmal sogar so, dass von einem Samurai erwartet wurde, dass er sich beim Tod des Lehnsherrn selbst das Leben nimmt. Das schützt dann die Familie vor weiterer Schande.«

Hagen hörte tiefe Emotionen aus ihrer Stimme. Aber sie klang fest und entschlossen.

»Ronin haben sich schon immer aus den verschiedensten Gründen von ihrem Lehnsherren losgesagt. Sie sind frei. Dabei verloren sie aber ihre Ehre. Sie waren gefürchtet, weil es Banden gab, die die Menschen überfallen und ausgeraubt haben. Sie waren die bestausgebildetsten Kämpfer und nun streiften sie durch die Gegend wie herrenlose Katzen. Man verachtete sie.« Sie machte eine kleine Pause. »Das war früher. Lange, lange her. Ein paar Jahrhunderte hatte die Welt dann keinen Bedarf an Kriegern wie dir und mir. Aber als es wieder geschah, kamen die gleichen Ehrenkodices erneut auf. Warum? Nun, es war damals wie heute: Die Ressourcen sind knapp. Einen guten Krieger aufzuziehen und auszubilden kostet eine Menge. Er muss anders ernährt werden, er braucht Lehrer und seine Arbeitskraft steht nicht zur Verfügung. Die normalen Arbeiter ... nun, wenn man nicht ausreichend ernährt wird, ist es so gut wie unmöglich, so klug und stark wie ein Samurai zu werden. Es ist einfach so. Wir waren und sind so etwas wie Übermenschen. Und wir sollen unseren Meistern gehorchen, bei unseren Dienstherren bleiben.«

»Ok, das verstehe ich. Ronin werden also verachtet.« Hagen verstand nun einige der Reaktionen der Menschen besser.

»Es ist mehr«, sagte Mitsuko. »Schlichte Verachtung drückt nicht aus, was manche empfinden. Ronin zu sein sagt ja auch: Ich spucke auf Traditionen. Ich spucke auf Ehre. Ich widersetze mich Mechanismen, die unsere Gesellschaft zusammenhalten.«

»Aber das tust du doch nicht? Und diese Rebellen? Was ist mit denen? Und die Kerle, die dich beschimpft haben, die hatten auch keine Implantate?«

»Die Rebellen und die anderen Kerle waren nie Samurai! Aber trotzdem sie keinen Anteil an unserer Ausbildung hatten, weil sie außerhalb des Systems stehen, ist es in unserer Kultur zu tief verwoben, dass Ronin verachtet werden. Sie zeigen nur deutlich, wie schlimm sie es finden, wenn jemand vom System profitiert, es dann aber verlässt, aus welchen Gründen auch immer.«

Hagen verstand so langsam. Das Konzept von Ehre verstand er auf jeden Fall. Seit er langsam erahnte, was mit ihm geschehen war, vermied er es, darüber nachzudenken, was sein Scheitern für Auswirkungen auf seinen Status als Ritter hatte. Aber das lag nicht in seiner Hand. Er würde sich für diese Entscheidung einem Gericht stellen. Dazu musste er aber in die Festung.

»Ist das jetzt gut oder schlecht für unsere Absicht, durch das Tor zu gehen, dass du Ronin bist?«

Mitsuko zuckte mit den Schultern. »Ich weiß es nicht. Ich weiß nicht, was die Voraussetzungen sind.« Sie trank ihren Tee aus.

»Na prima.«

»Vielleicht ist es eine Art Lektion. Wir müssen herausfinden, wie das Tor funktioniert.«

»Will er, dass wir betteln?«

»Möglich. Obwohl ich es nicht glaube. Vielleicht müssen wir eine Prüfung bestehen.«

»Zum Beispiel?«

Mitsuko zuckte mit den Schultern. »Ich weiß es nicht, kapier das doch! Vielleicht musst du lange auf einem Bein stehen! Oder nackt tanzen!«

»Ich soll mich entwürdigen?« Hagen war angewidert. Es gab immer solche. Manche Lehrer überschritten die Grenze zur Grausamkeit, um den Schülern vermeintlich lebensnotwendige Dinge beizubringen.

»Würde ist ein Konzept, welches unter der Notwendigkeit stehen muss.«

»Das kapier ich wieder nicht.«

»Wenn du einen Kampf gewinnen willst, was ist dann wichtiger? Würde, oder die richtige Ausführung der notwendigen Bewegungen?«

»Oh, hier kann ich wohl noch einiges lernen.« Hagen hatte das sarkastischer gesagt, als er es gewollt hatte. Er hatte die Tasse Tee ausgetrunken und sah sie an. Sie hatte einen steinernen Gesichtsausdruck. Eine Weile saßen sie einfach nur und sahen der Sonne beim langsamen Sinken auf den Horizont zu. Das Torii war ein schöner Rahmen dafür.

»Wir müssen herausfinden, wie es funktioniert«, sagte Mitsuko, als die Sonne halb verschwunden war.

Hagen war überrascht über die Art, wie sie das sagte. »Weißt du was, was ich noch nicht weiß? Ich glaube, es ist ein Ammenmärchen.«

»Siehst du diesen Vogel dort?«, fragte sie und zeigte auf einen blauen Fleck in einem Busch.

»Sicher.«

»Der kam gerade aus dem Torii geflogen.«

»Unsinn.« Hagen stand auf. Er ging zu dem Holztor und trat hindurch. Hin und her. Er untersuchte die Balken noch einmal ganz genau.

»Ich könnte es dir zeigen.« Sie holte aus ihrem Rucksack die Armschiene.

Hagen beobachtete interessiert, wie sie das Rüstungsteil an ihren Arm »klebte«. So sah es jedenfalls aus. Kaum hatte es Kontakt mit der Haut, begannen ein paar Teile daran zu leuchten. Mitsuko hob den Arm, und über der Schiene entstand ein kleines holographisches Bild. Er sah das Torii und dann etwas schnelles Blaues.

»Ich mach es mal langsamer.« Tatsächlich: Aus der Öffnung des Torii, die einen winzigen Bruchteil einer Sekunde perlmuttfarben schimmerte, flog der blaue Vogel heraus und landete in dem Busch.

»Verdammt!«, entfuhr es Hagen. »Wie geht das?«

Er sprang auf und untersuchte das Torii noch einmal genau. Aber es war unverändert nur ein Holztor. »Wie auch immer es funktioniert, ich kann es nicht herausfinden.«

»Du bist halt nur ein dummer *Gaijin*.« Mitsuko packte die Armschiene wieder weg.

»Was soll das bedeuten? Nur Vögel und Japaner sind zugelassen? Ach nein, du ja auch nicht.« Es war ihm so herausgerutscht. Er war frustriert und wollte sich schon entschuldigen, als sie aufstand.

»Lass uns kämpfen.«

»Das ist nicht dein Ernst?«

»Doch!«

»Wir könnten nochmal zu dem Japaner und ...«

»Heute nicht mehr. Wir müssen nachdenken.«

»Indem wir uns schlagen?«

»Schau erstmal, ob du mich überhaupt treffen kannst.«

»Was ist mit deiner Reaktion auf die *Magatama*?«

Sie hielt einen Moment inne. »Falls ich Fehlfunktionen habe, sollte das für dich doch nur von Vorteil sein. Du hast sonst keine Chance.«

»Aha, dann kann ich es ja gleich bleiben lassen.«

»Du gibst aber schnell auf.« Sie tänzelte vor ihm wie ein Boxer.

Hagen stand auf. »Eigentlich nicht. Aber wie gesagt, ich habe noch viel zu lernen.«

Dieser Lernprozess ließ viele blaue Flecken auf seinem Körper erblühen.

Mondohr hatte ein mulmiges Gefühl im Bauch. Es gab immer mehr Anzeichen von Menschen um sie herum. Die Ruinen der Großstadt waren in den Außenbezirken tatsächlich kaum belebt, da hier die Tsunamis alles zu kleinsten Teilen geschreddert hatten. Aber das andere Leben, welches in eben jenen kleinen Löchern existierte, zog die Überlebenden wieder aus dem Zentrum der Stadt. Und aus den Bunkern, die es gab.

Bunker. Sie hatte das Wort von Jackson gelernt, so wie viele andere Wörter. Es war manchmal schwer. Solche Dinge, die täglich um sie herum waren, die waren kein Problem. Sonne, Mond, Erde, Fleisch, Baum ... oder auch Auto, Verband, Medikament. Aber Bunker ... Mondohr hatte noch nie einen gesehen. Jackson hatte ihn mit einem Hasenloch verglichen. Nur eben für Menschen.

Menschen waren komisch. Mondohr kannte nur die Gefangenen, die die *Boar* hielten. Man hatte nicht viel mit ihnen zu tun, es war nicht gerne gesehen, sie zu sehr zu beachten. Aber sie mochte Jackson. Er sang, wenn auch seltsame Lieder, die nichts mit dem Fallen von Regen oder dem Lauf der Säfte oder Begattung zu tun hatten. Er war ein Bewahrer, kein Zerstörer. Sie hatte das von Anfang an gewusst.

Sie wusste auch, dass er nicht nein sagen würde, wenn sie das Kind mitbrächte. Sie sah dem Mädchen an, dass es vernachlässigt worden war. Es hatte die gleichen Lichter wie Mondohr. Sie waren Ausgestoßene. Mondohr wusste noch nicht, warum das Mädchen ausgestoßen war: Äußerlich war die Kleine wie die anderen. Strubbelige schwarze Haare, weiße Haut, ängstliche

Augen. Aber sie hatte Angst vor den anderen Menschen, sich allein versteckt und war ihnen nicht hinterhergelaufen. Jetzt saß das Kind hier und beobachtete alles stumm.

Mondohr fürchtete sich vor der Menge Menschen, auf die sie treffen würden, genauso, wie sie Angst vor einer Horde *Boar* gehabt hätte, wenn sie auf eine gestoßen wären. Sie konnte es aber nicht verhindern, dass der Wagen sich unaufhaltsam dem Zentrum dieser Stadt hier näherte. Das Zentrum war in diesem Fall aber nicht die Innenstadt und auch nicht der Eingang zu dem Bunker. Nein, *Caterpillar City* befand sich auf den Flächen, die ehemals die Müllberge dieser Stadt waren.

Mondohr hatte keine Ahnung, was sie da genau erwartete. Müllberge waren ihr bekannt: Die *Boar* liebten diese von Menschen gemachten Hügel, die stetig neue Überraschungen an Nützlichkeiten boten. Sie liebten auch die Menschen, die auf ihnen herumkrochen, um diese Nützlichkeiten zu sammeln.

Mondohr wusste, dass es notwendig gewesen war, herzukommen. Sie fuhr den Wagen und das Rad ließ sich jetzt nur noch sehr schwer drehen. Jackson sagte, es müsse repariert werden. Und darum müsse man hierherkommen. Mondohr dachte, dass vielleicht auch jemand hier war, der das Kind nehmen könnte. Obwohl sie es mochte. Sie würde nie Frischlinge haben. Das Kind war so klein und zart, wie — nein, solche Gedanken waren nicht gut. Sie musste aufpassen.

Sie fuhr also zu dieser Stadt. All ihre Instinkte sprachen dagegen. Sangen, besser gesagt. So wie Jackson stetig sang oder pfiff. Er war ihr nie als Fleisch vorgekommen. Jackson und sie, das war wie Baum und Blatt, wie Blume und Blüte. Sie grunzte leise bei dem Gedanken. Es war ihre Art zu lachen. Sie liebte Jacksons Lachen, war aber unfähig, es selbst zu produzieren.

»*Take me home, country roads* ...«, sang Jackson jetzt, während er mal wieder sein Gewehr reinigte.

»Virginia«, sang Mondohr, als der Text zu dem Wort kam. Sie freute sich, wenn er sich darüber freute. Das Kind sah mit großen Augen zwischen beiden hin und her.

»Wir müssten bald da sein«, sagte der Soldat. »Wenn wir in der nächsten Stunde nichts finden, müssen wir aber bis morgen warten. Die Batterien sind zu tief entladen.«

Die *Boar* hoffte sehr, dass ihr noch ein Tag Zeit blieb. Gleichzeitig wusste sie, dass dem nicht so sein würde.

»Da vorne ist schon einer!«, sagte Jackson aufgeregt und zeigte. Mondohr wollte kaum hinsehen, da sie wusste, dass es für sie nur ein schmieriger großer Fleck in der Ferne sein würde. Sie hatte das Ungetüm schon längst gehört. Das Fahrzeug verlangsamte, dann stand es still.

Sie betrachteten den riesigen Schaufelradbagger. Was für ein Wort, hatte Mondohr gedacht. Aber es stimmte: Da war das große Rad und daran die Schaufeln, die sich langsam in den Müll fraßen, um den Inhalt auf die Bänder zu schütten, damit sie ihn durchsuchen konnten. Der Bagger war so riesig wie es der Drache gewesen war. Aber auf dem Rücken der Maschine wohnten Menschen. Man hatte lauter Behälter aus Metall daraufgestellt. Einen am anderen und so sah es aus, wie eine riesige Krabbe.

Das war aber bei weitem nicht das Bizarrste hier. Es gab mehrere dieser Strukturen in ihrem Sichtfeld und die, die ihr am nächsten war, wurde nicht von einem Motor angetrieben, sondern gezogen. Vor dem Bagger krochen riesige Schnecken, deren Häuser angekettet waren. Menschen mit langen Stäben piekten sie, damit sie in die richtige Richtung zogen.

»*Holy moly*«, sagte Jackson. »Die habe ich das letzte Mal übersehen. Verdammt, die sind so groß wie verschissene Schulbusse!«

Mondohr hatte keine Ahnung, wovon er sprach. Noch mehr Sorgen als die Schnecken machte ihr aber eine Struktur in der Ferne. Sie wusste, dass die großen unregelmäßigen Silhouetten Ruinen von Häusern waren, in denen die Menschen gewohnt hatten. Häuser, die so hoch waren, dass sie auch Wolken einfingen, das hatte Jackson ihr erzählt. Mondohr konnte sich die Anzahl an Menschen, die in so etwas gelebt hatten, nicht vorstellen. Zwischen diesen Ruinen erhob sich aber etwas, was in der Abendsonne glitzerte. Es war unregelmäßig und sah ein wenig durchsichtig aus, gleichzeitig war es dicht und es leuchtete. Nicht nur von den Strahlen der Sonne, sondern vor Leben. Es glühte, waberte und kroch in Mondohrs Sicht wie ein Geräusch, welches Gänsehaut verursachte.

Sie sagte nichts. Jackson konnte das nicht sehen, das wusste sie inzwischen. Er sah vermutlich das die Struktur, das Glitzern, welches die Sonnenstrahlen darauf verursachten, aber nicht das unheimliche Leuchten. Er hatte genug zu bedenken. Und vielleicht mussten sie ja nicht dorthin. Mondohr hatte schlimme Vorahnungen.

»Weißt du, Belle, wir sollten trotzdem hier für heute Rast machen«, sagte Jackson. »Wir könnten die Panels noch einmal bis zum Max aufladen und einiges andere checken, bevor wir dort ankommen.«

Mondohr verstand nur Rast und hüpfte aus dem Wagen. Was auch immer für Gründe Jackson anbringen würde, sie war einverstanden. Es zog sie nicht zu den anderen Menschen. Wie üblich machte sie eine kleine Tour rund um den Lagerplatz. Es lohnte sich immer, die Umgebung gut zu kennen. Dabei sammelte sie Zweige und Äste und andere brennbare Materialien. Hier wuchsen niedrige Büsche, aber manches, was so aussah, war kein pflanzliches Material. Metall oder Plastikstreben der seltsamsten Art, verformt und geknickt, stachen aus der dünnen Schicht aus Lehm und Geröll, die die Tsunamis über die Müllberge geschlämmt hatten.

Es war zum Glück nichts und niemand in der Nähe, was ihnen gefährlich werden konnte, außer der Wasserknappheit. Es sprudelten keine sauberen Quellen aus Müllbergen. Aber Jackson hatte dieses wundersame Gerät gebaut, welches Wasser aus der Luft holte. Mondohr liebte den unvergleichlich süßen Geschmack dieser klaren Flüssigkeit. Sie hatte auch einmal von dem anderen Zeug probieren dürfen, welches Jackson so schätzte, aber Whisky war — ärks. Er hatte gelacht.

Die *Boar* kam zurück und sah ihn werkeln. Er hatte sich auch ohne Krücken eine erstaunliche Beweglichkeit erarbeitet, immer rund um den Wagen. Zu weit weg davon wurde er schnell unruhig. Mondohr verstand sein Bedürfnis nach Besitz, obwohl sie es nicht teilte. Ja, er war ein Krüppel, nach den Maßstäben der *Boar* wäre er zurückgelassen worden, niemand hätte ihn gerettet. All sein Besitz war seine einzige Möglichkeit, zu überleben. Es verwunderte Mondohr immer wieder, was er aus den Kisten herauskramte und verbaute und damit ihr Leben auf der Reise besser machte. Aber vor allem war der Wagen seine Heimat.

Das Kind hatte sich einige Dinge aus dem Untergrund gezogen und baute etwas daraus. Es sah Mondohr an, als diese das Brennmaterial neben ihm ablegte. Die schwarzen Augen waren so anders als Jacksons blaue. Die beiden waren sehr verschieden. Sie gab dem Kind etwas getrocknetes Fleisch. Das würde auch ihr Abendessen. Vielleicht fand sie noch ein paar Eier, aber mehr würde Mondohr nicht jagen, es war zu gefährlich.

»Morgen, Weißöhrchen«, sagte er später, als sie am Feuer saßen. Das Kind schlief schon, eng an Mondohr gekuschelt. Der Himmel war nachtschwarz, aber an einigen Wolken spiegelten sich die Lichter der nahen Maschinen, die keine Dunkelheit zuließen. Mondohr sah sie durch die Landschaft gleiten, aber noch mehr hörte sie sie gefräßig in den Untergrund bohren. »Morgen kann ich vielleicht schon mit meinen Kameraden reden.«

Mondohr lehnte sich gegen ihn. Sie war ein wenig traurig, dass sie ihm als Gesellschaft nicht ausreichte. Aber sie wusste auch, dass es unausweichlich war. Der Weg war notwendig. Er würde früh genug erkennen, was richtig war.

>> 07

GEGENWART

Mitsuko drehte sich noch einmal um die eigene Achse — mehr aus Wohlgefühl denn aus Notwendigkeit und traf Hagen mit der Ferse am Kinn. Sie hatte sein Momentum richtig vorausgeahnt und streifte ihn nur, es reichte aber. Er taumelte zurück und verlor seinen Stand. Als sie selbst wieder mit beiden Beinen auf dem Boden stand, machte sie zwei Schritte, holte aus und zog durch. Die beiden Fausthiebe links und rechts gegen die Schultern warfen ihren Gegner schließlich um.

Die Kämpferin boxte noch einmal triumphierend in die Luft, dann besann sie sich. Das war nicht würdig. Sie hatte versucht, nur mit minimaler Unterstützung ihrer zusätzlichen Systeme zu kämpfen. Es hatte erstaunlich gut funktioniert. Jetzt wartete Mitsuko, bis Hagen sich aufgerappelt hatte und verbeugte sich. Er tat es ihr nach.

»Jetzt wäre duschen toll«, sagte er und kratzte sich am Rücken.

»Deine Art ...«, begann sie und zögerte. »Katzen mögen Wasser doch eigentlich nicht so, oder?«

»Meine Gene sind mit Luchs-Genen verschmolzen worden. Luchse schwimmen sehr gerne.«

»Wenn ich richtig vermute, dann ist hinter dieser langen Mauer einmal eine Parkanlage gewesen«, sagte Mitsuko. »Das Torii gehörte sicher zu einer größeren heiligen Stätte und oft gab es dort nicht nur Tempel sondern auch Gärten mit Teichen. Irgendwo muss er ja auch sein Wasser herbekommen. Der Hüter des Torii lebt sicher nicht von Luft und Liebe.«

»Oder einer mystischen Energie. Sollen wir ihn um Erlaubnis fragen?«, fragte Hagen

Sie schüttelte den Kopf. »Er wird sich das schon denken können.«

Sie umrundeten die Mauer und tatsächlich gab es eine ehemalige Teichanlage, die Becken waren voll mit moosgrünem Wasser. Mitsuko war dennoch entzückt. Sie zog sich aus und rannte hinein. Das Wasser war fast zu warm, aber herrlich. Wie lang war sie nicht geschwommen? Es war kurz nach ihrer ersten Prüfung gewesen; der Meister — war es Meister Noo gewesen? Sie erinnerte sich nicht mehr.

<<Datenabruf nicht möglich<<

Sie blinzelte. Instinktiv hatte sie versucht, auf einen Speicher zuzugreifen, der ihr nicht mehr zur Verfügung stand. In den Tiefen der KI war ihr Lebenslauf genau aufgezeichnet, diese Information wäre in Sekundenschnelle da gewesen. Aber nein, jetzt nicht mehr. Es war ja auch egal. Irgendeiner ihrer vielen Lehrer hatte durchgesetzt, dass die Kinder schwimmen lernten. Die Kinder verbrachten eine Woche außerhalb des Bunkers, mitten in einem Seengebiet und einige hatten von den Chemikalien im Wasser Ausschlag bekommen, aber Mitsuko nicht. Sie hatte es geliebt.

Schwimmen war nicht mehr so leicht mit der Cyberware, die Dichte und Gewicht ihres Körpers erhöhten, daher blieb sie in dem Bereich, wo sie noch stehen konnte. Die junge Frau drehte sich um und sah Hagen nur bis zu den Knien im Wasser stehend. Seine lustigen Ohren verrieten ihr, dass er aus irgendeinem Grund zögerlich war, weiter hinein zu gehen.

»Es sind deine Ohren«, rief sie.

»Was?«, fragte er und fuhr sich automatisch mit der Hand darüber.

»Deine Ohren verraten, was du vorhast. Deshalb kann ich dich jederzeit besiegen. Auch ohne Verbesserungen.«

Die Verräter legten sich jetzt eng an den Kopf. »Das werden wir noch sehen. Ich glaube, du hattest Anfängerglück. Ich habe dich außerdem geschont.«

Mitsuko musste lachen. Er log, das sah sie ihm auch an. Aber das kannte sie schon. Obwohl sie als Frau bei den Samurai von den Meistern nicht anders behandelt worden war, war es dennoch für manche Männer schwer, sie so zu bekämpfen wie einen männlichen Partner. Das wurde den meisten dann aber schnell ausgetrieben. Hagen dagegen besaß diese Sperre scheinbar noch.

»Habt ihr keine Frauen in euren Reihen?« Sie schwamm näher an ihn heran. Er schöpfte Wasser und ließ es sich über die Arme und die Schultern rinnen.

»Sicher. Meine beste Kampfgefährtin ist eine Frau.«

»Du meinst, sie lebt noch?«

Hagens Ohren legten sich eng an. Er sah jetzt zornig aus.

»Sorry«, sagte Mitsuko.

»Scheiße, ich will nicht darüber nachdenken«, sagte er und stand ganz still.

»Du kannst nicht schwimmen, oder?« Sie wollte ihn ablenken.

»Sicher kann ich das!« Er sprang und tauchte. Lang. Plötzlich spürte Mitsuko einen Zug am Bein. Er war unter sie getaucht, doch sie widerstand dem Schreck und dem dazugehörigen Drang, nach ihm zu treten. Stattdessen riss sie ihr Bein aus seiner Umklammerung und tauchte ihm nach. Das Wasser war trübe und sie ahnte nur, wo er war, bis sie zusammenstießen. Unwillkürlich krallten sie sich aneinander fest und kamen prustend an die Oberfläche. Ihre Oberkörper waren eng beieinander, ihre Brustwarzen streiften seinen weichen Pelz.

Er ließ sofort los. »Entschuldigung.« Wasser perlte aus seinem Fell und Tropfen hingen glitzernd an den schwarzen langen Haaren oben an seinen Ohren.

»Wofür?«

»Ich wollte dir nicht zu nahe treten.«

»Es ist nichts passiert!«

»Aber die *Magatama*? Was, wenn du im Wasser Fehlfunktionen hast?«

»Dann fängst du mich wie einen Fisch und trägst mich an Land.«

»Wieso machst du Witze darüber?«

»Weil auch während des Kampfes gerade nichts geschehen ist! Ich glaube, dass wir uns inzwischen gefahrlos berühren können.«

»Na, für diese Oni in der Herberge war es auch nicht gefahrlos.«

»Ich bin keine Oni.«

»Ich will nur auf Nummer sicher gehen.« Er schwamm schnell an Land, krabbelte aus dem Wasser und schüttelte sich. Feinste Tröpfchen spritzen weit, die *Magatama* pendelte grün am Lederband. Mitsuko sah ihn ungeniert an. Er war größer als die meisten Männer, die sie kannte, und sie mochte inzwischen fast alles an ihm, auch das fremdartige. Vielleicht gerade das. Natürlich wusste sie, dass die ungezwungene und zufällige enge Berührung gerade seinen seltsamen Ehrenkodex getriggert hatte und er dachte, sie müsse peinlich berührt sein, weil sie beide nackt waren.

»Es macht mir nichts aus!«, rief sie.

»Was?«

»Nacktheit!«

Er drehte nur den Kopf zu ihr um. »Mir aber.«

Die Ronin schwamm an den Rand und plantschte dort im Seichten. Er hatte sich jetzt sein Hemd genommen und über die Blöße gelegt, während er in der Abendsonne trocknete.

»Dann muss ich mich ja entschuldigen«, sagte sie.

»Vielleicht vergessen wir es einfach?«

Mitsuko stand auf und holte ihre Kleidung. »Ich hab ein Stück Seife und wasch das hier mal eben durch. Gib mir deine Sachen.«

»Das kann ich selbst.«

Sie nickte und rieb das Waschmittel auf den Stoff. Danach warf sie ihm den Rest zu. »Du warst schon immer stur, oder?«

»Das gehört doch zum Job-Profil. Ritter haben stur zu sein.«

»Samurai trainieren sich das hart ab.«

»Warum? Es ist wichtig, nie aufzugeben!«

»So ein Unsinn. Der Baum, der sich im Wind nicht beugt, bricht!«

»Immer diese japanischen Weisheiten.«

»Wenn du eine Klamotten weiter so schrubbst, ist nachher nichts mehr übrig«, sagte Mitsuko nach einer Weile, in der Hagen so energisch gewaschen hatte, dass sie nicht wusste, ob sie lächeln oder es ihm aus der Hand reißen sollte.

Er stand auf und ging erneut ins Wasser, um die Sachen auszuspülen. Sie folgte ihm, aber ohne ihre Wäschestücke. Nahe bei ihm angekommen, berührte sie seine Schulter. Seine Haltung wurde steif, dennoch grub sie ihre Fingerspitzen tiefer in das Fell. Es war außen seidig und innen weich. Dann berührte die junge Frau auch andere Schulter und schmiegte sich schließlich gegen seinen Rücken.

»Was tust du?«, fragte er grollend. »Denk an die *Magatama.*«

»Ich will dich auch einmal einfach nur anfassen, nicht schlagen. Außerdem habe ich keines meiner Systeme aktiv.«

»Du kannst sie deaktivieren?«

»Nicht alle. Ich bin kein Mensch mit Maschinenteilen. Sie sind auf kleinster Ebene mit mir verbunden. Aber es gibt Systeme, die ich nur im Kampf brauche.« Ihre Hand bewegte sich über seinen Rücken und die Finger gruben sich in sein Fell. Es war feucht, aber weich. Schnurrte er gerade?

»Und die hast du nun deaktiviert?«, fragte er, nachdem er sich geräuspert hatte.

»Ich hatte sie überhaupt nicht aktiviert. Ich habe dich fast ohne Unterstützung geschlagen.«

»Du hast mich nicht geschlagen, wir haben nur zur Übung gekämpft.«

»Sei es so, es gibt mehr im Leben als Kampf.«

»Ist das auch so eine japanische Sache?«

»Sex?« Sie spürte, wie er, nachdem er sich fast entspannt hatte, erneut verkrampfte. »Ja das ist auch so eine japanische Sache. Scheinbar tut ihr so etwas nicht.«

»Natürlich haben wir Sex.«

»Oh, fein! Dann könnten wir ja jetzt ...« Sie bewegte ihre Hände um ihn herum auf seinen Bauch und weiter nach unten.

Er griff nach ihren Handgelenken und hielt sie fest. »Hier? Jetzt?«

»Gibt es da bei dir irgendwelche Vorschriften?« Sie schmiegte sich eng an ihn. Sein weiches Fell reizte ihre Brustwarzen. »Du kannst ruhig schnurren!«

»Ich hoffe sehr, dass du dich nicht über mich lustig machst«, sagte er heiser. Dann drehte er sich um, warf die *Magatama* auf seinen Rücken und presste Mitsuko mit einem Arm an sich. Mit der anderen Hand nahm er ihr Kinn und hob ihr Gesicht an.

»Nein, tu ich nicht«, sagte sie.

Er sah ihr in die Augen. Sie mochte die Fremdartigkeit seiner Pupillen und der bernsteinfarbenen Iris drumherum. Sie brannte darauf, zu erleben, wie sich ihre Lippen auf seinen anfühlten. Als er sie dann endlich küsste, dachte sie nicht mehr wirklich darüber nach. Es war gut. Es war, was sie seit ein paar Tagen gewollt hatte. Aus einem Feind war ein Partner geworden und die Spannung, die sich aufgebaut hatte, musste abgelassen werden.

Beide hatten es jetzt sehr eilig. Da sie sich nicht mehr ausziehen mussten, spürte Mitsuko auch sofort, dass er das Ventil genauso benötigte wie sie. Dass er in dieser Hinsicht wie ein Mensch ausgestattet war, wusste sie definitiv seit den Tagen, als sie ihn gepflegt hatte. Sie war ein wenig kleiner als er und hob ein Bein, um sich besser an ihm reiben zu können.

Er ließ ihr Kinn los, griff mit beiden Händen unter ihre Pobacken und hob sie hoch. Langsam ließ er sie dann hinunter. Sie klammerte sich an ihm fest, während er in sie glitt und in hervorragender Weise so völlig ausfüllte, wie sie es gerade brauchte. Es tat so befreiend gut, ihn festzuhalten, überall zu spüren, und gleichzeitig in Flammen versetzt zu werden. Mitsuko griff tief in die Muskeln seines Rückens, während er sie auf und ab bewegte, um den von ihm offensichtlich genauso dringend herbeigesehnten Höhepunkt zu erreichen. Als es soweit war, ließ sie sich komplett gehen und spürte nur noch den Moment, wenn alles Denken aufhört und das Fühlen von dem einen Ort dort unten wie beim Urknall das Leben neu erblühen lässt.

Er küsste sie und watete dann mit ihr zusammen noch einmal ins tiefere Wasser, wo er sie sanft hineingleiten ließ. Seine Hände unter ihrem Rücken und den Beinen haltend, konnte sie auf dem Wasser schweben. Mitsuko atmete begeistert aus und ließ sich treiben, um einfach nur regungslos die Entspannung zu genießen.

»Dein Tattoo ist wunderschön«, sagte Hagen. »Warum eine Schlange?«

»Oh, das hat Meister Noo ausgewählt«, sagte Mitsuko. Sie verlor ihre Balance, weil ihr plötzlich etwas klar wurde. »Der Fuchs!«, rief sie.

»Was?« Hagen ließ sie los und die junge Frau tauchte kurz unter. Dann kam sie hoch und schüttelte das Wasser aus ihren Haaren und lachte.

»Meister Noo ist ein Fuchs. Er hat mir die Schlange aufgeschwatzt.«

»Du lässt dir etwas aufschwatzen, was du für den Rest deines Lebens am Körper trägst?«

»Ich vertraue ihm. Rückhaltlos. Das verstehst du nicht, oder?« Hagen legte die Ohren an. Seine Pupillen zogen sich zu einem Schlitz zusammen. Er wurde so schnell wütend! Sie watete auf ihn zu und berührte sein seidiges Fell. »Entschuldigung. Aber, der Meister und ich — sagen wir es so: Er war mir mehr Vater, als mein biologischer. Und er hat damals die Schlange vorgeschlagen. Sie ist bei uns ein Symbol für Glück und Stärke und Wandel. Weil sie sich häuten kann, weißt du? Und jetzt erst verstehe ich es wirklich: Ich konnte mich auch häuten, ich konnte eine Entscheidung treffen, die mein Leben radikal verändert hat. Und ...«, sagte sie und schmiegte sich eng an das sonnenwarme Fell. Sie spürte die Muskeln darunter mit ihren Fingerspitzen. »Und es gibt Geschichten von Schlangen, die Menschen vor den Folgen von falschen Entscheidungen bewahren können. Verstehst du? Vielleicht bin ich darum bei dir.«

»Weil ich dauernd falsche Entscheidungen treffe?«, brummte Hagen.

»Vielleicht?«

Sie konnte nicht anders, sie musste sich einfach mit dem ganzen Körper an ihm reiben. Plötzlich spürte sie die *Magatama* an ihrer Brust. Es war ein gutes Gefühl, elektrisierend und verbindend. Er küsste sie und eins führte erneut zum anderen. Diesmal trug er sie an Land, bevor sie sich leidenschaftlich vereinigten.

»Das war nötig«, sagte sie später, im seichten Wasser sitzend.

Hagen war nach seinem versunkenen Hemd getaucht und schüttelte den Kopf. »Ich bin mir da nicht sicher.«

»Warum?« Sie spritzte ein wenig Wasser auf ihn.

»Sex zerstört Freundschaften.«

»Sex ist Sex. Wenn du mehr daraus machen willst, dann müssen wir mehr drüber reden.« Sie lachte ausgelassen, als sie sein entsetztes Gesicht sah. »Siehst du? Schau, das war jetzt eher wie eine Kata. Eine Übung. Es tut schlicht gut, ist etwas, wo wir unseren Körpern vertrauen können. Und mach dir keine Sorgen, ich bin steril.«

»Ich ebenfalls.«

»Bei mir sind es die *Kami*-Gene.«

»Das Splicing mit den Luchs-Genen macht mich zu einem sterilen Hybriden.«

»Na, das ist doch mal super! Sex ohne Nebenwirkungen!«

Sie sah sein Lächeln und freute sich.

»Jetzt kommt der schwierigste Teil der Operation«, sagte Jackson. »Wir können den Wagen nicht unbewacht stehen lassen. Wir haben uns umgedreht, dann ist der geklaut. Und dich kann ich hier auch nicht allein lassen. Das Kind schon gar nicht.«

Sie waren jetzt recht nah an der Ebene, die *Caterpillar City* war. Im Dunst des Tageslichts blickten sie auf die vielen Fahrzeuge, die sich über die Müllkippe bewegten. Es gab mehrere der riesigen Schaufelradbagger, die sehr, sehr langsam über das Gelände pflügten. Einer wurde wohl von einer Verbrennungsmaschine angetrieben, das ließen die schwarzen Qualmwolken, die er ausstieß, zumindest vermuten. Die anderen hatten exotischere Antriebe. Jackson hatte gestern die Schnecken gesehen, aber jetzt erblickte er noch einen, der von mehreren chitingepanzerten, Reisebus-großen Tausendfüßlern gezogen wurde. Ein Bagger hatte einen Aufsatz der aus unzähligen Becken und Behältern bestand, die mit durchsichtigen Rohren verbunden waren. Grüne Flüssigkeit zirkulierte darin. Energie aus Photosynthese!

Jackson wurde erneut klar, wie anders diese Welt geworden war.

Auf den Schaufelradbaggern hatte man Überseecontainer angebracht. Manche Strukturen ragen gefährlich weit nach oben, Antennen stachen von dort in den Himmel. Zwischen den Bergbaumaschinen gab es regen Verkehr, und da dominierten ganz klar die gelben Fahrzeuge der namensgebenden Firma: die *Caterpillars*. Es gab sie in allen möglichen Formen und sie transportierten offenbar Waren und Personen. Für normale Autos war das Gelände zu unwegsam. Der *Oshkosh* hätte damit fertig werden können, aber nicht mit dem Lenkungsschaden.

Dennoch musste Jackson zu einer dieser riesigen beweglichen Siedlungen: Eine von ihnen war ein Zentrum der Kommunikation. Dort konnte er Kontakt mit der *Nomad* aufnehmen. Um dorthin zu kommen, war es aber unausweichlich auszusteigen, und das Fahrzeug zurückzulassen. Und genau das war undenkbar.

Jackson wusste, dass viele der Bewohner hier eine Niere und einen Großteil ihrer Leber gegeben hätten, vielleicht noch ein Auge dazu, um dieses Gefährt zu bekommen. Plötzlich erfasste ihn ein Schwindel. Alles drehte sich, sein Magen machte mit und er konnte gerade noch die Tür öffnen und sich nach draußen beugen, bevor er sein Frühstück erbrach. Es dauerte lang, bis er sich erholt hatte. Jedes Mal, wenn er sich aufrichtete, schwankte die Welt wieder. Mondohr rieb ihm den Rücken und grunzte leise.

»Sorry«, sagte er dann, lehnte sich endlich zurück und atmete vorsichtig. »Es gefällt mir nicht, dass es für euch jetzt gefährlich wird. Ich muss da rein, gleichzeitig kann ich euch nicht allein lassen. Die würden aus dir Cheeseburger mit Bacon machen.«

»Tschiezbörg?«

»Ja, Süße. *Fucking* Cheeseburgers. *Fuck, Fuck, Fuck.*«

Er sah sich um. Wenn die Squadron früher hier gewesen war, dann natürlich mit mehreren Fahrzeugen und Männern. Sie hatten eine eigene kleine Wagenburg, eine Hombase, gebildet und eine Gruppe war losmarschiert und hatte besorgt, was nötig war, die anderen hatten die Base bewacht. Er war immer bei der Base geblieben.

Aber es musste doch noch mehr Leute wie ihn geben, die allein kamen? Was machten die alle?

»*Carry on my wayward son* ...«, begann er zu summen. Er würde jetzt nicht aufgeben. Jetzt nicht! *Semper Fi!*, ihr Hurensöhne.

Nach einigen Stunden Herumgekurve hatten sie etwas erreicht, was verheißungsvoll aussah. Es erinnerte Jackson an eine Raststätte in der Wüste, früher, vor dem Sturz des Mondes. Man hatte ein Areal geebnet und eine Mauer drumherum errichtet. »*Garbage Heaven*« las man über einer Einfahrt. Flackernde Leuchtschilder verhießen Getränke und Essen. Allerlei Fahrzeuge standen innerhalb der Umzäunung und viele Menschen lungerten herum.

Nichts hier sah vertrauenserregend aus. Der *Wilde Westen* oder *Mad Max* waren kleine putzige Ponyhöfe im Vergleich mit diesem Himmel auf dem Müllhaufen.

»Scheiß drauf«, fluchte Jackson. »Fahr mal da hin«, sagte er zu Mondohr, die am Steuerrad saß. Sie machte das inzwischen sehr gut und lenkte den Wagen in Richtung des Einlasses.

»Wir würden gerne reinfahren, Ma`am«, sagte er an der Schranke zu einer bewaffneten Frau, die keine Anstalten machte, die Barriere zu öffnen. Sie musterte ihn mit hinter dunklen Gläsern verborgenen Augen.

»Hast ne Berechtigung?«, fragte sie nach langen Sekunden.

»Was brauchst du denn? Geld?«

»Was haste denn für ne Währung, Soldat?«, fragte sie verächtlich.

»Dollar?« Er ahnte, dass das nichts bringen würde, aber es war ein Spiel.

Sie spuckte aus. »Nee, kannst vergessen.«

Mondohr grunzte.

»Ihr seid ja ne nette Familie. Sogar´n Kind dabei.«

»Das Dorf der Kleinen ist von einem Drachen angegriffen worden.«

»Und die Wutz?«

Jackson spürte, dass die Wächterin nicht so hart war, wie sie tat.

»Sie ist meine Freundin.«

»Ist kein Vergnügungspark hier.«

»Wir sind auch nicht zum Vergnügen hier, Ma`am. Wir brauchen dringend ein paar Dinge.«

»Du brauchst was zum Tauschen. Dann kannst du uns bezahlen.«

»Wie komme ich an passende Währung?«

»Da setzt ihr ein wenig zurück und fahrt da links zum *Red Rooster*, oder rechts zum *Flying Dutchman*.« Sie zeigte auf zwei Gebäude, welche an die Mauer des Komplexes geklebt waren, wie Hornissennester an eine Hauswand.

»Welchen empfehlen Sie uns?«

Sie grinste und entblößte erschreckend verrottete Zähne. »Sind alles Hurensöhne. Die Roosters haben aber die bessere Quote.«

»Was heißt denn Quote?«

»Überlebende.«

»Danke, Ma`am.« Jackson nickte Mondohr zu und sie tat, was die Frau vorgeschlagen hatte. Das Red Rooster hatte einen Schalter neben der Tür. Jackson dirigierte Mondohr so nah wie möglich an die Scheibe und wartete. Nach ein paar Minuten kam ein Mann und quetschte seine Fettmassen aus dem kleinen Fenster. Sein Gesicht war so aufgedunsen, dass die Augen zu Schlitzen verengt waren, obwohl er nicht asiatischer Herkunft war.

»Was soll`s denn sein?«, fragte er. Sein Blick blieb lange an Mondohr und dem Kind hängen und schwenkte dann zu Jackson.

Zwei Cheeseburger ohne Zwiebeln, n Bier und ne Apfeltasche, wollte Jackson sagen. »Ich will da drüben reinfahren, Sir«, sagte er stattdessen. »Ich brauche ein Zahlungsmittel.«

Der Dicke röchelte ein wenig, was wohl eine Art Lachen sein sollte. »Was hast du denn zum Tauschen, GI Joe?«

»Was nehmt ihr denn?«

Der Dicke reckte sich und Jackson hatte Angst, er würde vielleicht plötzlich wie ein Fettpfropf aus einem Flaschenhals flutschen, aber das geschah nicht.

»Hast allerhand Interessantes dabei, wie ich seh. Ist die Puppe da zum Verkauf?«

Jackson sah sich um. »Welche Puppe?«

»Die Schweinepuppe da.«

»Was? Nein!«

»Ja, das ist sehr bedauerlich. Das Kind?«

Jackson legte die Hand, in der er schon die ganze Zeit seine Pistole hielt, so hin, dass der Kerl sie sehen musste. »Dazu sag ich mal nichts.«

Der Dicke blies die Backen auf und ließ die Luft mit einem Furzgeräusch austreten. »Dann wirds schon schwer. Medikamente? Tech?«

»Ja.«

»Dann reich mal was rüber.«

Jackson beugte sich zu Mondohr. »Hol bitte die Medikamentenkiste. Das rote Kreuz.«

Während sie ausstieg, um es zu tun, beobachtete der Soldat den Mann, der jeder ihrer Bewegungen folgte. Als dieser das bemerkte, grinste er und zwinkerte.

»Ich hab gehört, die gehen ab wie ne Wutz«, sagte er und lachte wiehernd über seinen schlechten Kalauer.

»Keine Ahnung«, sagte Jackson und spürte wieder einen Schwindel. Warum jetzt? Es kam nicht in Frage, schlapp zu machen. »Wir sind noch nicht so weit. *Friendzone*, verstehst du?«

Das brachte den Mann beinahe um. Er schlug mit der Handfläche gegen das Metall des Häuschens und brüllte fast. Jackson kannte sowas. Manche Männer bestanden nur aus Trieben. Dieser hier war so einer: Fressen und Sex. Es ging um nichts anderes und dass man das nicht wollte, war weit außerhalb ihrer Erfahrungswelt. Solche hatten oft eine furchtbare Art, sich ganz auf einen Punkt konzentrieren zu können, wenn man sie unterschätzte — sie griffen dann radikal und gewalttätig an. Jackson lachte daher auch, wenigstens mit seinem Mund. Er öffnete die Kiste, die Mondohr ihm in den Schoß legte, so, dass der Kerl den Inhalt nicht sah. Dann verschloss er sie sorgfältig mit seinem Daumenabdruck und achtete dabei genau darauf, dass der Andere das sah. Das biometrische Schloss würde nicht zu knacken sein, außer man nahm in Kauf, dass der Inhalt zerstört wurde.

»*Happy pills*?«, fragte er den Dicken. Es gab Medizin, die war wertvoll, weil sie wirkliche Krankheiten heilte — weil sie Dinge, an denen man jämmerlich krepieren würde, wegzauberte. Aber Jackson wusste, dass *Happy pills* — Oxycodon — auf jedem Schwarzmarkt die höchsten Preise erzielte. Es war ja vielleicht auch nett, wenn man schon musste, dann wenigstens glücklich zu sterben — so hatte er sich das erklärt. Oder generell glücklich zu sein in dieser Welt. Das war schon vor der Katastrophe so gewesen.

»Gib her«, sagte der Geschäftspartner. Jackson öffnete die Packung und nahm die meisten Pillen heraus, bevor er sie weitergab.

»Bist ein ganz Vorsichtiger, was?«

»Wir kennen uns noch nicht gut genug.«

»Ha, wir sind noch nicht soweit?«, schrie der Kerl wiehernd. »*Friendzone*?« Er fand sich irre witzig. Jackson versuchte sich nichts anmerken zu lassen. »Scheint gutes Zeug zu sein«, sagte der Mann. »Wenn das, was auf dem Etikett steht, wahr ist. Ich lass kurz eine testen.« Er quetschte sich zurück durch das Fenster in den Raum dahinter.

Jackson sah zu Mondohr.

»Warum?«, fragte sie.

»Du weißt doch, dass wir Menschen Bastarde sind. Er ist misstrauisch. So sind wir.«

»Mensch?«, fragte sie. »Schlecht?«

»Wenn ich das mal wüsste, Mondohr. Wenn ich das mal wüsste.« Er spürte ihre Hand an seinem Arm und lächelte ihr zu.

Der Kerl quetschte seine Massen wieder durch das Fenster. »Das ist gutes Zeug.«

»Ich weiß.«

»Ich biete dir nen Übernachtungsschein dafür. Da drüben im *Garbage Heaven*. Da wolltest du doch hin.«

»Einen? Das ist mindestens vier wert.«

»Hör zu, Soldat«, sagte der Dicke jetzt ernst. »Ich weiß auch, dass das mehr wert ist. Aber du bist allein, das wird schwierig. Du wirst besonderen Service brauchen. Sie werden deine Karre klauen wollen. Sie werden das Schweineweib und das Kind vögeln wollen. Du weißt das, und ich weiß das. Und am Ende wirst du jemanden verletzen oder verletzt werden.«

»Falls ich sterbe, habt ihr aber den Wagen.«

Der Dicke zeigte hinter sich. »Die haben den Wagen. Die *Angels* und die *Roosters* sind zwei verschiedene Dinge. Mit den Pillen hier kaufst du dir Eintritt und einen Aufpasser. Wir haben da Plätze, direkt hier hinter der Mauer, da passen wir auf. Aber wir können nur von hier aus schießen. Wir können dich verteidigen, aber wenn du tot bist, gehört denen alles.«

»Zwei Tage«, sagte Jackson, füllte die Pillen in den Behälter und hielt ihn hoch. »Oder ich versuchs bei den Holländern.«

Schwabbelbacke grinste. »Bist ja nicht so *square* wie ich befürchtet habe. Ich mag dich und dein Schweinchen. Na gut, zwei Tage, Soldat.« Er hielt ihm eine Plastikkarte hin. Jackson händigte die restlichen Pillen aus und stieß Mondohr an. Die gab brav Gas.

Sie bekamen mit der Karte keinerlei Schwierigkeiten mehr an der Schranke. Drin winkte sie sofort ein junger Mann zu einem der Plätze hinter dem Rooster. Jackson sah nach oben und entdeckte tatsächlich eine Art Ausguck, in dem bewaffnete Wächter saßen.

»Ich muss da rein«, sagte er zu dem Einweiser und zeigte auf den Heaven, das Gebäude, welches wie ein Diner aussah.

»Ich brauch Zugang zu Kommunikation. Aber ich hab ein Problem.«

»Eins nach dem anderen. Ich bin Mick, Sir«, sagte der junge Mann. »Und wer hat denn kein Problem? Ich bin Ihr Mann für alles.«

»Mick«, sagte Jackson. »Wenn wir gut zusammenarbeiten soll es dein Schaden nicht sein.«

Mick lächelte durch Zahnlücken.

»Ich muss da rein«, sagte Jackson zu Mondohr. »Du musst hier bleiben und auf die Kleine aufpassen. Ich werde euch beobachten, keine Sorge.«

Sie legte ihre Ohren an und Jackson kramte betont umständlich seine Krücken und sein Gewehr raus, damit er Mick dabei beobachten konnte, wie dieser auf alles reagierte. Der Aufpasser hatte sich auf die Motorhaube des *Oshkosh* gesetzt und kaute an einem Stück Jerky, welches er aus einer Tasche seiner Weste gekramt hatte.

»Sorge«, sagte Mondohr.

»Die kann sprechen?«, fragte Mick erstaunt.

»Ja«, sagte Jackson streng. »Das heißt für dich, sie kann es mir erzählen, falls du etwas tun solltest, was ihr nicht gefällt.«

»Hey, ich bin nicht so einer!«

»Was auch immer du damit meinst.«

»Die Chipkarte muss hier sichtbar sein«, sagte Mick.

Jackson hievte sich aus dem Fahrzeug, klemmte die Karte vorne an die Motorhaube und humpelte zu dem Gebäude, welches über der Tür in großen Buchstaben: »Hier der Draht zu Gott« ankündigte.

Er war nah dran. Wenn er hier Kontakt zur Homebase bekäme, dann würden sie ihm vielleicht auf halbem Weg entgegenkommen. Oder sie würden ihn abholen, sie würden — er wollte nicht mehr darüber nachdenken müssen, was sie würden. Vielleicht sagten sie auch: Scheiß auf den alten Jackson, den einbeinigen Krüppel. Dann würde es Zeit für Plan B.

»**Nur über das stetige Ausführen der** *Katas* gelangt man ins *Omote* und schließlich ins *Ura*«, dozierte Mitsuko, während sie Hagen die Grundzüge ihrer morgendlichen Übungen beibrachte.

Sie waren jetzt den zweiten Tag in diesem Lager neben dem Torii. Hagen hatte sich damit abgefunden, dass Mitsuko fest davon überzeugt war, den Bewohner des Häuschens, den sie Wächter nannte, zu einer klaren Aussage bezüglich der Funktionsweise des Torii bringen zu können. Wobei Reden dabei die kleinste Rolle spielte, meinte sie. Vielleicht müsse man seine Eignung beweisen. Es habe etwas mit der Lebensführung zu tun. Wie man in die Welt passe und so. Hagen dachte sich, dass er gerne seine Akte über all seine Auszeichnungen hier gehabt hätte, um sie dem Wächter zu zeigen. Gab es einen besseren Beweis für seine Lebensführung?

»So ein Quatsch«, sagte Mitsuko gesagt als er ihr davon erzählte. Er hatte seinen kurzen Unmut darüber schnell überwunden. Sex entspannte ihn sehr, da hatte sie recht gehabt. »Es geht doch nicht darum, wie du dich zu einer bestimmten Zeit aufgeführt hast. Es geht immer nur um das Hier und Jetzt. Dein Weg besteht ja nicht aus Punkten, sondern einer Straße, die dich zu dem macht, was du heute bist. Und heute willst du durch das Torii.«

Daher hatte er sich bereit erklärt, verstehen zu wollen, wie er eine tadellose Lebensführung im Hier und Jetzt bekommen konnte.

»Vergiss zunächst einmal den Begriff tadellos«, sagte Mitsuko. »Es geht darum, immer das Beste aus einer Situation zu machen.

Eine Kiefer, die am Rand eines Felsens wachsen muss, weil das der Platz ist, den sie zur Verfügung bekommt, wird klein bleiben und der Wind wird sie krümmen und sie wird alles andere als tadellos aussehen — dennoch das sein, was an diesem Platz möglich ist — und damit perfekt.«

Hagen stellte sich auf ein Bein in die »Starker Baum«-Stellung des Yoga, krümmte sich dann aber absichtlich. Sie lachte.

»Und was ist jetzt *Omote* und Ura?«, fragte er. »Ah warte, erst das andere Bein und wenn ich ganz erleuchtet bin, dann schwebe ich?«

»Du machst dich lustig!« Sie boxte ihn. Er schwankte und stellte sich wieder auf beide Füße. »Das sind Zustände des tieferen Verstehens von Handlungen. Zunächst einmal lernst du die Kata.« Sie begann, selbige auszuführen. Das hatten das schon ein paarmal gemeinsam getan, und er folgte ihren Bewegungen so synchron wie er konnte. »Sie wird dir schwierig erscheinen, dann irgendwann lächerlich leicht. Du wirst sie hassen und dann lieben, irgendwann wirst du wirst sie vermissen oder verfluchen. All das wird geschehen. Und irgendwann wird sie wie Atmen sein. Du wirst sie leben. Da beginnt die Transzendenz. Du wirst verstehen, dass sie mehr ist, als nur eine Übung zur Verbesserung deiner Kampfkraft.«

»Hört sich gut an.«

»Dann wirst du all das wieder vergessen.«

Hagen stoppte seine Bewegungen. »Was?«

Sie lachte. Er konnte es kaum glauben. Sie hatte ihn schon wieder verarscht, oder? Aber es gab nichts anderes zu tun. Also machte er die Kata. Wieder und wieder.

Am Abend kam der Wächter vorbei. Er sagte nichts, lächelte nicht einmal. Alles, was er tat war, ein paar Plastikflaschen vor ihr Lager zu werfen. Leere, zerdrückte, kaputte Plastikflaschen.

»Was soll das?«, fragte Hagen. »Sollen wir seinen Müll wegbringen?«

»Denk nach, Hagen.« Das war ihre Antwort. Wenn ihr Hintern nur nicht so knackig wäre. Er lenkte sich ab, indem er Feuerholz suchte. Als er wiederkam, lagen die Flaschen immer noch da. Mitsuko war weg.

Die Mittagssonne sengte durch den Dunst. Er setzte sich

unter die Plane, die zwar Schatten spendete, aber die Hitze nur wenig minderte. Nachdenken. Das konnte man auf Kommando so gut. Sie mussten weiter. In ihm war Unruhe. Er wollte zu seiner Kampfgruppe zurück. Er musste ihnen erklären, dass er nicht tot war, dass er weiterkämpfen konnte, dass er kein Oni mehr war und auch keiner mehr werden würde.

Er musste wissen, was mit den anderen war und dass er etwas gefunden hatte, was ihn vor den Oni schützte. Vielleicht sogar vor dem Einfluss des weißen Drachens? Er wäre fähig, ihm zu begegnen — was für eine Aussicht!

Seine Finger spielten automatisch mit dem grünen Anhänger, welcher seit dem Tag, an dem er aufgewacht war, um seinen Hals hing. Manchmal holte es ihn ein. Er erinnerte sich an Bruchstücke. Seine Finger zuckten dann unkontrolliert, aber sie waren in solchen Momenten keine Finger, sondern Klauen. Die Augen brannten und Bilder, die er in seinem Kopf fand, waren nicht mit ihnen wahrgenommen worden. Blind war er dennoch sehend gewesen. Aber was er gesehen hatte, war nicht das, was er mit seinen Organen normalerweise wahrnahm. Es war nicht beschreibbar, auch wenn er es versucht hätte. Die Augenlosigkeit war durch einen anderen Sinn ersetzt worden: Als würde er das Leben selbst sehen. Und als sei Leben etwas Verwerfliches, Schmutziges, Abscheuliches. Als wäre diese Energie, die Wesen atmen, sich bewegen und fortpflanzen ließ, etwas, was zerstört, gefressen, zerrieben werden müsste. Nicht, um ihn zu ernähren, sondern um die Welt tot und somit frei zu machen. Wie Unkraut mussten sie ausgemerzt werden, diese Lebenden.

Sein Körper hatte sich zurückgewandelt, und das Gehirn versuchte, die schlimmen Erinnerungen zu verbergen, aber irgendwo warteten sie, endlich wieder freizukommen und seine Psyche zu zerstören. Denn was er getan hatte, widersprach all seinen Lebensprinzipien. Und es reichte nicht, sich zu sagen, dass man ja nicht verantwortlich war.

Eines war allerdings klar: Sein Leben und das seiner Kameraden war dem Ziel gewidmet, die Drachen, die in der Geschichte der Menschheit immer wieder vorgekommen waren, auszumerzen. Dieses Ziel verfolgte er immer noch. Wenn das richtig war, was Mitsuko sagte, so war er eine krüppelige Kiefer, aber er war immer noch eine, und tat sein Bestes, oder? Daraus folgte, dass er eben immer noch ein Krieger war. Er würde nicht aufhören und jetzt erst recht den Tod des weißen Wurmes zu seinem Ziel machen, egal, ob er es selbst sein würde, oder ob er nur einen winzigen Beitrag dazu leistete.

Seine Gedanken wanderten.

FLASHBACK

Alle Systeme des Anzugs funktionierten reibungslos. Hagen spürte es durch den Sitz, der den Körper mit den sensorischen Eindrücken versorgte. Nicht nur durch die Augen, sondern auch die Ohren und die Haut, alle Sinne wurden gefordert, wenn er im Marduk saß. Aber das hatte er gelernt. Der Anzug war für ihn wie Kleidung, eigentlich sogar wie eine zweite Haut.

Die Aufgabe war klar definiert: Der weiße Drache musste von einem Ritter endgültig getötet werden. Das war schon immer so gewesen. Sobald eines der Scheißviecher seinen schuppigen Kopf in die Menschenwelt steckte, war der Orden zur Stelle. Nur selten tat man etwas anderes, man mischte sich eigentlich nie in irgendwelche kleinen oder auch großen Scharmützel der Menschen ein. Sie waren ja auch keine riesige Armee. Gerade mal 25 aktive Krieger. Seit Jahrhunderten gab es jetzt schon nur fünf mal fünf Kampfgruppen. Der Rest des Ordens bestand aus Lehrern und anderen, die die Organisation am Laufen hielten.

Es gab innerhalb der Kampfgruppen eine althergebrachte Verteilung der verschiedenen Kampfanzüge. Früher waren es natürlich fünf Kämpfer gewesen, die mit anderen Mitteln für diesen speziellen Kampf gerüstet waren. Speere und Keulen, Schwerter und Schilde, griechisches Feuer; später dann Gewehre und Raketen, Jets und Panzer — und immer wieder Lanzen. Heute hießen sie Marduk, Beowulf, Freischütz, Drachenjäger und Erzengel. Jeder hatte seine Aufgabe, Nah- und Fernkampf, schnelle kleine Geschosse oder mächtige Raketen, starke Arme oder Schutz, Schnelligkeit oder Standhaftigkeit. Alles war aufeinander abgestimmt.

Jetzt galt es: Der Mond war gefallen und die Landeeinheit der *Kampfgruppe 01* sollte auf dem abgekühlten Gesteinsbrocken landen. Hagen hatte die gesamte Reise hindurch durch die Fenster des Gleiters geschaut. Es war unfassbar. Die Erde, die er noch vor wenigen Wochen grün und unversehrt von der fliegenden Feste aus erblickte, war völlig verändert. Die Wolken nicht weiß, sondern dunkel, staubgeladen, Blitze zucken hindurch. Wiedererwachte und neue Vulkane spuckten Asche und Gestein. Die blauen Meere waren teilweise verdampft. Wie ein bösartiges Furunkel stach der Mond durch die graue Wolkendecke, weit aus der atembaren Atmosphäre heraus. Es war nicht so, als wenn jemand eine Murmel in eine Wassermelone gesteckt hätte. Nein, der Mond war grotesk viel größer. Eher wie eine Grapefruit in einer Melone. Oder eine Kokosnuss. Auch wenn Hagen das deutlich zu viel Fruchtsalat war.

Was den Ritter an dem Gesteinsbocken wirklich interessierte, waren die Risse in der Oberfläche und jene Stellen, wo man in den ehemaligen Trabanten hineinsehen konnte. Denn in diesem grauen Ei lauerte er: Der Feind. Hagen hielt nichts davon, ihn zu romantisieren. Er war weder der eifersüchtige Bruder, noch ein Schöpfer, guter oder schlechter Geist oder sonst irgendwas. Nein, all diese Eigenschaften und Bezeichnungen verschleierten das, was einzig wichtig für Hagen war. *Tsukuyumi* war ein Drache, allen Berichten nach ein augenloser, geflügelter, gepanzerter, riesiger Wurm. Weiß, wie ein Albinoaxolotl. Er lebte und war verletzt. Verletzte Beute war für jeden Jäger eine Schande. Er musste nicht nur aus diesem Grund so schnell wie möglich getötet werden.

Sie sagten, aus seinem Blut entstünden neue Abscheulichkeiten. Er wolle die Welt unterwerfen, die Sonne zum Verlöschen bringen, weil sie seine Schwester *Amaterasu* sei, die ihn verraten hätte, indem sie mit den Menschen einen Pakt geschlossen hatte. Sie sagten, er wäre böse und hasserfüllt.

Sollte er. Hagen war bereit. In den Tagen seit dem Einschlag, in denen die Entscheidungsträger der Feste gewartet, debattiert und gestritten hatten, hatte er nachgedacht. Er wollte das, was die Japaner begonnen hatten, zu Ende führen. Hagen wusste, dass die anderen seiner Gruppe das gleiche Ziel hatten. Dennoch vermied er den Kontakt mit ihnen. Er erschien nur, wenn es unumgänglich war. Sie waren eigentlich darauf trainiert, zusammenzuarbeiten, sich gegenseitig zu decken und zu schützen. Zu unterstützen — eine Einheit, eine Gruppe zu sein. Aber in seinem Kopf wusste Hagen, dass er es sein musste — er musste den

Drachen töten. Die anderen waren nur Staffage, Beiwerk, notwendige Ablenkung. Er hatte einen Plan. Die Waffenmeisterin nickte, als er sie in ihrem Büro besuchte, um mit ihr darüber zu sprechen..

»Du hast in den Kämpfen gegen die Oni bisher immer bewiesen, dass du bei weitem der Furchtloseste von ihnen bist«, bestätigte sie. »Es darf keine Zweifel geben. Er wird erhaben sein. Er ist der Vater aller Drachen, gewaltig und ehrfurchteinflößend. Sein Körper ist mehrere Kilometer lang und breit. Er ist unermesslich groß. Niemals ist ein Ritter auf einen solchen Gegner getroffen. Deswegen darf es nicht das leiseste Zögern geben.«

»Ich habe nicht vor, zu zögern.«

»Ich weiß.«

Sie schwiegen einen Moment. Hagen betrachtete eine antike Waffe, die die Meisterin über ihrem Schreibtisch hängen hatte. Seine Lehrerin ahnte die Gedanken, die ihm dabei durch den Kopf gingen.

»Die Lanze der Japaner ist die einzig richtige Waffe.«

»Sie hat ihn aber nur verletzt.«

»Dennoch ist sie die einzige, die ihn töten kann!«

»Wenn man ihm genug Schaden zufügt, dann stirbt er.«

»Wir haben nicht umsonst eine Bibliothek, die Jahrtausende zurückreicht. Die Aufzeichnungen sind klar: Je älter ein Drache ist, umso wichtiger ist die Wahl der Waffe. Wir sprechen hier von einem einzigartigen Wesen, welches nur mit einer einzigen Waffe getötet —«

»Sind wir nicht alle einzigartig?«, unterbrach Hagen seine Ausbilderin. Sie lehnte sich zurück und runzelte die Stirn.

»Großer Gott, du warst schon immer so wütend«, sagte sie langsam. »Es ist vielleicht so, dass dies das Einzige ist, was dich einmal retten wird.«

»Ich werde ihn töten!«

»Vielleicht. Glaub mir, es wird dir gelingen, wenn du auf mich hörst. Die Lanze wird noch dort sein, in ihm stecken. Du musst sie bekommen. Zieh sie heraus und jag sie in die richtige Stelle.«

Er nickte. »Wie zieh ich sie raus? Die Anzüge sind nicht für so etwas ausgelegt.«

Sie nickte nachdenklich. »Du brauchst eine Modifikation.«

Sie besprachen einige technische Details, die sie dem Kampfanzug angedeien lassen mussten.

»Was ist mit dem Drachentöter? Er hat ebenfalls eine Lanze, er wird nicht verstehen ...«

»Erinnere dich, Hagen: Die Japaner hatten bei ihrem ersten Versuch eine dreißig Meter lange Lanze. Sie haben drei Wochen an der Basis mit der Abschussrampe gebaut. Und dann — haben sie verfehlt.«

Hagen erinnerte sich an die Aufzeichnungen, die der Orden tatsächlich zugespielt bekommen hatte. Während der Mond zur Erde raste, hatten sie sich angesehen, wie der Plan der Japaner gescheitert war. Er erinnerte sich an seine Gedanken, die Ungläubigkeit, dass so etwas tatsächlich geschah. Das Wort Blasphemie spukte durch seinen Kopf, obwohl es zu religiös war — aber wie konnten sie es wagen? Diese Wichte! Einzig die Ritter des Marduk-Ordens waren dafür geeignet, Drachen zu töten!

»Sie hätten eigentlich niemals scheitern dürfen«, sprach die Waffenmeisterin weiter. »Wie sollte der schlafende Drache aus seinem Gesteinskokon entkommen? Das Ding hätte ihn pfählen müssen! Aber wir sprechen hier von einem mythischen Wesen. Wir sprechen von etwas, was die Grenzen unserer Realität sprengen kann. Er ist dieser Waffe ausgewichen. Der anderen allerdings hatte er nichts entgegenzusetzen. Die alten Relikte der Japaner sind mächtig. *Shintai* nennen sie sie, und sie besitzen eine Art Leben. So eine Waffe ist die zweite Lanze. Sie hat ihm — obwohl sie von eines einzelnen Menschen Kraft geführt wurde, eine Wunde geschlagen, die zu einem gewaltigen Blutfluss führte. Du hast ihn gesehen, den roten Strom und du weißt, was er anrichtet. Die Waffe des Drachentöters ist nur eine Hightech-Stahllanze. Sicher, sie ist fähig, die meisten Drachen zu töten, aber nicht *Tsukuyumi*.«

Tsukuyumi. Hagen wollte ihn hassen, diesen schier übermächtigen Gegner, aber sein Herz war kalt. Die Herausforderung dagegen beschleunigte den sonst steten Schlag.

»Drachentöter darf das nicht wissen.«

»Nein. Es würde ihn nur verwirren. Er wird im Kampf gegen die anderen Gegner, diese Oni, nützlich sein.«

»Die anderen?«

»Niemand sollte es wissen.«

Hagen nickte. Das kam ihm gelegen. So musste er nichts erklären. Er sprach mit dem Techniker und dem Ingenieur — die beiden verstanden und begannen sofort mit der Arbeit.

Jetzt war sein Kampfanzug nicht mehr nur der Marduk. Zusätzlich zu den Raketenwerfern hatten sie eine Speerschleuder angebaut, die die Lanze in den Leib des Wurmes treiben sollte. Die Waffenmeisterin hatte den modifizierten Anzug Gabriel genannt. Gabriel, der Erzengel, der Sodom und Gomorrha in Schutt und Asche gelegt hatte. Das war ein Bild, welches Hagen entgegenkam. Er spürte seine Bestimmung bis in jede kleinste Faser, übte fast ununterbrochen mit dem Zielsuchgerät des Speerwerfers und drosch in den freien Minuten die Trainingsgeräte in der Fitnesshalle kaputt. Er konnte und wollte nicht darüber nachdenken, wollte frei sein von allem Gewicht. Der Kampf und der Schuss mussten ohne hinderliche Zögerlichkeiten, rein instinktiv fast, zum Ende geführt werden.

Wenn Gundelind nachts an seine Tür klopfte, stellte er sich schlafend und ging ihr auch tagsüber aus dem Weg. Die anderen wollten sowieso nichts mit ihm zu tun haben.

Der Ritter testete x-mal alle Systeme, vor allem die Neuerungen und fand keine Fehler. Er verbrachte Stunden in seinem Sitz, justierte Griffe, Anzeigen und Sensoren unzählige Male, bis er das Gefühl dafür verlor, weil sie Teil seines Körpers, nein, mehr, eine Erweiterung geworden waren. Wie gerne wäre er vorgeflogen. Der Marduk — nein, der Gabriel — konnte das. Aber die Befehle ließen es nicht zu. Sie mussten warten, bis die Wetterverhältnisse es zuließen.

So saß er hier im Kopf des Gabriel und starrte auf den Bildschirm, der wie immer auf den Mond gerichtet war.

»Ich weiß, was du vorhast«, sagte eine Stimme plötzlich. Hagen zuckte zusammen und blinzelte. Er hatte wieder einen störenden Gedanken verifizieren müssen und war dazu in den Sitz seines Anzugs gestiegen. Sein Bedenken hatte sich als harmlos erwiesen, aber die Ansicht auf dem Bildschirm hielt ihn fest. Die Erde unter ihnen drehte sich, wenn auch leicht trudelnd, weiterhin um die Sonne und diese ging gerade über ihr auf. Die Beule des Mondes fing die ersten Strahlen schon sehr viel früher ein und die um den Gipfel des grauen Mondes herum wirbelnden Wolken waren eine Studie in Grau und Morgenrot.

»Guten Morgen, Gundelind«, sagte er und beugte sich nach vorne, um sie besser zu sehen. Immerhin befand er sich etwa 12 Meter höher als sie.

»Am Arsch«, sagte sie. »Deinen guten Morgen kannst du dir sonstwohin stecken. Ich finde es Scheiße, dass du mich in den letzten Tagen gemieden hast. Ich dachte ...«

Hagen musste das unterbrechen. Für so etwas hatte er überhaupt keine Zeit. »Gundelind, ich hab dir nie was versprochen.«

»Versprochen?«, schrie sie zornig. »Versprochen? Du glaubst es geht mir hier um Liebe oder Treue oder Beziehung oder sonst einen Quatsch? Echt jetzt, Hagen? Du blödes Arschloch! Natürlich hast du mir nichts versprochen! Und mir ist schon klar, dass ich keine Privilegien bei dir genieße, weil wir ab und zu Sex hatten. Aber ich finde, ich bin mehr als das. Ich dachte, ich wäre deine Freundin. Aber du bist nur ein blöder Hund, der sich jetzt in diesen Kampf stürzen will wie ein Märtyrer. Ich weiß, dass deine Absicht ist, das nicht zu überleben.«

»Das ist nicht meine Absicht. Aber ich muss damit rechnen.«

»Du findest dich auch noch toll dabei. Weißt du eigentlich, was wahre Tapferkeit ist, Hagen?« Sie drehte sich jetzt von ihm weg. Ihr langer Zopf war verschwunden. Das fiel ihm jetzt erst auf. Ihre Haare waren kurz geschnitten, der Nacken sah dadurch lang, schmal und verletzlich aus.

»Du wirst es mir sicher sagen.«

»In den Kampf zu ziehen, zu verlieren, aber zu überleben und das akzeptieren zu können. Bereit zu sein für den nächsten Versuch. Den Märtyrer zu machen ist zu leicht.«

»Verlieren ist keine Option. Ich will nicht sterben. Aber wenn es sein muss, dann ist das so.«

»Sei doch still!«, sagte sie bitter. »Du denkst über das Sterben nach, seit du Krieger geworden bist. Ich glaube, du könntest ein echter Held werden, wenn du nicht so viel über deinen Tod nachdenken würdest.«

Hagen sprang aus seinem Sitz, kletterte ein Stück nach unten und sprang dann aus drei Metern Höhe auf den Boden. Seine durch Luchsgene verbesserten Muskeln und Sehnen in den Beinen hielten das problemlos aus. Sie drehte sich nicht um.

»Wie kommst du darauf, dass ich ein Held werden möchte?«, fragte er. »Helden heißen Siegfried oder Georg. Gundelind, man wusste schon immer, dass ich keine der Lichtgestalten sein würde.«

»Es ist nur ein Name!«

»Es ist mehr als das und das weißt du.«

»Ich weiß nur, dass ich dich gerade wirklich Scheiße finde.«

Er stand jetzt ganz nah hinter ihr. Ihr frisch ausrasierter Nacken war so dünn. Wenn er nicht gewusst hätte, dass sie im Erzengel-Kampfanzug schwere Raketen mit einem Fingerzucken abschoss, dann hätte er sie für eine Tänzerin gehalten. Seine Finger wollten über ihre Haut streichen. In einem anderen Leben wäre Liebe eine Option gewesen.

»Wieso ist dir mein Überleben so wichtig?«, fragte er.

»Ich möchte das einfach. Ich möchte dich lebend, nicht tot.« Sie schlang ihre Arme um sich.

»Auch wenn ich ein Arsch bin?«

Sie drehte sich zu ihm um. Ihr schönes Gesicht war traurig. Die Wut war verpufft. »Vielleicht. Ja, mir liegt etwas an dir. Aber dir selbst sollte auch etwas an dir liegen.«

Er nahm sie in den Arm. Sie war zunächst leblos wie eine Puppe, dann schmiegte sie sich an ihn. »Ach Gundelind. Ich erinnere mich an den Tag, als ich meinen Namen bekam. Alle waren betroffen. Hagen — der, der Siegfried tötete. Siegfried, den Drachentöter, den strahlenden Held. Was für ein böses Bild. Als ob ich einen der Unseren töten könnte. Als ob ich ein Verräter sein könnte. Hast du mal genauer gelesen? Hagen — man hat ihn immer benutzt. Er war eine Stimme der Vernunft und Siegfried dagegen ein Täuscher. Ja, sicher, er hat den Drachen getötet, aber letztlich hat er Brunhild verraten und damit auch Kriemhild und das hat zu all diesen tragischen Vorfällen geführt. Hagen muss es dann auf sich nehmen — nachdem er lange versucht hat, es abzuwehren — Siegfried zu töten, weil er loyal bis zum Ende ist. Kriemhild erschlägt ihn zuletzt, er muss lange leiden.« Er zögerte und spürte den Gefühlen nach, die ihn mit dieser Geschichte verbanden. Aber es war nur das: Eine Geschichte. Der Orden hatte Überlieferungen, aber die sagten nichts über die Leidenschaften aus, die wahren Gefühle und die vielschichtigen Motive. Sie waren vor allem eine Liste von Opfern. »Aber Hagen ist auch der, der die Ursachen allen Übels immer gesehen und ausgesprochen hat, etwas, was ihn natürlich massiv unbeliebt machte. Und er hat das Rheingold weggeworfen, weil er wusste, dass es nur Unglück bringt. Auch kein move, der ihn beliebt gemacht hätte.«

»Ist Hagen also ein Opfer?«, fragte sie und wollte sich von ihm lösen. Er hielt sie fest.

»Man ist nur ein Opfer, wenn man es geschehen lässt. Ich

glaube, dass Hagen genau wusste, wo sein Platz ist und er die Konsequenzen seines Tuns genau kannte. Die Nibelungensaga ist so ein Käse, wenn man diese Story liest, wird einem am Ende klar, dass es nur um Sex und betrogene Frauen geht. Kriemhild ist eine eiskalte Bitch, Siegfried ein Schönling — so einer, der ein Sportstipendium bekam —, und Brunhild ist eine der reichen Schönheiten, die es nicht verwinden kann, dass sie getäuscht wurde. Der Drache wird nur nebenbei getötet.«

»Du weißt aber schon, dass es Aufzeichnungen des Ordens über diese Sache gibt.«

Jetzt ließ Hagen Gundelind los. Er war eigentlich des Redens müde. Sie schauderte kurz, da es hier in der Halle, in der die Kampfanzüge standen, recht kühl war. »Sicher weiß ich das. Ich hab sie mal gelesen. Wesentlich weniger spektakulär.« Er lachte. »Ändert aber nichts daran, dass Hagen kein Verräter war. Ich bin es auch nicht. Und ich will auch kein Märtyrer sein. Aber Gundelind, die Japsen haben das Vieh verwundet. Es ist riesig und mächtig. Hast du dir mal überlegt, dass wir bisher Drachen getötet haben, die teilweise nur ein paar Jahre alt waren? Wir wurden im Laufe der Zeiten immer besser, sie schnell zu entdecken und zu killen, bevor sie wirklich Schaden anrichten konnten. Aber der da?« Er zeigte auf den Mond, der jetzt von der vollständig aufgegangenen Sonne angestrahlt wurde. »Der da plant seine Rache an der Welt seit Jahrtausenden. Kennst du seine Geschichte?«

»Ich habe nicht gedacht, dass du dich dafür interessieren würdest.«

»Kenne deinen Feind.« Hagen sah wieder zum Mond. »Seine liebe Schwester hat ihn an den Nachthimmel verdammt.«

»Nachdem er den Gott der Nahrung getötet hat!«

»Ich habe ja nicht bestritten, dass er was auf dem Kerbholz hat. Im Gegenteil: Ich halte ihn für eine Ausgeburt des Bösen. So wie alle Drachen. Ich hab jedenfalls vor, ihn endgültig zu töten. Wenn ich es überlebe, umso besser. Wenn nicht ...« Er drehte sich zu ihr um. »Aber ich muss es tun. Ich darf nicht zaudern und zögern. Ich darf keinen Ballast mitnehmen. Und deswegen muss ich Hagen der Einsame sein.«

»So eine gequirlte Scheiße«, sagte Gundelind. »Niemand muss einsam sein.« Sie schob sich nah an ihn heran und er umarmte sie wieder. »Darum sind wir eine Kampfgruppe. Gruppe, Hagen. Ich werde immer bei dir sein. Er entkommt uns nicht.« Sie küsste ihn.

Hagen ließ es geschehen, obwohl er keine Befriedigung aus ihrer Antwort zog. Gruppe — ja sicher. Er hoffte natürlich, dass die anderen ihm den Rücken freihielten. Aber zunächst einmal würde er dafür sorgen, dass er die Lanze erwischte und dann tief in das Herz des Ungetüms stieß.

Aber ja, vielleicht war ein wenig Entspannung jetzt tatsächlich das Beste. Hier in den Hangar würde keiner kommen, das wusste er, daher ließ Hagen Gundelind seinen Overall aufzippen und tat das Gleiche bei ihr.

Jetzt war es so weit.

Kein Zurück mehr. Sie waren auf der Oberfläche des Mondes gelandet und Hagen saß in seiner Maschine. Er würde als erster herausfliegen. Sein Job war es, den besten Weg von oben zu suchen und die anderen zu dirigieren.

Gundelind hatte ihn davon überzeugt, mit den anderen zu sprechen, alle wussten nun, was ihre Aufgabe war — und was er vorhatte. Sie hatten es ohne Überraschung zur Kenntnis genommen, dass er den Kill in Anspruch nahm. Vielleicht hatte er sich in seinen Kollegen doch getäuscht? Dennoch wollte er das jetzt nicht zerdenken. Sie waren Krieger, keine Denker.

Die Landekapsel näherte sich der Oberfläche. Ziel war der Riss. Sie hatten den Bruch in der Oberfläche des Mondes schon auf unzähligen Aufnahmen studiert. Hagen war derart aufgeregt, dass er sich immer wieder zusammenreißen musste, an seine Mitstreiter zu denken. Er hatte diese Szene jetzt in Gedanken so oft durchgespielt. Würde die Öffnung an einer passenden Stelle sein? Wie weit müssten sie noch in den Kern des Trabanten eindringen, bis sie die Lanze der Japaner fänden? In welcher Position lag der Drache? Würde er ihn überhaupt so treffen können, dass dieser schnell starb? Oder lagen nur gut gepanzerte Teile frei? Auf manchen Bildern erkannte man Schuppen und die Zacken auf dem Rücken. Er hatte sie studiert, bis sie sich in sein Hirn eingebrannt hatten.

Jetzt wollte Hagen das Vieh endlich mit eigenen Augen sehen. Er wollte durch das Blut waten, dessen Strom bis zum schlagenden Herzen verfolgen und dieses Pulsieren dann ein für alle Mal beenden. Die anderen waren während des Landeanflugs ebenfalls still. Die Geräusche des Windes, der die Landekapsel beutelte, das Ächzen des Metalls, das Brummen des Antriebs, der Lenkraketen, und die leisen Gespräche der Piloten, die von der Festung aus alles steuerten, war eine Musik, die jedem von ihnen Gänsehaut verursachte.

Dann gab es einen Ruck, die Eingeweide strebten noch oben, während die Kapsel schnell sank und noch ein Luftloch überwand.

Touchdown.

Die langen Minuten, bis alles so weit gesichert war, dass man die Tür öffnen konnte, waren quälend. Die Ritter standen wie Rennpferde in den Startboxen, zu allem bereit und dennoch handlungsunfähig. Alle überprüften automatisch noch einmal ihre Funktionen. Es war wie atmen. Checklisten wurden abgearbeitet. Hagen spürte sein Herz kraftvoll wummern. Endlich klickten die Verschlüsse leise und der Kampfanzug war frei. Das Tor öffnete sich; sie betraten den Mond.

Die Oberfläche war rau und von der Hitze des Eintritts in die Atmosphäre größtenteils glasiert. Hagen testete die Standfestigkeit, beschloss dann aber, lieber zu schweben. Die notwendigen Daten über Windgeschwindigkeiten flossen über sein HUD, aber er brauchte sie kaum.

»Ich fliege voraus«, sagte er überflüssigerweise und wartete nicht darauf, dass die anderen das bestätigten. Die tobenden Winde sollten laut den Vorhersagen noch eine ausreichende Zeit stabil die Wolken wegwehen, statt neue zu bringen. Im Moment hatte er Rückenwind, die Böen beutelten ihn aber dennoch sehr.

Wie weit würde er so fliegen können? Die Winde waren so nah an der Oberfläche unberechenbar. Er durfte keinen Fehler machen, der seinen Anzug irgendwie beschädigen würde. Es kam nicht in Frage, dass er die Gelegenheit, den Drachen zu töten, durch eine Unaufmerksamkeit an einen der anderen vergab. An wen denn auch? An Beowulf, den Massigen, der einfach reinrennen würde? Der Freischütz kam erst recht nicht in Frage — die Munition war zu schwach; seine Aufgabe war immer die Ablenkung. Der Erzengel, der den Wurm mit seinen Raketen durchlöchern würde — Gundelind steckte in dieser Maschine, er würde es ihr gönnen. Oder der Drachentöter selbst?

Verdammt, nein! Er wollte die Lanze! Jetzt war außerdem keine Zeit mehr für Zweifel.

»Der Wind ist unstet«, hörte er die Basis. »Seid vorsichtig!«

Er drosselte seine Geschwindigkeit. Dann traf ihn eine verirrte Böe und schob seinen Anzug ein paar Meter beiseite.

»Koordinaten halten!«, hörte er. Hagen fühlte sich wie das sprichwörtliche Blatt im Wind. Das gefiel ihm überhaupt nicht. Er spürte die unsichtbaren Winde wie Feinde, die er nicht angreifen konnte. Möglicherweise waren diese Gefühle nur eingebildet, aber die Zeit, die es dauerte, den Kurs zu korrigieren, schien ihm endlos. Der Mond zog ihn an — falsch, der Drache war es. Er wollte ihn jetzt endlich sehen.

Der Ritter näherte sich der Öffnung. Die Oberfläche war hier aufgerissen und Teile weggebrochen. Weit, weit darunter in dem Krater wand sich etwas blendendweißes. Hagen konnte in der höchsten Auflösung seiner Optiken den Körper des Drachen erkennen. Schuppen und Muskeln. Er hatte schon Simulationen gesehen, sie hatten ein Hologramm errechnet und studiert, aber hier vor ihm war echtes Fleisch, echte Muskeln, ein Leben, welches pulsierte und blutete. Der rote Strom aus der Wunde floss stetig aus der Öffnung und ergoss sich in die Tiefe. Einen ewigen Moment lang hielt Hagen seine Stellung direkt über dem Riss. Darauf hatte er hingearbeitet, dies war seine Bestimmung. Mensch und Drache: Immer Feinde, immer Gegensätze, nie gab es einen anderen Ausgang dieser Begegnung als den Tod.

Jetzt wurde ihm erst wirklich klar: Sie würden sehr tief in den Mond eindringen müssen. Zwar könnten sie hier, wo die Kruste des Mondes aufgebrochen war, den Drachen fast direkt angreifen, aber an dieser Stelle entblößte sich sein gepanzerter Rücken. Ihre Waffen würden kaum etwas ausrichten, außer, ihn vielleicht endgültig zu wecken. Nein: Sie mussten tief hinein in den Mond, dahin, wo die Japaner gewesen waren. Sie mussten die verletzliche Stelle finden und dort zuschlagen. Die Dimensionen waren bisher nur Zahlen gewesen, die vielen Kilometer wurden jetzt Realität. Es war noch ein sehr weiter Weg.

Während er auf die anderen wartete und weiterhin in den Riss hinein fokussierte, tanzten Schemen in sein Bild. Er veränderte den Brennpunkt der Optiken: Die ersten Oni kamen ihnen entgegen — natürlich spürten sie die Ankunft ihrer Feinde. Vielleicht spürte sogar der Drache die Nähe der Ritter. Hagen aktivierte grinsend seine Waffen. Die Ritter nahmen ihre Positionen ein.

Ziel ist eingeloggt. Feuer frei.

Das erste Geschoss des Freischütz pfiff an ihm vorbei. Hagen wusste, dass Wilhelm von links nach rechts angriff, solange Marduk vorne flog. Das war immer so und darauf konnte Hagen sich verlassen. Er verstärkte den Schub und flog schneller. Die Nähe zu dem Krater sorgte für weitere unberechenbare Windböen. Er schoss ein paar Salven Plasma auf die Oni, darauf achtend, dass eventuelle Fehlschüsse nicht das Gestein trafen. Es war eine große Gruppe, aber beim ersten Anblick waren keine besonders kampfkräftigen Exemplare darunter. Im Moment war es am Wichtigsten, dass die anderen ein klares Bild von der Umgebung und der Stärke des Feindes bekam. Alle Informationen zusammen kartierten das Kampfareal. Der Drachentöter folgte den Geschossen des Freischütz und rannte, sein Schwert vor sich streckend, in den Kampf. Beowulf folgte ihm auf den Fersen.

Hagen stellte zum ersten Mal fest, dass der 35 Meter große Beowulf angesichts der Dimensionen des Mondes irgendwie winzig aussah. »An Erzengel: Kein Raketeneinsatz. Der Krater ist möglicherweise instabil.« Hagen wusste wieder, warum er den Erzengel Kampfanzug nicht gewählt hatte. Gundelind musste jetzt fast tatenlos zusehen.

Nachdem Beowulf und Drachentöter die kleine Horde dann erfolgreich gemetzelt hatten, drang Hagen vorsichtig tiefer in den Krater vor. Immer am Blutfluss entlang, die anderen würden ihm folgen.

Es war mühsam. Sie waren jetzt mehrere Tage unterwegs, schliefen in Schichten, im Kampfanzug. Es war alles vorhanden, was man brauchte, dennoch waren die Mechs nicht auf Dauer für ein Leben darin ausgelegt. Die Ritter mussten nicht auf die Energie achten, die Fusionsreaktoren der Anzüge hielten genug Tritium bereit, um im Zweifelsfalle mehrere Monate zu funktionieren. Eine gewisse Routine hatte sich eingestellt: Hagen flog ein Stück vor und erkundete das Gelände. Sie brauchten einen sicheren Weg, der gleichzeitig genug Raum für ihre Maschinen gewährte und nicht bröckelte, wenn die tonnenschweren Kampfmaschinen darüber stampften. Der Krater war tückisch und aus den Ritzen krochen immer wieder Oni, die sich ihnen entgegenwarfen.

Er flog gerade durch einen Engpass. Jeder Zentimeter zählte hier, sonst würde der Beowulf nicht durchpassen. Der Gabriel schwebte natürlich über dem Blut des weißen Drachen, welches hier stetig floss. Die anderen würden hindurchwaten müssen. Als es wieder breiter wurde, drehte Hagen um und wollte zurückfliegen, um grünes Licht zu geben. Der Anzug bockte plötzlich, rote Warnleuchten berichteten von Fehlfunktionen. Hagen wollte landen, aber etwas zog den Anzug nach hinten! Schnell schaltete er auf die andere Sicht um und sah, dass ein riesiger Tentakel sich um eines der Anzugbeine gewickelt hatte. Hagen pumpte eine Salve Plasma hinein, aber das Ding ließ nicht los.

»Angriff!«, rief er durch das Komm.

Noch mehr purpur und schwarz mäandernde Fleischauswüchse wanden sich um seinen Anzug. Er konnte nicht gegensteuern und feuerte blind nach hinten. Stein und Metall knirschten und kreischten, als sie sich trafen. Er war mit der linken Seite gegen die Wand des Kraters geknallt! Verdammt!

»Pass auf! Duck dich!«, rief Wilhelm. Aber wie?

Dann schien das Geschoss des Freischütz direkt auf Hagen zuzufliegen. Seine Systeme rechneten, er verließ sich aber auf seine Instinkte, lenkte nicht, sondern zog seine Knie an, als würde er sich ducken. Da die Tentakel ihn an den Füßen festhielten, ruckte er so nach unten zu einer kompakteren Form, das Geschoss raste an ihm vorbei in die Schwärze hinter ihm. Es hatte scheinbar getroffen, denn die Greifarme zerrten ihn ruckartig weiter nach unten.

»Verdammt, Wilhelm!«, schrie er.

»Ich rette dir den Arsch, Hagen, halt einfach still!«, befahl sein Kampfkollege.

»Leichter gesagt als getan!« Er versuchte, so gut es ging, gegenzusteuern und sich nicht weiter in den Krater ziehen zu lassen.

Der Drachentöter kam in Sicht. Seinen Schild hatte er nach hinten auf den Rücken geklappt und raste mit einer beängstigenden Geschwindigkeit und erhobener Lanze zu einem Sturmangriff heran. Der verwundete Tentakel-Oni hatte den Marduk aber immer noch im Griff. Der Ritter justierte seine Waffe neu und justierte seine Optiken, um genauer zu erkennen, was ihn da angriff. Die Sensoren zeigten ihm, dass er es mit etwas zu tun hatte, was so etwas wie eine 40 Meter durchmessene Seeanemone war — und das war nur der Körper. Ohne See und Clownfische. Dafür mit hunderten widerlichen, langen Tentakeln und einem pferdeähnlichen, gehörnten Schädel, in dessen Maul es eine vielgespaltene Zunge nach dem Inneren seines Fangs gelüstete.

Hagen zielte auf den Schädel und lud einen Plasmablitz. Der grell gleißende Bogen schlug ein und fetzte blutiges Fleisch gegen die Wände der Spalte. Die Tentakel schleuderten ihn weiter hin und her, dann war der Drachentöter viel zu nah bei ihm, der Annäherungsalarm tönte wüst blökend in seinen Ohren. Sie passten nicht nebeneinander in dieser Enge! Aber der Kollege bremste passgenau, nutzte den Schwung, seine Lanze flog und traf perfekt in die Mitte des Gewirrs. Der Oni ließ Hagen los und zog sich über den Rand des Kraters zurück.

»Mach Platz!«, wurde er vom Drachentöter angebrüllt.

Endlich frei, steuerte Hagen den Gabriel hoch und ließ seinen Kollegen an sich vorbei. Dieser versuchte noch, seine Lanze wieder zu erwischen und aus dem fliehenden Monster zu ziehen, aber sie steckte fest. Drachentöter rutschte, die Waffe festhaltend, bis zum Rand des Abgrunds und ließ dann los. Das Ungetüm verschwand zuckend in der Schwärze.

»Verdammt, flieg hinterher!«, rief Patrick, der den Drachentöter Anzug führte.

Hagen fluchte. Es dauerte ein paar lange Sekunden, bis er seinen Flug wieder soweit stabilisierte hatte, dass er zurück in den engen Teil des Weges schweben konnte.

»Ich hab Schaden genommen, ich muss erst einmal checken, was ...«, sagte er.

Patrick war so nah, dass Hagen den Kopf seines irischen Freundes durch das Sichtfenster des Anzugs sehen konnte. Dessen Gesicht war jetzt so rot wie seine Haare. Patrick hatte ein stürmisches Gemüt und regte sich stichflammenartig auf.

»Check später, verdammt!«

Hagen versuchte dennoch so schnell wie möglich alle Systeme durchzugehen. Verdammt! Es schien, als ob die Modifikation, die den Speer ziehen und in die Schleuder laden sollte, Schaden genommen hatte! Gleichzeitig suchte er ebenfalls nach dem Oni. Am Ende des Engpasses führte der Krater linksseitig an einem tiefen Abgrund entlang. Er blendete das stetige Fluchen seines Kollegen aus und arbeitete die Statusmeldungen ab. Eine kurze Überprüfung erleichterte ihn: Es war nichts wirklich Wichtiges kaputt.

»Ich werde einmal nachsehen«, sagte er dann und schwebte über den Abgrund. Seine Suchscheinwerfer fanden aber nur Schwärze. »Hier geht es sehr tief herunter.«

»Verdammt, meine Lanze ist weg!«, rief Patrick zornig.

»Gundelind, folgst du mir?«, fragte Hagen.

»Sicher.«

Sie schwebten langsam herunter. Irgendwann kam die andere Kraterwand in Sicht. Es war ein Spalt, der jetzt enger und immer enger wurde.

»Das Vieh ist weg«, sagte Gundelind. »Da unten wird es zu eng.«

»Ja. Lass uns umkehren.«

Patrick nahm die Nachricht erwartungsgemäß nicht gut auf. Normalerweise konnte man eine Lanze einfach ersetzen, aber hier war der Einsatz ja noch lange nicht beendet. Hagen biss die Zähne zusammen. Wenn er die Lanze nicht aus dem Fleisch des Drachen ziehen konnte, würde der Andere das tun. Er sah es kommen, dass Patrick dann die japanische Waffe beanspruchen würde. Diese Vorstellung war ihm alles andere als gleichgültig.

Sie folgten weiter dem stetigen Blutfluss.

»Es kann nicht mehr weit sein«, sagte Gundelind vier Tage später.

Hagen rieb sich die schmerzenden Augen. Seine Schultern waren verkrampft und jede Bewegung tat weh. Die Müdigkeit, die nagende Ungewissheit, wann ihnen wieder ein Trupp Oni entgegen springen würde, wie lange die Energiezellen noch halten würden, wie weit sie noch vordringen mussten, war zermürbend.

Die Sicht wurde immer schlechter. Ein weißer Dunst legte sich auf die Scheiben der Anzüge und verklebte Düsen und feine Gelenke. Sie wussten alle, was diese Substanz war. Die Pheromone des Drachen. Die Ausdünstungen seines Machtwillens. Das Gas der Unterwerfung.

Aber die Anzüge waren hermetisch dicht. So lange sie dort drin saßen, drohte keine Gefahr. Hagens Mund war trocken. Er trank einen Schluck, weniger, um wirklich Flüssigkeit aufzunehmen, eher um wach zu bleiben und sich lebendig zu fühlen. Manchmal verlor er den Bezug und wähnte sich allein in einem dieser Träume, in denen man ewig rennt. Es half dann, die anderen sprechen zu hören.

Plötzlich entdeckte er einen ungewöhnlichen Wert auf der Anzeige. Er verstärkte die Außengeräusche: Ein stetiges Wummern erschütterte die Luft. Der Herzschlag des Drachen? Er flog schneller. Er wollte es sehen! Die Scheiben waren hoffnungslos verschmiert, Kameras und Sensoren auch, aber das Echolot funktionierte noch. Ein paar lange Stunden später erweiterte sich der Spalt zu einer riesigen Höhle. Sie waren am Ziel.

»Da liegt er«, flüsterte Gundelind.

»Verdammt!«, sagte Patrick.

Hagen hasste es, dass er den Leib des Drachen nicht genau erkennen konnte. Er flog hoch und langsam darüber. Die Schuppen des Rückenkammes waren meterhoch und dick. Und da — da war die Lanze der Japaner! Sie war so winzig! Das sollte die einzige Waffe sein, die in der Lage wäre, den Drachen damit zu töten?

»Es ist Wahnsinn«, sagte Gundelind.

»Was?«, fragte Wilhelm.

»Die Japaner hatten doch zunächst eine andere Lanze. Eine größere. Aber der Abschuss war nicht erfolgreich. Dann soll ein einzelner Mann mit einer uralten Waffe es noch einmal versucht haben. Das da unten muss sie sein. Wie klein sie ist!«

»Ja, was für ein Wahnsinn.« Patrick dachte sicher hektisch darüber nach, wie er die kleine Lanze nutzen könnte. Aber das Ding wäre ein Zahnstocher in den großen Händen des Drachentöters!

Nein, Hagen musste die Lanze bekommen, sie wurde in das modifizierte Abschussmodul seines Gabriel passen! Es war ihm klar, so war es geplant und gleichzeitig war es verrückt: Herrje, als hätten sie Gulliver vor sich, der mit einem stecknadelgroßen Pfeil getroffen war!

Aber dennoch: Hier nahm der Blutfluss seinen Anfang. Mit jedem Wummern des Herzens, welches jetzt laut über die Sensoren übertragen wurde, obwohl Hagen es sogar mit seinem gesamten Körper spürte, schoss eine Fontäne aus der Wunde.

»Könnte ich sie da rausziehen?«, fragte Patrick.

»Ich befürchte, sie würde zerbrechen«, sagte Hagen. Er meinte das ernst, obwohl da noch viele andere Gedanken mitschwangen. »Ihr Schaft ist aus Holz, soweit ich das beurteilen kann.«

»Verdammte Traditionalisten«, fluchte Patrick.

Hagen umkreiste die Stelle langsam, er brauchte bessere Sicht! War das hier der Kopf des Monsters? Wie groß war er wohl, wenn er frei wäre?

»Da bewegt sich was!«, rief der Freischütz plötzlich. »Hagen, komm zurück!«

Hagen konnte nichts erkennen, befolgte aber den Rat. »Was siehst du, was wir nicht sehen?«, fragte er.

»Keine Ahnung«, sagte Max. »Vielleicht hab ich mich auch getäuscht. Verdammt, ich muss hier langsam mal raus. Ich hab schon Blasen an meinem Arsch. Lass uns das Vieh erledigen. Wie sieht es aus, Hagen? Soll ich ihn mal wecken?«

Hagen ging nicht darauf ein. Es war ein seltsamer Moment. Der Ritter sah auf seinem HUD genau die Stelle, wo er die Lanze zum tödlichen Treffer hineinbohren würde. Da war tatsächlich der Kopf, und dahinter die Schulterblätter. Wie bei einem Hirsch, nur tausendmal größer. Selbst der riesige Beowulf war im Vergleich zu dem Drachen nur so groß wie ein Floh. Der Leib des Drachen war zusammengerollt und zwischen den Schuppen bewegte sich die weichere Haut mit den Atemzügen auf und ab. Da musste der Speer hinein — ja, auch die kleinen Leute hatten Gulliver irgendwann erlegt. Es war Wahnsinn. Aber es musste sein. Allerdings musste er die Waffe erst einmal herausziehen und in die Speerschleuder des Gabriel laden.

»Ich geh raus«, sagte Hagen.

»Spinnst du?«, fragte Gundelind.

»Das tust du nicht!«, sagt Patrick.

Hagen wurde ungeduldig. »Was sollten wir deiner Meinung nach tun? Na? Willst du mit deinem Anzug auf den Drachen steigen und die Lanze da rausholen? Sie wird wie ein Streichholz abknicken.«

Patrick hob seine andere Waffen hoch. »Wieso muss es nochmal diese Lanze sein? Wieso kann ich nicht mein Schwert nehmen? Ich bohr ein hübsches Loch, und danach jagt ihr einfach Plasma rein, bis die Reaktoren glühen. Oder Gundelind schießt eine Rakete: Matsch!«

Hagen platzte fast der Kopf. Ja, das war Patrick. Die Drachentöter ... warum musste sie fast alle solche dusseligen Helden sein? War vielleicht eine der Voraussetzungen dafür, das Hirn an der Waffenausgabe abzugeben? »Erinnerst du dich daran was wir einmal gelernt haben? Dass Drachen zwar tatsächlich aus Fleisch und Blut bestehen, aus Muskeln und Knochen, aber eben noch aus ein bisschen mehr? Dass es wichtig war, besonderes Eisen oder Stahl zu benutzen? Ja, sicher, ich weiß, du hast noch keinen getötet, so wie ich auch nicht. So wie schon seit ein paar Jahrhunderten keiner von uns. Aber das ändert nichts daran, dass es da etwas gibt, was dem Vieh mehr schadet, als der reine Waffenschaden. Wir könnten es zerfetzen, atomisieren und durchsieben, es würde vielleicht überleben! Du hättest deine eigene Lanze nicht einfach dem Oni in den Schlund werfen sollen! Sie hatte einen Kern aus altem Stahl und wurde vor langer Zeit geschmiedet. Sie hat schon einige Kills hinter sich.«

»Sie war mal die heilige Lanze vom Georg«, sagte der Freischütz. Es klang sowohl ehrfürchtig, als auch traurig.

Der Drachentöter wusste es genau und wurde jetzt auch wieder wütend. »Ich hab dir damit den Arsch gerettet und das weißt du!«

Hagen nickte. »Das weiß ich und deswegen werde ich derjenige sein, der jetzt rausgeht und die Lanze holt! Sie passt in den Speerwerfer des Gabriel. Und auch wenn es euch nicht gefällt, was ich jetzt sage, es hat so sollen sein. Ich habe das mit der Waffenmeisterin besprochen. Und wäre der dämliche Unfall nicht gewesen, mit diesem Scheiß Tentakelvieh, dann könnte ich jetzt die Lanze einfach mit meinem Greifer holen, aber der ist kaputt. Darum muss ich jetzt raus. Ihr wisst alle, dass es notwendig ist. Wir wollen doch nicht den gleichen Fehler machen wie die Japaner, oder? Wir wollen es richtig machen. Nur noch ein Stich, danach ein Angriff bis zum Tod. Keine Chance.«

»Hagen!«, rief Gundelind.

Er schaltete auf einen privaten Kanal. »Wir hatten das schon. Ich muss das tun.« Danach stellte er die Verbindung zu ihr auf lautlos.

Hier war nichts leuchtend, obwohl Lichter die Nacht erhellten. Mondohr hatte schon verstanden, dass Menschen die Welt anders organisierten als die *Boar*. Und auch die *Boar* wurden mit zunehmender Rottenzahl rücksichtsloser und zerstörerischer. Aber eine Rotte war in sich eine sehr gefestigte Struktur. Es gab klare Regeln, in denen sich jeder bewegte. Wer zuwider tat, wurde ausgestoßen. Die Rotten der Ausgestoßenen waren noch am ehesten so wie das hier.

Alle Menschen hier waren von flackernder Energie erfüllt. Sie waren wie dieses Gewebe, welches Jackson Kleidung nannte und welches doch nur aus Löchern bestand, nicht schützte, nur verbarg.

Sie wartete nun schon lang. Die Sonne war untergegangen. Es machte ihr nichts. Sie hätte die Zeit gerne mit etwas anderem verbracht, vertraute dem Mann aber nicht, der auf den Wagen aufpasste. Sie verstand einiges von den Worten, die man ihr zuschrie. Sie verstand auch die Gesichtsausdrücke und die Gesten. Aber Mondohr tat, als sei sie taub. Sie achtete vor allem auf das Kind, welches stumm mit ein paar Steinen und Stöcken spielte.

Menschen hatten so viele Möglichkeiten, etwas mit ihrem Gesicht zu machen. *Boar* drückten mehr durch Grunzen aus. Die Laute, die sie versuchte Jackson beizubringen, waren leider offenbar zu schwer für ihn nachzuahmen. Es erheiterte Mondohr, darüber nachzudenken, wie er es versucht hatte.

Es machte sie aber auch traurig, dass er noch nicht verstanden hatte, dass diese Menschen hier nicht gut für ihn waren. Sein Weg musste woanders hinführen. Sie hatte noch nicht genug

Worte, um es ihm zu sagen. Sie wusste, dass er sich fühlte, wie sie sich damals gefühlt hatte, als sie ein kleiner Frischling gewesen war. Er war aus seiner Rotte weg und hatte noch keine neue gefunden. Mondohr fragte sich jeden Tag, ob sie ihm irgendwie schon Familie war. Ob er verstand, dass sie bei ihm war und bleiben würde.

Eine Frau, mit kaum bedeckten Brüsten kam auf den Wagen zu. Mick redete mit ihr, aber sie wollte scheinbar mit Mondohr sprechen.

»Was willst du hier?«, fragte sie laut und hart. Mondohr legte die Ohren an. Hier war keine Freundschaft zu finden. »Das ist mein Revier. Komm bloß nicht auf blöde Ideen, nur weil du ein paar Titten mehr hast als ich.«

»Hey, ich würde jederzeit dich nehmen, Alice«, sagte Mick. »Deine Titten sind geiler!«

»Halts Maul, Kleiner. Du kannst dir das nicht leisten.«

»Kann ich wohl.«

»Ist das so?« Alice drehte sich zu ihm um. Der junge Mann nahm die Chipkarte vom Wagen. Alice schnalzte mit der Zunge. Mondohr wusste, dass das nicht gut war. Dieses Stück Plastik war wichtig.

»Nein!«, sagte sie.

»Das Schweinchen kann reden!«, sagte Alice verblüfft. Mick runzelte verwirrt die Stirn. »Na, was ist, Mama Wutz? Was passt dir nicht? Hau doch einfach ab, wenn es dir hier nicht gefällt!«

Mondohr hätte gerne mit Alice gekämpft. Sie hätte ihr die Zähne in das weiche Hinterteil geschlagen. Sie hätte die Frau gerammt, bis diese auf dem Boden gelegen wäre, und dann wäre Mondohr drüber getrampelt. Aber das ging nicht. Jemand könnte das falsch verstehen und schießen. Die hatten hier alle Todbringer dabei. Pistolen, sagte Jackson dazu.

»Na, dann nicht!«, sagte Alice und grinste. »Dann können wir reden, Jungchen.«

»Genau«, sagte Mick. »Reden.«

Sie lachten.

Alice sah Mondohr noch einmal lang an, dann hakte sie sich bei Mick unter. »Na komm, ich hab grad Zeit.«

Und somit war Mondohr plötzlich allein. Die Szenerie rund

um das beleuchtete Haus konnte sie nur verschwommen erkennen. Manchmal hätte sie gerne getauscht: Gut hören gegen gut sehen. Gut riechen gegen gut sprechen. Aber es war, wie es war.

Ein Lichtpunkt wanderte über das Metall des Fahrzeugs. Sie sah nach oben, konnte aber die Gestalt mit der Zieloptik nur im Gegenlicht als Silhouette erkennen. Immerhin wurden sie noch beschützt.

Sie war müde. Heute würde es aber für sie wohl keine bequeme Kuhle geben, kein schützendes Feuer und kein Schnarchen von Jackson, welches ihre Einschlafmusik war. Sie bettete das Kind auf den Sitz und machte es sich selbst auf der Ladefläche ein wenig bequem. Mondohr schloss die Augen. Sollten alle denken, sie schlief, aber das Sehen war ihr schwächster Sinn.

Stunden vergingen.

Die *Boar* hörte seine Schritte, das Klacken der Krücken auf dem Geröll und öffnete die Augen hoffnungsvoll. Da war er. Er roch — nein stank — nach Menschen. Er hatte dieses Zeug getrunken, was ihn so glücklich machte. Viel davon, schien es.

»Alles wird gut, Öhrchen«, sagte er, als er auf der Ladefläche saß und seinen Kopf in den Nacken legte.

»Gut?«, fragte sie nach und berührte ihn.

»Ich muss ein paar Sachen tauschen. Aber wir können dann anrufen. Die *Nomad*.«

»Die *Nomad*«, sagte Mondohr.

»Ich nehm dich mit, Öhrchen.«

»Kind.«

Er lachte. »Ja sicher, das Kind auch. Ich pass auf euch auf. Keine Sorge, niemand wird euch etwas tun.«

Mondohr wusste, dass das nicht stimmte. Jackson meinte es gut, er sagte, was er dachte. Aber es würde nicht funktionieren. Menschen und *Boar* waren noch nicht bereit dafür.

Aber er war wieder da. Sie war so glücklich, wie sie es sein konnte.

»Du lässt sie doch durch«, sagte der Neuankömmling. Es klang wie ein Befehl. Sein schwarzes Haar wallte ungebändigt um das Gesicht. Die struppigen Augenbrauen waren zornig zusammengezogen.

»Sicher«, kicherte der Wächter. »Aber manchmal muss man auch ein wenig seinen Spaß haben, oder?«

»Ich verstehe nicht, wie das Spaß machen kann«, sagte die Panda.

»Muss an eurem schwarz-weiß-Denken liegen«, meinte der Wächter.

»Es kann nicht jeder so schillernd sein, wie du«, sagte die Panda.

Wie immer, wenn so viele mächtige Wesen an einem Ort waren, verhielt sich die Zeit merkwürdig — war sie doch ein Werkzeug des Menschen, ebenso nützlich wie ein Lineal, welches Längen misst, aber dennoch unfähig, dem Umfang eines Kreises genau zu bestimmen. Draußen, vor der kleinen Hütte des Wächters, saß der Ritter und erlebte seine schlimmsten Momente erneut. Hier drin stand die Samurai vor dem Bonsai und betrachtete den kunstvoll geschnittenen Baum. Aber für beide würde kein Wimpernschlag vergehen, während hier über ihr Schicksal gesprochen wurde.

»Sie müssen bald durch«, sagte der Neuankömmling und schüttelte seine Haare. »Je schneller, desto besser.«

»Immer bist du ungestüm«, sagte der Wächter. »Hast du nichts gelernt?«

Der Neuankömmling sprang auf. »Was willst du? Warum soll immer nur ich was lernen? Wenn mein lieber Bruder die Welt, die uns zu schützen aufgetragen wurde, mal eben von unten nach oben krempelt, und meine Schwester mal wieder nicht hinschaut? Dann muss ich es richten, aber ich kann es ja nie jemandem recht machen!«

»Du hast gute Arbeit mit dem Mädchen geleistet«, sagte die Panda. »Hör auf, dich aufzuspielen!«

Der Neuankömmling stampfte auf. Dann senkte er den Kopf und verbeugte sich. »Ihr habt recht. Es läuft gut, sie hatten sogar Sex, habt ihr gesehen?« Er grinste.

»Wir schauen nicht hin.« Die Panda räusperte sich. »Und Sex gehört außerdem nicht zu dem, was die beiden erreichen müssen.«

Der Mann mit dem wilden Bart lachte unbändig und setzte sich dann wieder zu den anderen beiden.

»Dein Bonsai ist wirklich beachtlich«, sagte die Panda.

»Danke, Sensei.«

»Können wir uns über wichtige Dinge unterhalten? Ich hab ihm den Stein sogar zurückgegeben«, sagte der Neuankömmling verächtlich schnaubend. »Wisst ihr, wie schwer das war?«

»Du möchtest immer Applaus für deine Taten«, sagte der Wächter.

»Naja, ich find das wichtiger als so einen Baum.«

»Du bist zu ungestüm.«

»Wiederhol das nicht dauernd! Das ist mein Wesen! Soll ich wie meine Schwester im Himmel kauern? Ich bin so wütend, dass mein Bruder es wagt, hier alles zu zerstören. Er muss bestraft werden!«

»Das wird er. Vielleicht nicht so, wie du es dir vorstellst, aber ...«

»Nichts ist so, wie ich es mir vorstelle. Aber mich fragt ja keiner.«

»Du bist hier, oder?«, fragte der Wächter, immer noch erstaunlich ruhig.

»Ja, sicher bin ich hier. Mir liegen diese Menschen irgendwie am Herz. Sonst hätte ich ihnen damals nicht einiges beigebracht.«

Die Panda nickte. »Wir haben den alten Pakt ebenfalls nicht vergessen. Aber die Menschen brauchten uns lange nicht – dachten sie. Jetzt ist es Zeit.«

»Sie machen das ganz gut«, erwiderte der Neuankömmling. »Wenn ihr ihnen nicht noch zusätzlich Steine in den Weg legt.«

Der Wächter schüttelte den Kopf. »Die anderen beiden wurden durch einen Feuergeborenen aufgehalten. Wir mussten ein bisschen bremsen.«

»Als nächstes sollen sie ...«, sagte der Wildhaarige.

»Sie machen das schon«, unterbrach der Wächter ihn. »Alles läuft gut. Misch dich nicht ein.«

»Wir sind doch hier, um uns einzumischen!«

»Hab Vertrauen!« Die Ruhe des Wächters bröckelte. »Sie sind eine großartige Mischung. Sie werden das schaffen!«

Der Wildhaarige sprang wieder auf und berührte die Samurai sacht. »Sie ist doch noch ein kleines Mädchen«, sagte er zärtlich. Für sie war er immer sanft gewesen.

Die Panda stand ebenfalls auf und griff nach der Naginata. Ihre Rüstung aus Bambusschuppen, Leder und Jade knarzte ein wenig. »Wir lassen sie nicht im Stich.« Sie ging nach draußen und die anderen beiden folgten ihr. Die Panda ließ sich vor dem Ritter auf ein Knie nieder und betrachtete die *Magatama*, die halb im Brustfell verborgen ruhte. »Sie haben sie gut behandelt. Ich hatte meine Zweifel, aber die waren unnötig.«

»Die Throninsignien achten auf sich selbst«, sagte der Wächter.

»Alles kommt zu seiner Zeit.« Die Panda stand auf und verbeugte sich. »Ich muss los. Wir sehen uns wieder.«

Der Wächter sah ihr nach, wie sie durch das Torii verschwand. Ein Hauch kühle Luft wehte an ihm vorbei. Unbekannte Blütendüfte zerstoben in der Staubwüste. Aber es reichte, um ihn lächeln zu lassen.

»Die haben es gut«, sagte der Wildhaarige.

»Sie haben viel zu verlieren.«

»Das stimmt. So ein Paradies will gut verteidigt sein. Du hast nur deinen Baum.«

»Ach, du meinst, das wäre weniger?«

»Nein, ich lasse mich auf keine Diskussion mit dir ein.«

»Du könntest etwas lernen!«

Der Wildhaarige wollte wieder aufbrausen. Dann lächelte er und verbeugte sich. »Ich muss auch los. Geh mal dein Bäumchen gießen.« Er rannte lachend durch das Torii.

Der Wächter stand einen Moment lang reglos und nickte dann. Diesmal brachte der Übergang nur einen fauligen Geruch mit sich. Das Ziel war wahrlich widerlich. Er war privilegiert, dass er hier bleiben konnte. Auch wenn andere behaupteten, das hier wäre nur ein karges Stück Land.

Die Zeit begann sich wieder zu normalisieren und er betrat schnell seine Hütte, um der Samurai ein paar Fragen nicht zu beantworten.

>> # EPILOG

CATERPILLAR CITY

Sie blickte aus luftiger Höhe herab auf die Stadt der Menschen. Es machte ihr so viel Spaß. Hier war beides vereint: Auf der einen Seite die Ruinen, auf der anderen das neue Leben, der Aufbau, die stetige Bewegung.

Der Boden unter ihren Füßen war auch bewegt. Alles hier zitterte stetig mit dem Puls der Umgebung. Aber selbst der schlimmste Regen oder Sturm hatten ihrem Palast nichts anhaben können und würde es auch in Zukunft nicht können.

Hier war sie die Königin.

Es war ein Konstrukt, welches sie von den Menschen gelernt hatte. Sie selbst hätte sich diesen Titel nie gegeben. Sie war keine Herrscherin. Aber für diese schlichten Gemüter konnte sie das sein. Warum nicht? Wenn es hilfreich war.

Sie selbst nannte sich *Gambler*. Sie spielte nicht nur gerne, nein, sie war alle Spiele. Glückspiele, Wissensspiele, Strategiespiele — ihr Wesen war das Spiel und gab es etwas befriedigenderes, wenn man gewann?

Gambler hatte keine Ahnung, wer oder was sie vorher gewesen war. Sie erinnerte sich nicht und wusste auch nicht, ob das wichtig war. Sie war jetzt einfach — einfach *Gambler*. Eine Oni, geschaffen von *Tsukuyumi*.

Irgendwann war sie aus der Masse an Oni herausgewachsen, hatte sich abgesondert und erhoben. Sie entwickelte eigene Gedanken und eine eigene Agenda. Dazu gehörte, dass sie den weißen Drachen als oberste Instanz respektierte und sich ihm in allen Belangen unterwerfen würde, aber er war noch so schwach. Sie unterdrückte ein Kichern.

Nein, *Gambler* war sich genau bewusst, welche Chancen sie hätte, wenn er oder Hal herausfänden, dass sie nicht alles tat, was in ihrer Macht stand, um sofort die Befehle auszuführen, die man ihr gab. Daher tat sie alles, was in ihrer Macht stand, aber ihre Macht war eben das Spiel. Spiele mussten zu Ende gespielt werden. Sie brauchten Zeit. Es reichte nicht, sie zu beginnen und dann aufzuhören, bevor man das Ergebnis wusste. Die Würfel fielen immer auf eine Seite, sie blieben nicht in der Luft hängen oder balancierten ewig auf einer Ecke.

Hal, die Tochter des Drachen, verstand so etwas nicht. Für sie gab es nur Leben oder Tod — dabei war Kopf oder Zahl das langweiligste Spiel. *Gambler* mochte sie nicht. Niemand mochte den Tod. *Gambler* fand Hal zu statisch. Es gab nur schwarz oder weiß für sie, im wahrsten Sinne des Wortes. Und rot, wenn sie Blut vergoss, was sie ab und zu ganz gerne tat. Aber letztlich nur, um wieder bei schwarz wie Tod zu landen.

Gambler fand auch keinen Gefallen an Kampf und Blut. Sparring, auf das man wetten konnte, ja. Sicher. Bis zum Tod auch, wenn es sein musste, aber nur, weil es die Kämpfer so sehr motivierte. Letztlich war es aber Ressourcenverschwendung.

Gambler mochte oder liebte das Spiel nicht, sie brauchte es. Das war ihr Atem, Nahrung, Name und Bestimmung. Sie hielt kontinuierlich einige Würfel oder Münzen in einer ihrer sechs Arme. Aber das waren nur Symbole. Diese kleinen Chancen, wie Sekunden, die die Uhren der Menschen wegtickten. Wie Snacks. Aber *Gambler* dachte in größeren Dimensionen, spielte weitreichendere Spiele.

In ihrem Kopf liefen verschiedene Zeitpläne ab. Es musste gerade nichts mehr erledigt werden, es war Zeit, zu ruhen. Sie legte sich auf eine Liege. Wie alles in ihrem Palast war auch diese aus Spinnenseide gemacht. Arachniden waren ihre Partner hier. Zum Glück auch ihre Lieblingstierchen seit — schon immer? Diese Welt, die *Gambler* zu dem gemacht hatte, was sie war, hatte aus ihren Lieblingen auch mehr gemacht, als sie einmal gewesen waren. Größer, schlauer, wendiger und ihr zu Diensten. Nicht unterworfen, nein, freiwillig. Es war eine Partnerschaft, ein Geben und Nehmen.

Vielleicht lag es daran, dass *Gambler* auch acht Gliedmaßen hatte. Sie fühlte sich ihnen verwandt, hörte deren Zirpen und verstand ihre Sprache, seit sie auf ihren Reisen auf diese besondere Art gestoßen war. Die Mutterspinnen hatten sich damals sofort mit ihr verbunden — nachdem *Gambler* ihnen klar gemacht hatte, dass es eher zu ihrem deutlichen Vorteil wäre, wenn sie sie nicht verpuppen und verspeisen würden. Gemeinsam war Vertrag ersonnen worden, ein besonderes Spiel, bei dem es auf langfristige Ziele ankam. *Gambler* hatte alle Vor- und Nachteile abgewogen und den Pakt geschlossen. Bisher hatte sie es keine Sekunde bereut. Jetzt kam es darauf an, dass sie ihren Teil auch einhielt.

Gambler erinnerte sich, wie es gewesen war, als sie hier in *Caterpillar City* ankam. Dieses Gewirr an Menschen und Insekten und Mutationen. Natürlich wollte niemand mit ihr etwas zu tun haben. Sie war eine Oni, eine Agentin des Feindes, selbst ein Feind. Sie hüllte sich in Spinnenseide, verbarg sich, heuerte ihrerseits Agenten an und baute so ein Netzwerk auf. Heute konnte sie fast offen hier herumlaufen und bewohnte einen riesigen Palast, den alle sehen konnten. Niemand würde es wagen, sie anzugreifen.

Die Fäden der Spinnen waren so besonders, dass Kleidung daraus fast kugelfest war. Der Palast war erdbebensicher und die Myriaden von achtbeinigen Freundinnen sorgten dafür, dass es einem feindseligen Eindringling schnell schlecht ging. In vielen Gängen hingen Kokons mit flüssigem Inhalt von Unvorsichtigen. Die Wände waren klebrig und ein Kampf konnte schnell dazu führen, dass man gegen eine Ecke stieß und hängenblieb. Hilflos, dem guten Willen der Gastgeberin ausgeliefert.

So gefiel es *Gambler*. So hatte sie begonnen. Klein, aber fein. Dann fing sie an, nach dem zu suchen, was ihre Aufgabe war. Informationen gab es hier genug. In *Caterpillar City* traf sich alles, was irgendwie unterwegs war. Nicht nur die, die Arbeit und Nahrung suchten, sondern auch die, die in dem größeren Spiel der Machtverteilung in dieser neuen Welt mitspielen wollten. Ob man nun auf der Seite des weißen Drachens war oder gegen ihn, war eigentlich gleichgültig. Die Apokalypse des fallenden Mondes hatte einen neuen Kuchen gebacken, der nun aufgeteilt werden musste.

Und daher kamen sie hierher, auf der Reise zum ehemaligen Trabanten, denn er zog sie alle an. Hier war quasi die letzte Tankstelle vor dem Mond und die Preise waren immer astronomisch. Wie von den silbernen Spinnenfäden ihrer Lieblinge eingefangen, landeten alle hier und machten mit ihr Geschäfte. Nur wenige wussten, dass *Gambler* eine Oni war: sie trug ständig ihren Umhang aus Spinnenseide, der ihre wahre Gestalt verbarg.

Ihr Palast hatte sich Stockwerk für Stockwerk, Raum für Raum vergrößert. Jetzt war es ein Turm, der nicht nur Schutz bot, sondern ein Zeichen setzte: Hier lebte jemand, der wichtig war. Hier liefen alle Fäden zusammen.

Warum tat sie das? Nun, sie hatte einen Auftrag. Hal hatte ihr diese Aufgabe gegeben und *Gambler* brauchte all ihre Macht, um ihn zu erfüllen.

Sie sollte die Insignien der Macht finden.

Hal hatte diesen Auftrag eigentlich bekommen, aber bei der Ausführung einen Fehler begangen und die Insignien verloren. *Gambler* grinste. Die Tochter des Drachen dachte eben zu eindimensional: Man schicke viele Oni hin und holt sich einfach, was man möchte. Ein Schwert, ein Schild und ein Schmuckstück. Wie schwer kann das schon sein? Artefakte voller Macht, beschützt von schlichten Menschen. Die schlichten Menschen hüteten diese Gegenstände seit Jahrhunderten in heiligen Schreinen. Hal war siegessicher gewesen.

Die schlichten Menschen hatten sich aber weiterentwickelt zu einem Volk, welches derart mit der Kraft von Maschinen verwoben war, dass ihre Krieger fast unbesiegbar wurden. Die schlichten Menschen wohnten in Bunkern und hatten ihre Heiligtümer ganz tief unten in den Eingeweiden versteckt.

Sie hatte es sich zu einfach vorgestellt, die folgsame übereifrige Tochter. Das kam davon, wenn man zu lange in der Dunkelheit schlief. Ja, das Vorgehen war vielleicht bei vielen Dingen richtig, aber nicht bei solchen Sachen wie den jahrhundertealten *Shintai*. Solche Gegenstände veränderten die Gegebenheiten bis Pläne scheiterten. Es brauchte ein flexibles Netz, um sie einzufangen. Da kam *Gambler* ins Spiel.

Die liebe Tochter brauchte diese Gegenstände dringend, um ihrem Vater zur endgültigen Stärke und damit zum Sieg zu verhelfen. Momentan war er verletzt und sein Blut tränkte die neue Welt mit seiner Macht, indem sie die Wesen korrumpierte, die seinem Lebenssaft begegneten, aber was nutzte ihm eine Armee, wenn er zu schwach war, sie zu führen?

Die Oni hatten die Gegenstände zwar gefunden, waren aber durch den Kampf aufgerieben worden. Sie waren verletzt und ohne Führung, da der kommandierende Oni selbst durch einen der Gegenstände verändert worden war. *Gambler* hatte Hal zugesehen, wie diese in ihren Höhlen tobte, weil ihr Herold plötzlich von der Bildfläche verschwand. Ihr Geliebter, der Mensch, den sie sich auserwählt und sorgfältig geprägt hatte, hatte sie verraten.

Gambler war nicht überrascht. Seine Rolle in diesem Spiel war nie die des Verräters gewesen. Aber solche Mechanismen begriff Hal nicht. Sie verstand nur den endgültigen Wandel vom Leben zum Tod. Da gab es keine Wahl. Sie verstand nichts von Freiheit und Möglichkeiten.

Die *Magatama* aber war das Sinnbild der Wahl. Sie gab dem Träger die Fähigkeit zum rechten Handeln. Damit hatte Hal nicht gerechnet. Ihr Herold war ihr nicht mehr zu Diensten, ihre Armee tot oder versprengt.

Nun waren die verbliebenen *Shintai* IRGENDWO. Die Chance, dass sie zufällig noch in den Händen eines Oni waren, der irgendwann am Mond ankommen würde, schienen gering. Menschen, Insekten und *Boar*, Drachen und Wale, ja selbst passive Naturgewalten wie ein intelligenter Verband aus Korallen waren sich in einem einig: Oni mussten getötet werden.

Gambler wollte nicht den gleichen Fehler machen und das unterschätzen. Sie würde keine Streitmacht sammeln, um in den Kampf zu ziehen. Nein, es musste anders gehen. Also hatte sie ein langes Spiel begonnen, eines, bei dem es auf Strategie ankam, nicht auf Glück. Sie würde ihre Gegner aber an das Glück glauben lassen, würde es ihnen unter die Nase halten wie eine Karotte vor das Eselsmaul.

Und wenn sie dann kamen, dann würde sie sie gegeneinander ausspielen. Hier im Zentrum, ganz nah an den Fäden der Macht. Wo auch immer die *Shintai* waren, es gab einen Ort, an dem sie sein sollten. Hier. Denn was waren sie in den Augen der

Unwissenden schon? Ein altes Stück Messing, zufällig in der Form eines Schwertes. Ein angelaufener Schild, der einstmals ein Spiegel war, aber heute nicht mehr reflektierte.

Und ein Schmuckstück, welches an Schlichtheit kaum zu überbieten war, millionenfach kopiert.

Sie sollten diese Dinge hierher bringen und gegen andere Dinge eintauschen, die wirklich wertvoll waren. *Gambler* lächelte. Sie hatte so viele schöne Dinge! Spieler verloren und setzten alles mögliche ein, um noch einmal mitspielen zu dürfen. Dann verloren sie vielleicht wieder und ein neuer Schatz wanderte in eines der vielen Zimmer in ihrem Palast.

Es war also nur eine Frage der Zeit, bis die *Shintai* hier ankommen würden. Man brauchte nicht zu suchen. Man musste sie anlocken. *Gambler* saß inmitten des Netzes, welches sie mit ihren Lieblingen gesponnen hatte und musste nur warten.

ENDE

TEIL 1

>> VORSCHAU AUF BAND 2

»Au«, sagte Jackson. »Verdammt.« Sein Kopf schmerzte. »Verdammt.«

»Verdamm!«

Er wagte nicht die Augen zu öffnen. Mondohr war hier, bei ihm, er hörte sie. Sie machte beim Atmen manchmal leise Geräusche, vor allem, wenn sie nah bei ihm war und sich um ihn sorgte. Er hatte auf dem Sitz des Servals geschlafen. Oder besser, er war so lange bewusstlos gewesen, bis sein Körper die ungewohnten Mengen an schlechtem Alkohol abgebaut hatte, der er zu sich genommen hatte.

»Wasser«, sagte er stöhnend. Gott, er musste pissen!

Er hörte sie rumoren und dann drückte sie ihm tatsächlich eine Tasse Wasser in die Hand. Sein Mund war verklebt und der saure Geschmack vom Fusel wurde durch das reine Wasser auf wundersamste Weise weggespült. Er trank langsam und stöhnte. »Sauf bloß nie so viel, wie ich gestern«, sagte er.

»Alkohol«, sagte sie. »Bäh.«

»Ja. Schnaps. Fusel. Herrgott, was hab ich mir dabei gedacht.«

»Essen.«

»Ich kann jetzt nichts essen.«

»Essen.«

Er öffnete die Augen. Ihr Gesicht war direkt vor ihm. »Geht es dir gut?«, fragte er. »Ich wollte dich nicht so lang allein lassen.«

»Männer feiern. Hoden schwingen«, sagte sie.

»Was?« Jackson blinzelte und die Kopfschmerzen schwollen an, aber er musste einfach lachen. »Wovon zum Teufel redest du? Ach, ich wünsche, du könntest noch besser sprechen.« Er streichelte ihre weichen Haare im Gesicht. Sie waren so herrlich seidig.

Mondohr reichte ihm etwas getrocknetes Fleisch. Er kaute und wunderte sich, dass er so viel Speichel übrig hatte. Dann stellte er sich dem Unvermeidbaren. »Verdammt, ich muss pissen.« Normalerweise hatten sie ein Lager neben dem Wagen, oder er pinkelte einfach aus der geöffneten Tür raus, aber das ging hier nicht. Zuviele Leute liefen hier in diesem *Garbage Heaven* rum, es war jetzt schon etwas los, obwohl es noch recht früh am morgen war. Wahrscheinlich war hier immer etwas los. Gestern Nacht jedenfalls war lang gewesen, vielleicht hatte der Morgen auch schon gegraut? Hatten irgendwelche verschissenen Vögel gesungen? Er wusst im Moment nichts mehr, außer, dass er viel gesungen hatte. Da drin gab es tatsächlich eine Jukebox, verdammt nochmal. Er hatte geweint, als Dolly Parton »Stand by your man« vortrug.

»Ich muss rein«, sagte er. Sie reichte ihm die Krücken. Dann fiel ihm etwas ein. »Was ist mit dir? Oh fuck, ich habe deine Bedürfnisse völlig vergessen. Wie geht`s dir? Brauchst du was? Musst du auch rein?«

»Mondohr Eimer.« Sie zeigte auf die Ladefläche.

»Das tut mir sehr leid. Ich kümmere mich darum. Du kommst mit rein. Wo ist eigentlich der Kerl, der hier aufpassen sollte?«

»Aliss. Brüste. Sex.«

»Was?« Jackson wurde langsam wach. »Hatte er nicht behauptet, nicht auf Brüste zu stehen? Schwanzgesteuerte Idioten. Egal, was auch immer, er sollte hier sein. Wer ist hier zuständig?« Das Letzte schrie er.

»Was soll die Schreierei?«, fragte Einer mit einer taktischen

Einsatzweste und -waffe. Er musterte die Chipkarte, die vorne am Fahrzeug hing. »Ich sehe, Ihr Aufenthalt hier ist vorbei. Los, fahren Sie und machen den Platz frei.«

»Einen Scheiß werde ich tun. Ich hab das gestern Abend alles besprochen und der, der hier zuständig ist, Azeroth oder irgendso ein Scheiß »dunkler Engel Name«, sollte das weitergesagt haben, an den Kerl, der für mich hier zuständig ist. Mick. Ich beweg mich keinen Zentimeter.« Ein Teil seines Hirns wehrte sich zwar beständig, zu funktionieren, aber das ignorierte der Soldat. Er hatte genug zu tun, sich nicht in die Hose zu pissen. »Suchen Sie Mick.« Der Soldat kaute weiter sein Jerky und schluckte. Kauen, trinken, schlucken. Die Maschine namens Körper brauchte Treibstoff. Endlich tauchte Mick auf.

»Hör zu, junger Mann«, schrie Jackson im besten Kasernenhofton. Er wusste, dass ihm eine Menge Leute zuhörten. Auch von dem Ausguck des Red Rooster aus. »Laut Angaben meiner Freundin warst du die Nacht über nicht hier. Ich hab mit deinem Boss Asræl oder Azeroth da drin eine Abmachung, die du wüsstest, wenn du deinen Job machen würdest. Also du parkst deinen verschissenen Arsch jetzt hier, während ich die Dame ausführe.«

Jackson warf Mick eine weitere Plastikkarte zu. Dieser prüfte den Inhalt mit seinem Lesegerät und machte große Augen. Der Soldat kümmerte sich nicht darum, sondern hievte sich aus dem Wagen, hielt Mondohr dann noch die Tür auf, schnappte sich die Karte wieder und humpelte in Richtung des Himmels. »Ach, da ist ein Eimer auf der Ladefläche. Der sollte sauber gemacht werden.« Ohne weiter zu prüfen, was der junge Mann machte, bewegte sich Jackson auf das Haus zu. Niemand wagte es, etwas zu sagen. Jemand hielt ihnen sogar die Tür auf. »Ich möchte, dass jemand hier meiner Begleiterin die Toiletten zeigt, und ihr ein Tuch gibt, mit dem sie sich waschen kann.« Er nickte Mondohr zu, als tatsächlich eine junge Frau diesen Job übernahm. Er selbst wusste schon, wo die Wasserspiele waren.

»Verdammt nochmal, dass man immer erst unfreundlich werden muss«, sagte er später, als sie an einem Tisch saßen. Mondohr versuchte, die glatte Tasse zu halten, ohne etwas zu verschütten. Aber als sie den Kaffee versuchte, schüttelte sie den

Kopf. Jackson lachte und bestellte ihr eine süße Brause.

»Hier gibt`s das alles, ich fass es gerade kaum. Damals, als ich zum ersten Mal hier war, war das wirklich wie im Himmel. Ich hab`s kaum glauben können. Manche Dinge hatte ich das letzte Mal in meiner Jugend getrunken. Coke. Fast echte Coke. Kalt. Mit Kohlensäure drin. Zivilisation, dachte ich nur. Scheiß Zivilisation.«

»Coke«, sagte Mondohr.

»Nee, du kriegst was anderes. Vielleicht später. Ich weiß noch nicht. Wir haben noch keinen größeren Kredit. Ich muss mich erst noch beweisen. Ich hab denen erzählt, ich wäre ein guter Mechaniker. Naja, das bin ich auch, ich bin ein verdammt guter Mechaniker, ich war der Beste bei den *Nomads*. Aber ich habe keine Ahnung, was ich hier zusammenbauen oder reparieren soll.« Trotz seiner Kopfschmerzen fühlte er sich voller Energie. Es war das schnell verbrannte Strohfeuer des vielen Zuckers, den er hier bekam.

Der Soldat beobachtete die anderen Gäste. Hier traf sich wirklich alles Mögliche. Es beruhigte ihn ein wenig, dass er nicht der einzige mit einem Nicht-Menschen in Begleitung war. Auf der anderen Seite des Raumes saßen eine Samurai und ein Kerl der eine Mischung aus Mensch und Luchs war. Jackson hatte keine Ahnung, wo der herkam, bei der Samurai war es schon klarer. Die *Nomad* war schon einmal von einem kleinen Trupp der japanischen Krieger besucht worden, man hatte sich nicht besonders gut verstanden. Die Japsen waren so unglaublich eingebildet! Sie hielten sich für die Krone der Schöpfung. Dabei wusste doch jeder, dass ... Jackson grinste. Es war doch eigentlich inzwischen alles egal, dennoch hielt man sich an Stereotypen fest, wie an einem Rettungsanker. Ein ziemlich bescheuerter Rettungsanker, wenn man es recht bedachte.

Die meisten hier waren asiatischer Herkunft, benahmen sich aber wie Amerikaner.

Sie bekamen ein Frühstück, das dem Namen des Gebäudes alle Ehre machte. Eier mit Speck und Brötchen hörte sich nicht nur himmlisch an, es schmeckte auch so. Jackson wollte nicht wissen, von welchem Tier der Speck war. Er dachte kurz darüber nach, Mondohr zu warnen, aber dann ließ er es. Er wusste, dass die *Boar* Menschen aßen, vermutlich war es ihr egal. Hoffentlich. »Sie werden uns gleich abholen. Dann wird es spannend. Wenn alles klappt, dann kann ich vielleicht heute noch mit der *Nomad* sprechen.«

Mondohr schien abgelenkt.

»Was ist los mit dir?«, fragte er. Der Soldat sah sich um: Wurde sie von jemandem hier geärgert?

»Leuchten«, sagte sie.

»Was?«

»Menschen, leuchten«, wiederholte sie und zeigte auf das Pärchen, welches Jackson auch schon aufgefallen war.

»Ja, und?«

»Freunde.«

»Nee. Ich kenn die nicht. Freunde sind nur Menschen, die man gut kennt und mag. Alles andere ist Familie oder Arschlöcher.«

»Freunde ohne kennen.«

»Ich kapier absolut nicht, was du meinst.«

<<<< >>>>

>>DIE ENTSTEHUNG DER ONI

VON STEFAN KÜPPERS

Seit dem Fall des Mondes regen sich die Oni, treten jenen gegenüber, die Tsukuyumis Leib erreichen wollen und liefern sich Schlachten mit allen, die danach streben, den Kami zu vernichten. Bereits die ältesten Legenden kennen die Oni als „Tsukuyumis Schatten", und tatsächlich plagen sie bereits seit der Verbannung des Kami die Menschheit. In uralten Aufzeichnungen des Marduk-Ordens wird über die Verbindung der Oni zu einem „Himmelsdrachen" gemutmaßt. Vermutlich war die Kampfgruppe 01 der erste Gegner, der den Oni nach dem Mondfall entschlossen gegenüberstand – unwissend, dass in ihren ältesten Archiven interessantes Wissen über den neuen, alten Feind schlummert. Denn seit Amaterasus Zeiten wird von den Untaten der Oni berichtet; davon, wie sie Männer morden, Frauen stehlen und Kinder rauben. Ein Zorn auf die Schöpfung scheint die Oni zu erfüllen, sie kennen nur Zerstörung und haben niemals etwas geschaffen, das dauerhaft Bestand hatte.

Doch es ist nicht nur altes Übel, das sich regt, wie der Rider, der die Botschaften der Oni über das Schlachtfeld trägt, oder Dryade, die aus den Tiefen der letzten Wälder kommend den Boarlords das Leben schwer macht: Seit dem Fall des Mondes entstehen immer mehr Oni. Für die Wissenschaftler der Cybersamurai sind sie durch die Pheromone Tsukuyumis verwandelte Menschen. Für andere sind sie gesichtslose, unbezwingbare Schreckgestalten, die schweigend kämpfend den Tod bringen. Doch alle, die ihnen gegenübergestanden haben, müssen erkennen, dass die Oni zu den Augen und Ohren sowie den Klauen und Fängen des Drachen geworden sind. So stoisch wie tödlich verteidigen sie den gefallenen Mond und verfolgen auf dem Schlachtfeld die Ziele ihres Herren. Selbst der Tod kann ihnen nicht Einhalt gebieten, denn sie kehren immer wieder ins Diesseits zurück - auch wenn einst Jahrhunderte bis zu ihrem Wiedererscheinen vergingen.

Niedere Oni ähneln Masken tragenden, bleichen Menschen, ihr wahres Gesicht ist das Tsukuyumis geworden, so dass sich unter der Maske nur noch ein gesichtsloser, bleicher Schädel befindet. Im Laufe seiner Existenz entfernt sich ein Oni immer mehr vom Menschsein. Sein Handeln wird immer mehr vom Drachen selbst bestimmt. Doch nicht jeder Mensch verliert alle Aspekte seines eigenen Wesens. Manche bewahren ihren Kern und können zu Tsukuyumis wichtigsten Dienern werden. Jene Oni, welche an Monster aus alten Legenden erinnern, die aus der Masse hervorstechen, sind diejenigen, vor denen man sich in Acht nehmen sollte. Ihre Fähigkeiten sind ebenso individuell wie ihre Maske.

Seit kurzem zählt nicht nur der Kampf gegen die Oni zu den Aufgaben von Tsukuyumis Feinden, sondern auch der gegen seine menschlichen Anhänger. Besonders die Nomads *tun sich hier gerne hervor, ebenso wie* Kampfgruppe 01, *die den Begriff Kollateralschaden aus ihrem Wörterbuch gestrichen hat. Denn seit Neuerem gewinnen Kulte an Einfluss, die Tsukuyumis Rückkehr preisen und sein Erwachen erhoffen. Ihre Anhänger streben an, selber zu Oni zu werden: Erfüllt vom „Leben, das Tsukuyumis Segen erhört", nehmen sie den gefährlichen Weg zum gefallenen Mond auf sich, um sich selbst als Opfer darzubringen, in der Hoffnung auf ein neues Leben als Oni – im Dienste des Drachen. Dies ist ein Opfer, das die Kampfgruppe 01 gerne verhindern möchte, so oder so…*

>>GLOSSAR

Amaterasu: *Amaterasu* (japanisch 天照), mit vollem Namen *Amaterasu-ō-mi-Kami* (天照大御神 „Am Himmel scheinende große erlauchte Göttin"), ist die wichtigste *Kami* (Gottheit) des Shintō. Sie personifiziert die Sonne und das Licht und gilt als Begründerin des japanischen Kaiserhauses. (Quelle: Wikipedia)

Cyberware: Cyberware ist ein Kunstwort, das aus Cyber- (engl. Abkürzung für cybernetic, von altgr. *kybernetiké téchne*, „Steuermannskunst") und -ware (engl. für „Ware") zusammengesetzt ist. Der Begriff wurde durch den Science Fiction Roman Neuromancer des Cyberpunk-Autors William Gibson geprägt. Cyberware bezeichnet hauptsächlich fiktionale Implantate, die als Verschmelzung von Mensch und Maschine zu Cyborgs Verwendung finden. Vergleichbar mit transgenen Organismen in Utopischer Literatur gehen die Implantate dabei häufig weit über die wiederherstellende Funktion einer Prothese hinaus und erweitern den menschlichen Körper um zusätzliche Funktionen. (Quelle: Wikipedia)

Hal: im »*Tsukuyumi - Full Moon Down*« System die Tochter des namensgebenden Drachen. Sie ist abgeleitet von Hel, der nordischen Göttin der Unterwelt.

HUD: Das Head-up-Display (wörtlich: „Kopf-oben-Anzeige") ist ein Anzeigesystem, bei dem der Nutzer seine Kopfhaltung bzw. Blickrichtung beibehalten kann, weil die Informationen in sein Sichtfeld projiziert werden. Zu den Nutzern gehören unter anderem Piloten und Autofahrer. (Quelle: Wikipedia). Die Cybersamurai haben die Technologie weiterentwickelt und bekommen so Daten über ihre Umwelt oder andere wichtige Informationen direkt in ihr Sichtfeld projiziert.

Kami: *Kami* (japanisch 神) bezeichnet in erster Linie im japanischen Shintō (Shintoismus) verehrte Geister oder Götter. Im Japanischen kann der Begriff allerdings auch auf Gottheiten anderer Religionen bezogen werden.

Eine konkrete Übersetzung des Begriffs ins Deutsche ist schwierig. Das Konzept *Kami* kann u. a. auf Naturgeister, Gespenster und die Seelen Verstorbener angewandt werden, welche in anderen Kulturen nicht oder selten als „Gottheiten" bezeichnet werden. Wie auch in anderen polytheistischen bzw. animistischen Religionen üblich, weisen *Kami* die aus monotheistischen bzw. philosophischen Religionen bekannten Eigenschaften des einen bzw. höchsten Gottes nicht oder nicht unbedingt auf (z. B. Unendlichkeit, Allwissenheit, Unveränderbarkeit, Allmacht). Überdies kann alles, was in Menschen eine intensive emotionale Reaktion hervorruft – sei es Ehrfurcht, Freude, Faszination, Verwunderung, Angst oder andere Gefühle – als *Kami* angesehen werden. (Quelle: Wikipedia)

Ketoenergie: Als Ketose, teils auch Ketolyse, bezeichnet man in der Medizin einen Stoffwechselzustand, bei dem ein Anstieg der Konzentration von sauren Ketonkörpern (Acetoacetat, 3-Hydroxybutyrat, Aceton) in Blut und Extrazellularraum über die Normwerte festzustellen ist. Dabei können die Ketonkörper die Glucose als primäre Energiequelle des Organismus ablösen. (Quelle: Wikipedia)
KI: Künstliche Intelligenz. In »*Tsukuyumi - Full Moon Down*« handelt es sich dabei um hochentwickelte Systeme, die das Leben der japanischen Bevölkerung regeln.
Link: Verbindung zur KI.
Magatama: Eines der japanischen Throninsignien. Niemand weiß es genau, aber man geht davon aus, dass es ein Jadeanhänger in Tropfen- oder Tränenform ist.
Nanotech: Der Sammelbegriff Nanotechnologie, oft auch Nanotechnik (altgriechisch *vᾶνος nános* ‚Zwerg'), gründet auf der allen Nano-Forschungsgebieten zu Grunde liegenden gleichen Größenordnung der Nanoteilchen vom Einzel-Atom bis zu einer Strukturgröße von 100 Nanometern (nm): Ein Nanometer ist ein Milliardstel Meter (10–9 m). (Quelle: Wikipedia) In »*Tsukuyumi - Full Moon Down*« ist diese Technologie weit fortgeschritten und wird in verschiedensten Einsatzgebieten benutzt. Nanoteilchen sind dort in der Lage im menschlichen Körper als winzige Maschinen zu funktionieren und Prozesse in Gang zu setzen und zu halten. Auch in anderen Bereichen außerhalb des Organismus nutzt man Nanoteilchen (Maschinenbau/Werkzeugbau/Computer) - so man sie denn hat.
Omote/**Ura:** Die Begriffe *omote* (außen) und ura (innen) sind zwei in der ostasiatischen Kultur verankerte Bezeichnungen, deren tatsächlicher Sinngehalt schwierig zu erläutern ist. Die *kanji* verweisen in ihrem japanischen Ursprung auf eine prähistorische Zeit, als die Jäger in China noch Tierfelle trugen und für den nach innen bzw. nach außen gewendeten Pelz jeweils eine eigene Bezeichnung gebrauchten. In der japanischen Alltagssprache stehen diese beiden sich ergänzenden Begriffe heute symbolisch für untrennbare Zweiheiten wie „Außen und Innen", „Vorn und Hinten", „Zugekehrtes und Abgewandtes". Wie bei den beiden Seiten einer Münze gibt es das Eine nicht ohne das Andere. In den Kampfkünsten sind beide Begriffe als Graduierungsabschnitte (*kyūdan*) für den Fortschritt in der Stufe der *yūdansha* enthalten. (Quelle Budopedia)
Otomo Core: Ein Computerkern der Japaner. Der Zusammenschluss vieler leistungsfähiger Supercomputer, der unter anderem der Ursprung der KI`s *Amaterasu* und Tenno ist.
Samurai: *Samurai* (jap. 侍 oder seltener 士) ist die im Westen übliche Bezeichnung für ein Mitglied des Kriegerstandes im vorindustriellen Japan.

In Japan selbst ist die Bezeichnung *Bushi* üblich. Heute wird Samurai einzig für den Kriegeradel jener Zeit verwendet und nicht beispielsweise für *Ashigaru* (jap. 足 ┌; leichtgerüstete Fußsoldaten; wörtlich „leichtfüßig"). Herrenlos gewordene Samurai wurden als Rōnin (dt. „Wellenmänner") bezeichnet. (Quelle Wikipedia)

Throninsignien: Die Throninsignien oder Reichsinsignien Japans (jap. 三種の神器, *Sanshu no Shinki/Jingi* (On-Lesung) oder auch *Mikusa no Kandakara* (Kun-Lesung)) sind drei Artefakte: das Schwert *Kusanagi no Tsurugi* (草薙 ┌), die aus Krummjuwelen zusammengesetzte Halskette Yasakani no *Magatama* (八尺瓊曲玉) sowie ein Spiegel, *Yata no Kagami* (八咫鏡). Die Throninsignien sind der Öffentlichkeit und auch der Wissenschaft nicht zugänglich; auch vom Kaiserhaus selbst wurden nie Beschreibungen oder Abbildungen der Insignien veröffentlicht, so dass viele Informationen darüber notwendigerweise den Charakter von Spekulationen haben. (Quelle: Wikipedia)

Tsukuyumi: *Tsukuyomi no mikoto* oder auch *Tsukiyomi no mikoto*, *Tsuki no Kami* und *Tsukiyumi no mikoto* (jap. ツク(キ) ヨ(ユ)ミ (*Kojiki*: 月 ┌命; *Nihonshoki*: 月 ┌(夜見)尊、月弓尊)) ist ein männlicher *Kami* in der Mythologie des Shintō. Er ist der Bruder von *Amaterasu* und Susanoo und wurde aus dem rechten Auge Izanagis geboren, als dieser sich nach seinem Gang in die Unterwelt rituell wusch. Von seinem Vater bekam Tsukuyomi folgenden Auftrag: „Deine Hoheit soll das Nachtbeherrschte Land regieren!" (Quelle: Wikipedia) Im Spiel *»Tsukuyumi - Full Moon Down«* ist der *Kami* ein weißer Drache, der im Mond schläft - bis er geweckt wird.

Ronin: Siehe *Samurai*.

Semper Fi!: Seit ungefähr 1883 lautet das Motto des United States Marine Corps *Semper Fidelis* (deutsch: „Immer treu"), was in der umgangssprachlichen Verwendung meistens zu *Semper Fi!* verkürzt wird.

Shintai: (jap. 神体; auch 御神体, *go-Shintai*; *Shintai*) ist die sinojapanische Lesung des Wortes *mitama-shiro* (御 ┌代), das auch oft verwendet wird; auch *yori-shiro* (依り代 ┌依代 ┌憑り代 ┌憑代) sind materielle Gegenstände, die in Shintō-Schreinen die Rolle von Reliquien spielen, da sie als Wohnorte der Geister bzw. Seelen (*mitama*) der *Kami* aufgefasst werden.

Der direkte Aufbewahrungsplatz wird dabei als *shinza* (神座; wörtlich „*Kami*-Sitz") bezeichnet. (Quelle: Wikipedia)

DANKSAGUNG

„Ich entschuldige mich beim Leser für den fiesen Cliffhanger."

Die Autorin möchte besonders danken:

Simon Göbelsmann. Weil er immer da war, obwohl er weg war. Für viele Antworten auf seltsame Fragen.

Rick Wynne, für Antworten auf Fragen bezüglich Marines.

Admiral Aaron Ravensdale für alle Antworten auf Fahrzeugfragen.

Dorothe Reimann: Immer und immer.

Stefan Küppers fürs Testlesen. Hiermit ernenne ich dich zur Ehrensau!

Und natürlich: Felix Mertikat, weil er sich drauf eingelassen hat. Wind beneath wings und so.

Wir danken von Herzen unseren Kickstarter-Unterstützern, die diesen Roman möglich gemacht haben:

Alexander Brust, Alexander Baldauf, André Crann Stoßberg, Anna Scheufele, Ann-Katrin Quapp, Anna Winter, Astrid Höltenschmidt, Babs Urbe, Benjamin Böttcher, Bernie Ritzinger, Birgit Böhmer, Brida Anderson, Christophe Pfister, Carsten Ullrich, Clara Lina Wirz, Christian Strobel, Christoph Lühr, Dina Dechmann, Diandra Linnemann, Dietmar H., Frank Schellmann, Gudrun Wagner, Gerd Schelbert, ET83, Hannes Kurth, Holger Muschisck, Herr Stein, Ines Karam, Jasmin Mertikat, Jacob Müller, Jero, Jens Korch, Kevin Schüpp, Manuel Bianchi, Michael Meinl, Mathias Heilmann, Michael Dunkelfels, Martin Thorn, Michael Seidenkopf, Michael Münchenhagen, Molar Colguju, Miriam Montenbruck, Nadine Reuter, Nadine Anita Eschen, Oli Bischoff, Oliver Stadler, Peer Lagerpusch, Philipp Wiedekamp, Rainer Rösler, Steve Laubenstein, Sabine Wagner, Sandra Schmidts, Stefan Kaußen, Selina Maute, Sabrina Siebert, Sebastian, Saskia Kress, Saskia Demmerle, Selcuk Deniz, Seraph, Stepahn Schneider, Tanja Dasbach, Thomas Hovezak, Thomas Jakob, Timo Fischer, Till Bröstl, Thorsten Fessler, Timo Rendek, Trungel, Uwe Tächl, Volker Montenbruck, Wolfram Aster, Xanathon.